Franz Kabelka

Dünne Haut

Franz Kabelka

Dünne Haut

Kriminalroman

Haymon

Die Zitate aus Samuel Becketts „Glückliche Tage“ (im Text nicht ausgewiesen) wurden vom Autor ins Deutsche übersetzt.

Gedruckt mit Unterstützung durch die Direktion Kultur, Land Oberösterreich.

www.haymonverlag.at

Umschlaggestaltung: Haymon Verlag/Stefan Rasberger
Umschlagfoto: istockphoto.com
Satz: Haymon Verlag/Thomas Auer

ISBN 978-3-85218-574-3

für Sy

Wer das Herz des Feindes verzehrt, ehrt ihn.
Das Herz des Feiglings lässt der Krieger unberührt.
Afrikanische Redensart

You must fly with the wild geese. You must go.
To stand still is to sink in the bog.
William Butler Yeats

Sein Versuch, den flaumigen Wall aus Kissen und Federbett zu überwinden, um den Schalter der Nachtkästchenlampe ertasten zu können, scheitert schon im Ansatz. Was ist es, das ihn ins Weiche zurückdrückt, getränkt mit einem angenehmen Geruch, Moschus vermutlich, der wohlig aus dem Träumeland herüberwabert, aus tiefster Bettwärme? Etwas in seinem Schädel ist noch krampfhaft darum bemüht, die idyllische kleine Insel festzuhalten, auf der der Kaiman sich in der Sonne aalt, ein Eiland voll exotischer Pflanzen und Tiere, mit fallenden Kokosnüssen als einziger Gefahrenquelle für das gewaltige Reptil. Bis der Mensch kommt. Der Jäger, der sich von hinten anpirscht, immer von hinten, um das Tier am Schwanz zu packen und nicht mehr loszulassen, bis es sich im Zoo wiederfindet, lebendig und tot zugleich. Kaiman oder Jäger? Aber spiegelt nicht ohnehin eine jede Traumgestalt nur dich und deinen Seelenzustand wider? Wer hat das gesagt? Egal – aufwachen, Hagen, heraus aus deiner Taucherglocke! Er wartet auf dich, der seichte Steppensee der Realität, durch den es wie ein Reiher zu staksen gilt auf der Suche nach den Würmern, die das Überleben garantieren …

Etwas nestelt an ihm herum. Dieses unangenehme Gefühl hatte er zuletzt vor zwei Jahren, als er nach seiner Schulteroperation aus der Narkose erwachte. Es irritiert ihn, dass sich seine rechte Hand nicht bewegen lässt. Dass sie nicht wie gewöhnlich unter dem Polster ruht, um im Schlaf Kinn und Wange zu stützen, sondern hochgezurrt ist in eine unnatürliche Stellung. Ersatzweise versucht er, seine Linke einzusetzen. Die Reaktion ist ein harter Griff und eine Schlinge ums Handgelenk. Eine leicht duftende Schlinge. Dünn und doch reißfest, wie ein Damenstrumpf.

Auf ihm die Silhouette einer weiblichen Gestalt. Ihr Gewicht drückt ihm den Brustkorb zusammen. Jetzt ist auch sein zweiter

Arm am Bettgestell fixiert. Und als die Augen sich langsam an die Schattenwelt zu gewöhnen beginnen, geht mit einem Schlag das Licht an.

Ein Licht, das jeden Zweifel über seinen Zustand beseitigt. Ob er schon wach ist oder noch träumt.

Sie hockt auf ihm wie ein Ringer auf dem Besiegten, mit einem orangen Ding in ihrer Hand.

Schwer zu sagen, wie sie an sein Stanley rangekommen ist. Vielleicht hat sie es bei ihrem Besuch in der offenen Schublade gesehen und einfach mitgehen lassen. Den Cutter mit der versenkbaren Klinge, den er immer dabeihat, wenn er verreist. Ein Leatherman wäre zweifellos standesgemäßer.

Die Situation hat etwas furchtbar Triviales an sich. Die kurze Klinge blitzt und funkelt nicht gefährlich im Mondlicht, wie die klassische Waffe in einem Thriller es zu tun pflegt, sobald es ans Eingemachte geht. Die mausgrauen Jalousien geben dem Mond ja gar keine Chance, die Szene dramatisch zu beleuchten, und ein gerade mal fünfzehn Zentimeter langer Kartonschneider ist auch nicht die klassische Waffe. Kurios, denkt Hagen, wie einfachste Dinge es manchmal schaffen, dem Leben wenn schon keinen Sinn, so doch eine gewisse Struktur zu geben, Anknüpfungspunkte: In seinem letzten großen Fall hat ein Kartonklebeband eine wichtige Rolle gespielt, um Mund und Hals eines alten Obdachlosen gewickelt. Selbstmord oder Mord, so lautete damals die Frage. Im Prinzip riecht es hier, mit seinem Stanley in ihrer Rechten, nach derselben traurigen Alternative.

Mit dem feinen Unterschied, dass die Variante Mord diesmal ihn, den Chefinspektor a. D., höchstpersönlich betreffen würde.

Außer Dienst. Es ist ihm nicht leicht gefallen in den vergangenen Wochen, dieses a. D. hinter seinem Amtstitel zu akzeptieren. Dass man es angesichts seiner jetzigen Zwangslage auch als Ade, als endgültige Verabschiedung lesen könnte, daran hat er bisher nicht gedacht.

Sie ist von seinem gefesselten Körper heruntergerutscht und steht vor ihm, wie er es von ihr kennt: sexy, lässig. Nur ihr Blick passt nicht dazu. Der passt besser zum Schneidewerkzeug in ihrer Hand.

„So“, sagt sie und betrachtet ihr Werk.

Ihre Stimme könnte nüchterner nicht klingen. Wie in einer James-Bond-Szene, wo der Agent X den Agenten Y geschäftsmännisch neutral auffordert, der eigenen Liquidation mannhaft ins Auge zu sehen. Was Y üblicherweise auch tut. Spione haben das offenbar verinnerlicht, zumindest im Film. Wenn das Spiel aus ist, gibt es nichts zu jammern, wird nicht um Gnade gewinselt. Gegebenenfalls vollführt man noch eine Pirouette, trifft mit dem gestreckten Bein punktgenau den Revolver, die Waffe wechselt im Flug den Besitzer, und nun ist X der Gelackmeierte, schaut seinerseits in die kleine runde Öffnung. Keine Zeit für Schockzustände. Wenn die Kugel einem das Hirn beim Hinterkopf hinaustreibt, ist wenig Gefühl im Spiel. Auch nicht beim Kinopublikum. Das Gesetz der Spionage ist ein Naturgesetz, und jeder Beteiligte kennt und akzeptiert es: Wer schneller abdrückt, hat recht. Überleben als einziges Kriterium. Aber das fällt dem Guten im Film natürlich wesentlich leichter als in der profanen Wirklichkeit. Zumal der Agent im Film nicht ans Bett gefesselt ist, wortwörtlich.

„Setz dich auf“, sagt sie.

„Witzig“, sagt er, „wie denn?“

Die Strümpfe schnüren ihm das Blut ab. Er merkt, dass es um seinen Kreislauf nicht zum Besten bestellt ist. Ein leichter Schwindel hat ihn erfasst, und er kämpft dagegen an. Nein, das wäre nicht angebracht, so knapp vor dem Abgang noch zu kollabieren.

Die Andeutung eines Lächelns auf ihrem Gesicht vermag ihn nicht zu beruhigen. Es drückt ziemlich unmissverständlich aus, dass er sich wegen seines zu niedrigen Blutdrucks keine Sorgen mehr machen muss, wie auch wegen sonst nichts mehr. Sie haben viel geredet miteinander in den letzten Tagen. Da lernt man, die Kommentare im Gesicht des anderen zu lesen.

„Na schön. Dann tu halt, was du tun musst."

Wieder dieses Lächeln.

„Nein, mein Freund. So schnell sind wir nicht fertig miteinander. Ein wenig wirst du dich schon noch gedulden müssen."

Sein Blick fällt auf die Hausschuhe neben dem Bett. Die beiden Filzpantoffel stehen wieder einmal verkehrt nebeneinander, aber das spielt jetzt auch keine Rolle mehr. Allenfalls wird sich später ein ermittelnder Kollege darüber den Kopf zerbrechen. Ob die ungewöhnliche Stellung der Pantoffeln womöglich etwas über den Tathergang aussage, oder ob es sich gar um eine letzte verschlüsselte Botschaft des Opfers handle.

Schwachsinn!, denkt er. Wie schwer es mir fällt, meine Situation als dramatisch anzunehmen, obwohl sie es zweifellos ist. Ist das vielleicht dieselbe Art von Sehnsucht wie bei meinem Bruder, ein dunkler Drang nach drüben? Erwarte ich mir so etwas wie die Erlösung von der Banalität alles Irdischen? Aber wird es denn danach wirklich weniger banal? Die Worte des Vaters auf der Intensivstation kommen ihm in den Sinn, an ihn gerichtet in einem der seltenen intimen Augenblicke, die er mit seinem Erzeuger teilte:

„I säg dr eppas, des hon i sus no niamand gset: I glob nix vo dem Käs, Tone, gär nix vo dem, was do no ko söll. A koan Gott und o a koan Tüfel."

Das hatte der Alte ihm noch mitgeben wollen, dass er an nichts von all dem glaube, was nach dem Tod kommen solle, weder an Gott noch an den Teufel, und seine tief liegenden Augen hatten darum gebeten, diese Worte für sich zu behalten. Ein Wunsch, den Hagen natürlich erfüllte. Allerdings, wenn er ehrlich ist, arg beschäftigt hat er sich mit Vaters Einsichten zwischenzeitlich auch nicht. Dass sie ihm gerade jetzt wieder einfallen müssen …

„Also schön. Dann reden wir halt. Wenn es dir hilft."

Es ist nicht das erste Mal, dass er diesen Spruch verwendet. Vor allem gegenüber Lisa hat er damit geglänzt. Zumeist, wenn sie ihn darum bat, endlich ihr komisches Verhältnis zu klären. Er ist nie ein großer Redner gewesen. Außer bei Verhören, aber das ist ein anderer Kanal. Ein öffentlich-rechtlicher gewissermaßen, kein peinlich privater. Mehr noch als das Reden ist das Reden-Lassen ein Teil seiner Arbeit. Es gibt nur wenige Verbrecher, die im Verlauf von tagelangen Verhören nicht zu dem Punkt gelangen, wo sie sich mitteilen wollen. Müssen! Und wenn es nur ein Polizist ist, der ihnen zuhört. Hauptsache, irgendeiner beschäftigt sich mit ihrem vertrackten Innenleben.

„Wenn es dir hilft!", äfft sie ihn nach. „Hat schon viel gelernt von den Ärzten hier, unser Amateurpsychiater! Aber wer sagt dir, dass ich mit dir reden will?"

„Was willst du dann?"

Sie sieht durch ihn hindurch, als ob er nicht im Raum wäre. Er hat noch keinen Menschen kennengelernt, der das besser beherrscht hätte als sie. Es ist nicht jener Blick ins Leere, der einem mitunter beim Nachdenken hilft; nein, es ist die kalte Verneinung des Gegenübers. Ein Leugnen seiner Existenz. Oder zumindest seiner Existenzberechtigung.

„Abwarten", sagt sie und nimmt auf seiner Matratze Platz. Als wäre sie eine Besucherin am Krankenbett.

Von draußen hört er den Ruf eines Uhus. Nichts Außergewöhnliches, die Klinik liegt ja nah genug am Waldrand. Auch die Natur sagt mir, ich sollte mich fürchten, denkt er. Wieso kann ich mich nicht einfach fürchten?

Das Stanley in ihrer Rechten zittert nicht im Mindesten, als sie die Klinge noch ein Stück weiter ausfährt.

Es herbstelt, ohne Zweifel. Von den Bergen winkt bereits der erste Schnee, der Dornbirner Marktplatz aber strotzt noch vor satten, fast südländischen Farben: das Rote Haus röter noch als gewöhnlich, dahinter die Gelb- und Ockertöne der Kastanienbäume, rechts das bunte Giebelmosaik von St. Martin und der grüne Spitzhelm des Ostturms, der sich in den tiefblauen Himmel bohrt. Alles in allem ein scharfer Kontrast zu Hagens Gemütsverfassung und Grund genug, um erstmals seit Monaten Zeitausgleich in Anspruch zu nehmen. Ein kurzer Anruf im Landeskriminalamt, und Punkt vierzehn Uhr ist der Arbeitstag für den Chefinspektor ad acta gelegt.

„Tuas gnüßa", hat ihm Claudia, die Sekretärin des Majors, gewünscht, „ab morn ischt eh Reaga agset." Er klopft sich auf die Schulter: Endlich, endlich hat er sich einmal überwunden und seiner Lust nachgegeben – seiner Unlust, genau genommen. Sollen doch Gfader und Winder den restlichen Zeugen der Messerstecherei in Hatlerdorf hinterherhecheln! PKK-Anhänger gegen Graue Wölfe, das alte Lied.

Auf dem Weg zum Parkplatz lässt ihn ein Geruch schwach werden: Maroni! Er gönnt sich ein Viertelkilo, dabei hat er doch eben erst ein dreigängiges Menü vertilgt. Aber wie willst du dich wehren gegen den Duft der Maroni, der herüberströmt aus jener verflossenen Zeit, als geröstete Kastanien, verpackt in einer schlichten Tüte aus Zeitungspapier, den Gipfel kindlicher Glückseligkeit darstellten?

Die Tüte ist noch nicht zerknüllt, da ist es mit der nostalgischen Wonne schon wieder vorbei. Ein Schalensplitter, der sich beim Schälen unter seinem Fingernagel verspießt hat, nervt Hagen ebenso wie die Tatsache, nicht recht zu wissen, wozu er sich eigentlich freigenommen hat. Er pickt ein Strafmandat von der Windschutzscheibe, das zweite in dieser Woche, und zerknüllt es. Rast auf der A14 heim nach Levis, wirft sich auf die Couch, studiert die Fernsehzeitung. Vergeblich: Unter zig Programmen keine einzige Sendung, die einen reizen würde, auf den Knopf zu drücken. Außerdem muss er nach einem Blick in die Speisekammer erkennen, mit vergorenem Hopfen und Malz nicht mehr ausreichend gerüstet zu sein, um idiotische TV-Shows um fünf bis sechs Prozent erträglicher zu gestalten. Also wieder auf, Hagen, keine Müdigkeit vorschützen! Er holt das Fahrrad aus der Garage und packt die Kiste mit den leeren Bierflaschen hinten drauf.

Dem üblichen Stau auf der Reichstraße weicht er über die verkehrsberuhigte Mutterstraße am Fuß des Ardetzenbergs aus. In der Wiese blöken ein paar Schafe. Eigentlich wohne ich in einer rechten Idylle, denkt Hagen. Mitten in der Stadt und doch am Land. Es sind große, weiße Schafe, weitaus größere als jene, die er letzten Sommer in Irland gesehen hat, und bedeutend träger. Die unseren könnten sich auf den steilen Pfaden der Twelve Pins kaum halten, nein, sicher nicht, geschweige denn, dass sie über die Moorgräben drüberkämen. Dafür geben sie wahrscheinlich mehr Wolle, sind leichter zu halten, angepasster an die Menschen hierzuländle. Scheiße! Wollte er diese Gedanken nicht streichen, ein für alle Mal – wie alles, was mit der grünen Insel zusammenhängt? Aber wenn doch jedes blöde Schaf es schafft, ihn wieder hineinzureißen; hinein in diesen Graben, diesen Morast, hüfttief gefüllt mit Wasser und Schlamm. Ein Moorbad, von dem absolut keine Heilwirkung ausgeht …

Aus einer Quergasse sieht er einen blassblauen BMW auftauchen, etwas schnell unterwegs vielleicht, aber er, der Radler, hat ja Vorrang, was soll's. Die leeren Flaschen hinter ihm veranstalten einen Höllenlärm, man muss sich fast schämen, als Polizist so unterwegs zu sein, sichtbar und hörbar, das nächste Mal wird auch er wie jedermann den Wagen benützen. Der blaue BMW biegt jetzt in seine Straße ein. Verdammt, wieso bremst der nicht? Trotz der getönten Scheiben ist zu erkennen, wie der Fahrer, ein junger Spund, ins Handy spricht, lacht, dazu eine Bee-Gees-Nummer für die ganze Welt, und der Kerl lacht noch immer, während er ihn schneidet, wahrscheinlich schildert er der Tussi am anderen Ende der Leitung gerade, wie er einen Opa auf dem Fahrrad eben ein wenig ausgebremst hat, ausgebremst ohne zu bremsen, haha, und wie die leeren Bierflaschen dabei einen Tanz aufführen in ihrer Kiste und greller noch klingen als die Stimmen von Maurice und Barry Gibb.

Keine zwanzig Meter weiter bremst der BMW dann doch, um seitlich einzuparken. Der Fahrer grinst noch immer, als Hagen fast auf gleicher Höhe ist mit ihm, quatscht noch immer in sein dämliches Handy: *alles klar, Angie-Baby, alles klar.* Und Angies Lover, Sohn eines betuchten Feldkircher Rechtsanwalts, wird die nächsten paar Sekunden hilflos mit ansehen müssen, wie die Hand des ausgebremsten Opas hinter sich in die Biersteige langt und eine Flasche herauszieht, eine leere Bierflasche Marke Mohrenbräu, die, das gibt es ja gar nicht, in hohem Bogen auf seinem Autodach landet, dort eine beträchtliche Beule hinterlässt, wieder abspringt und schließlich – wundersamerweise ohne zu zersplittern – auf der Straße landet. Muss sich anhören, wie nun der Radfahrer seinerseits lacht, ein irres Lachen, wie der junge Mann später zu Protokoll geben wird, nie hätte er sich gedacht, dass ausgerechnet ein Polizist zu so etwas imstande sein könnte! Die Delle im Autodach sei ja zu verschmerzen, aber der Schock! Man stelle sich vor, wenn er in diesem Stress nicht seine Nerven im Zaum gehalten hätte! Aber eine Genugtuung, das wird er später einmal Angie oder ihrer Nachfolgerin erzählen, eine echte Genugtuung sei es ihm schon gewesen, dass der oberste Chef des Landeskriminalamts ihn persönlich gebeten habe, über dieses Vorkommnis Stillschweigen zu bewahren. Was er auch versprochen habe, als ihm versichert wurde, das Schweigen und ein außergerichtlicher Vergleich sollten sein Schaden nicht sein.

*

„In Anbetracht der Tatsache, dass so etwas das erste Mal vorgekommen ist", sagt Major Ender jetzt schon zum dritten Mal. „Und angesichts Ihrer unglückseligen familiären Umstände im Vorfeld ..."

Hartmann, der Polizeipsychologe, übt sich im Dauernicken. Auch er ist peinlich berührt. Über einen Gruppenleiter, der schon doppelt so lange im Polizeidienst tätig ist wie er, ein psychologisches Gutachten erstellen zu müssen, ist weder alltäglich noch lustig. Wenigstens sind in den zwei langen Gesprächen mit Hagen genügend außergewöhnliche Stressmomente ans Tageslicht gekommen, die es angebracht erscheinen lassen, *die Sache* nicht aufzubauschen. Der Chefinspektor zeigt sich zudem einsichtig und verzichtet gegenüber seinem Vorgesetzten auf jede Rechtfertigung. Ausgerastet sei er eben, unentschuldbar, er wolle das gar nicht kleinreden. Und wenn man deshalb sein Ausscheiden aus dem Dienst verlange, werde er sich nicht dagegen sperren.

„Aber ich bitte Sie!" Der Major klingt für einmal fast ehrlich. „Wegen einer solchen Lappalie werden wir nicht einen verdienten Mann wie Sie ... Das hätte gerade noch gefehlt. In Wien steht derzeit die halbe Führungsebene der Kripo vor Gericht, täglich werden neue Schandtaten der Polizei in den Medien breitgetreten. Angebliche, versteht sich, zu neunundneunzig Prozent pure Erfindung! Aber etwas bleibt ja immer an einem hängen, der verdächtigt wird, wer wüsste das besser als unsereins. Jedenfalls können wir da kein zusätzliches Theater brauchen. Wir stehen selbstverständlich voll hinter Ihnen, Herr Kollege. Aber ein bisschen werden Sie uns schon entgegenkommen müssen."

Schweigen im Raum. Düsteres Harren der Bedingungen. Aus dem Munde eines Vorgesetzten, der ihm nie besonders grün war. Wenn ihn Malin nicht protegiert hätte, aus Sympathie zu seinem verstorbenen Vater, Hagen hätte nicht einmal den Gruppenleiterposten bekommen damals, vor mittlerweile sechs Jahren. Aber vielleicht wäre das auch gescheiter gewesen so.

„Kennen Sie eine gute Klinik, in die Sie sich für eine Weile ... zurückziehen können?"

„Eine Klinik? Zurückziehen? Wozu denn das?"

Ender versucht sich nun in einem väterlichen Ton, was angesichts der knapp fünf Jahre, die der Major älter ist als Hagen, ein wenig eigen anmutet.

„Ja, mein lieber Hagen, im Leben eines jeden Polizisten, der wie Sie tagaus, tagein mit den Schattenseiten des menschlichen Daseins befasst ist, gibt es einmal einen Zeitpunkt, wo die persönlichen Ressourcen erschöpft sind. Nein, schütteln Sie nicht den Kopf: Sie stehen seit Jahr und Tag an der Front, und jeder Soldat braucht einmal Fronturlaub, so viel ist sicher. Gönnen Sie sich ein paar Seelenmassagen, Sie werden sehen, wie gut Ihnen das tut. Und danach ..." – Ender legt eine Kunstpause ein – „danach werden Sie in Ihrem Dienst auch wieder mehr Befriedigung finden."

Und nicht mehr so leicht ausflippen, denkt Hagen, das hast du netterweise weggelassen. Er versucht es mit einem Gegenvorschlag. „Ich könnte mich ja auch bei einem hiesigen Therapeuten ein-, zweimal die Woche auf die Couch legen, wenn es das ist, was Sie wollen. Nach der Arbeit, natürlich. Wir sind doch schon zu dritt am Anschlag, wie sollen Gfader und Winder alleine den Karren am Laufen halten!"

Ender winkt ab. „Sie brauchen Abstand von der Arbeit, nicht noch mehr Stress, Hagen! Und machen Sie sich keine unnötigen Sorgen wegen Ihrer Gruppe. Jetzt geht es erst einmal um *Ihre* Gesundheit. Demnächst bekommen wir ohnehin Verstärkung durch einen deutschen Kollegen, das Gegengeschäft quasi zu Winders Hospitation in Berlin vor zwei Jahren. Also, ich denke, wir verstehen uns, nicht wahr? Gut. Ja, und noch etwas: Sollten Sie, was ich durchaus verstehen könnte, eine Kur im benachbarten Ausland vorziehen, wo einen nicht jeder kennt, kann Ihnen Dr. Hartmann sicherlich mit Adressen behilflich sein. In diesem Sinne" – er steht auf und gibt Hagen damit zu verstehen, dass das Gespräch beendet ist – „freue ich mich, wenn Sie uns erholt und voll überschäumender Energie bald wieder verstärken werden!"

Keine Kündigung, nur entlassen – in eine Kur. Als arbeitsunfähiges Psycherl abgestempelt, das dringend eine Rehabilitation braucht. Es hätte schlimmer ausgehen können, sagt sich Hagen. Er weiß zwar nicht, wofür das Ganze gut sein soll, aber bitteschön. Auf diese Weise kann man dem Chef schon mal entgegenkommen.

Liam heiße ich, nix sonst, einfach Liam, das muss genügen.

Und du? Anton, aha. Nach dem heiligen Antonius, Helfer der Suchenden. Ein wichtiger Heiliger!

Und sie? Lisa. Sehr angenehm. Deine Frau, nehme ich an? Nein? Na ja, es geht mich ja nix an.

Anthony und Lisa … Schöne christliche Vornamen! Aus Österreich kommt ihr? Der Hitler ist auch aus Österreich gekommen, nicht wahr? Hat es den Briten ordentlich gezeigt, damals, alle Achtung! Wenn es am Ende auch nicht ganz gereicht hat.

Und was macht ihr bei uns in Connemara? Wandern, ach so. Mittlerweile kommt ja die ganze Welt zu uns. Sogar Japaner und Chinesen … eine echte Heuschreckenplage! Aber ich hab eh nix gegen sie. Wer wird sich beschweren über sein Zubrot. Am verrücktesten sind die Schlitzaugen: Die springen aus dem Bus, noch bevor er richtig steht, und stellen sich links und rechts von mir auf im Feld. Dann wird fotografiert, was das Zeug hält. Und ein Gegrinse ist das! Wenn sie fertig sind damit, hüpfen sie gleich wieder in ihren Bus und ab die Post. Ich winke ihnen brav nach, bis sie verschwunden sind. Weil das gehört zu meinem Job, hat der Bursche von *Failte Ireland* gesagt.

Also, das Feld gehört mir ja gar nicht, ich würde es auch nicht wollen. Eine saure Wiese, um die sich keiner reißt. Wie? Pyramiden aus Torf? Pyramiden, haha, das ist gut! Nach dem Ausstechen muss das Zeug halt zum Trocknen geschlichtet werden, damit es ordentlich brennt. Das hat sich nicht geändert in den letzten tausend Jahren …

Aber ich beschwere mich nicht. Das Torfstechen und das Brikettschlichten ist eine aussterbende Kunst. Immer weniger geben sich dafür her, und schon gar keine Jungen.

Jetzt fällt er mir wieder ein, sein Name: Malley, so heißt er, der Bursche vom Tourismusverband, Pete Malley. Ein studierter Kopf, das hab ich gleich gemerkt. Hat mich extra in meinem Cottage besucht, um mir den Deal vorzuschlagen. Wann wird das gewesen sein? Vor elf oder zwölf Wochen vielleicht, knapp vor Beginn der Hauptsaison. Du bist ein harter Brocken, Liam, sagt er, das sieht man, du lässt dich nicht so leicht von Wind und Wetter vertreiben, oder? Ne, sag ich und schenke mir ein zweites Glas aus der Flasche ein, die er auf den Tisch gestellt hat, vier Jahreszeiten pro Tag, das macht mir nix und überhaupt. Weil das ist wichtig, sagt er: Du musst ständig draußen sein. Von mir aus kann es Kartoffeln hageln, sag ich, ich rühre mich nicht von der Stelle. Das ist auch die erste Bedingung, sagt er. Die zweite ist, dass du dir nichts daraus machen darfst, wenn sie dich fotografieren. Wer wird mich schon ablichten wollen, lache ich, einen alten Torfstecher wie mich! Wirst schon sehen, sagt er, wirst schon sehen. Am besten fangen wir gleich damit an. Ich musste in mein ältestes Gewand steigen, und er hat mich beim Stechen fotografiert. Für den neuen Katalog, hat er erklärt. Er war gar nicht mehr zu bremsen, einen ganzen Film hat er verschossen – nur für mich! Der alte Liam im Hochglanzkatalog von *Failte Ireland*, stellt euch das mal vor! Ich hätte natürlich lieber meinen Feiertagsanzug angezogen, aber das kam nicht in Frage. Weil es doch darum geht, dass alles echt aussieht, hat Pete gemeint. Je zerschlissener das Gewand, umso besser. Und Regen und Nebel würden die Leute auf den Fotos lieber haben als Sonnenschein, wegen der urigen Stimmung. Ich hab mir das nicht vorstellen können. Glaub mir, Liam, sagt er, was die richtige Stimmung angeht, bin ich Experte. Vier Jahre Marketingstudium in Dublin und in London. Keine Ahnung, was sie da zusammenstudieren, denke ich, aber okay, er wird es wohl wissen. Nach der Knipserei sind wir zum Geschäftlichen gekommen. Er hat mir siebzig Euro die Woche geboten, einfach so, ich hab nicht einmal handeln müssen. Siebzig Euro, das sind fast fünfzig alte irische Pfund! Eine ordentliche Menge Geld für einen Rentner wie mich. Abgemacht, sage ich, die Hand darauf. Abgemacht, sagt er. Er hat mir sogar noch die halb volle Flasche *Paddy* dagelassen – ein feiner Bursche!

Den ganzen Tag Torf stechen und Torf schlichten … Es klingt anstrengender, als es ist. Ich hab genug Zeit, zwischendurch meine Pfeife zu rauchen und für einen Schluck aus der Buddel, die unter den Briketts eh keiner sieht. Aber wann immer ein Auto oder ein Radfahrer auftaucht am Horizont, fang ich sofort wieder an mit dem Stechen. Oder mit dem Schlichten, je nachdem. Im Urlaub sehen die Menschen am liebsten anderen bei der Arbeit zu, hat Pete gesagt, und ich schätze, er hat recht damit. Auch wenn nie einer das Zeug abholt zum Verheizen, es geht ja nur ums Zurichten, und dass alles möglichst original ausschaut. Und weil eh nie etwas wegkommt, hab ich mir jetzt einen neuen Plan überlegt: Am Abend stoß ich die Haufen einfach wieder um! So erspare ich mir, jeden Tag neue Briketts ausstechen zu müssen. Nicht schlecht, was? Das dürft ihr dem Pete Malley aber nicht verraten!

Nicht ganz ehrlich? Ach, wissen Sie, das ist so eine Sache mit der Ehrlichkeit. Die Ehrlichkeit, sag ich immer, ist wie ein Katzenjunges. Furchtbar lieb, aber blind. Ohne viel Lebenserfahrung und ohne viel Lebensberechtigung. Wahrscheinlicher, dass es schon am ersten Tag ersäuft, als dass es sie aufkriegt, seine verklebten Augen.

Ich werde es wohl wissen, weil da bin *ich* der Experte. Seit ewigen Zeiten bringen sie mir ihre Katzenjungen, damit ich sie entsorge für sie. Wie ich das erledige, ist ihnen egal, solange sie nicht zuschauen müssen dabei. Liam, du machst das für mich – nicht wahr, Liam? Ich hab keine Hand für so was, und meine Frau, du kennst sie ja, die würde am liebsten gleich den ganzen Wurf behalten … Weil ich also eine Hand für so was habe, darf ich sie ertränken, im nächstbesten Moorgraben. Dort liegen schon ich weiß nicht wie viele. Irgendwann einmal wird sich ein Archäologe den Kopf darüber zerbrechen, was so viele Katzenskelette auf einem Haufen bedeuten. Ob das eine Opferstätte der Kelten war oder sonst was Antikes.

Aber die Leute brauchen mich nicht nur, wenn unerwünschter Nachwuchs gekommen ist. Es gibt auch die, die ihre alte Katze nicht mehr aushalten, weil sie plötzlich nicht mehr stubenrein ist. Zehn Jahre lang ist alles bestens gelaufen, und auf einmal versaut sie den Teppich oder scheißt einem vor die Tür. Ich sag den Leuten immer: Wenn es nicht Darmkrebs ist oder so, wird es wohl daran liegen, dass etwas umgestellt wurde in der Wohnung. Vielleicht findet sie sich einfach nicht mehr zurecht bei Ihnen zuhause? Aber die Leute wollen sich darüber gar keine Gedanken machen. Die glauben, eine Katze ist dazu da, sich ihnen anzupassen und nicht umgekehrt. Dann bin ich halt wieder der, der sie entsorgen muss.

Bevor ich es in den Graben werfe, tröste ich das Tierchen noch ein bisschen. Ja ja, *pussy cat*, sage ich, unberechenbar ist es halt geworden, das Leben, furchtbar kompliziert. Was glaubst, wie es uns Menschen erst damit geht! Und da ist keiner, der es so schnell und schmerzlos zu Ende bringt mit uns wie ich jetzt mit dir.

Ich kann es ja nicht beweisen, Anthony, aber ich glaube, nach so einem Trost stirbt es sich gleich um einiges leichter.

Da haben wir aber Glück gehabt, Herr Hagen!

Glück, genau, Glück … Was ist schon ein blauer Fleck auf dem Hintern angesichts der Unendlichkeit – also angesichts der unendlich vielen Möglichkeiten, sich wehzutun. Auch wenn der Fleck sich ständig auszuweiten scheint und in seinem Zentrum mittlerweile richtig gelb geworden ist, eine Schwefelader mitten durch den Allerwertesten. Es hätte auch leicht das Knie daran glauben können, oder gar die Hüfte, in der ohnehin seit gut zwei Jahren eine veritable Arthrose hockt, die ihm die Lust raubt an jeder heftigen Bewegung. Den Mambotanzkurs hat er deshalb nach nur sechs Abenden aufgeben müssen: Schau, Lisa, diese Ausfallschritte sind einfach nichts für meine ramponierte Hüfte. Wenn es krümelt und kracht, als hättest du Sand, was sage ich, als hättest du mittlere Felsbrocken im Getriebe, da kommst du dir gleich noch einmal so blöd vor bei diesen Verrenkungen.

Dabei ist der Mambo noch gar nichts im Vergleich zum argentinischen Tango …

Mit Schaudern denkt er zurück an ihre gemeinsame letzte Silvesternacht in diesem St. Gallener Keller. Verführt, verhext, verloren! Gefangen im Lasso von Lisa, das sie wie ein waschechter Gaucho wirft, vorwärtsgepeitscht von den rasenden Akkorden der extra aus Patagonien eingeflogenen Musiker, vier wahre Konditionswunder, die im Gegensatz zu ihm keine Pause benötigen. Gitarrengeschrumme, Akkordeongequetsche; Lisa, die ihn umschwänzelt; schmachtende Blicke allüberall. Da Auerhahn, dort Henne. Permanentes Balzen in wiegender Zeitlupe, mitunter beschleunigt zu einem synchronen zackigen Herumreißen der Köpfe, auf das jähe Erstarrung folgt: eine Skulptur schweißgesülzter Eitelkeit, ein – wäre er nicht gezwungen, selbst dabei mitzumachen – faszinierender, von Pathos triefender Augen- und

Ohrenschmaus. Und Schweizer Preise für den üppig fließenden Malbec, der hilft, die sonstige Verklemmtheit fasnachtmäßig zu entsorgen. Ein Ausnahmezustand, der die Regel bestätigt.

Tut es uns noch sehr weh, Herr Hagen?

Nein, tut es nicht. Aber danke der Nachfrage. Ein lächerlicher Ausrutscher halt, nicht vergleichbar jenem bei der winterlichen Radtour im Bregenzerwald, der ihn vor zwei Jahren ins Krankenhaus gebracht hat, und dennoch: Ein Treppenwitz seiner eigenen Geschichte, weil passiert in total nüchternem Zustand. Aber was sonst soll man auch hier drinnen sein als nüchtern. Wie oft hat er es eigentlich geschafft, im steilsten Gelände sturzbesoffen einen Sturz zu vermeiden? Das Austarieren – eine alte Spezialität von ihm. Vielleicht, dass es etwas mit seinem Sternzeichen zu tun hat, einer Waage ist die Balancierfähigkeit ja angeblich eingeschrieben. Erst hier, auf der ganz und gar unspektakulären Treppe zwischen Therapiebereich und Wohnräumen muss er es fertigkriegen, auszurutschen auf dem abgeschliffenen Lärchenholz und sich, schon im Fallen, ausgerechnet an einem Kaktus festzuhalten …

Was, zum Teufel, haben langstachelige nordamerikanische Kakteen eigentlich im Stiegenhaus einer psychosomatischen Klinik zu suchen?

Armer Herr Hagen! Wie konnte das nur passieren?

Ja, wie eigentlich? Ist das alles vielleicht Teil eines größeren Absturzes? Du musst die Dinge ganzheitlicher betrachten, Tone, hat Lisa immer gesagt. Okay, ihr Kriminaler seid super, wenn es darum geht, etwas zu analysieren und auseinanderzuklauben, keine Frage; aber die Welt lässt sich nicht auf die Summe ihrer Teile reduzieren. Und er darauf: Was hast du gegen das Zerlegen? Im Mikrokosmos ist doch der Makrokosmos enthalten – deine Worte! Und sie lächelt nur, lächelt und macht diese komische Gebärde wie die hinduistische Götterfigur mit den vielen Armen, bevor sie ihm wieder entgleitet, in der nassen Schwärze versinkt, und er greift ins Leere, zu kurz seine langen Handballerarme, viel zu kurz …

Zeit für den Kaffee, Herr Hagen!

Wunderbar, danke. Wohltuend, diese Regelmäßigkeit! Um Punkt sieben Uhr fünfundvierzig gibt es Frühstück, ob es regnet oder schneit oder ob, wie heute, die Sonne scheint. Von zwölf bis dreizehn Uhr dann Mittagessen, von siebzehn Uhr fünfundvierzig bis achtzehn Uhr dreißig das Abendbrot. Der Zeitplan ist angesichts der vielen Therapien und Vorträge, die dazwischen zu absolvieren sind, recht engmaschig, aber ihm taugt das. Er schätzt klare Vorgaben und ist froh, wenn sich der Tagesablauf wie von selbst ergibt. Schwer zu verstehen, wieso sich manche Patienten hier über alles und jedes echauffieren müssen: über den Zeitplan, über die Kost, über das polnische und karibische Pflegepersonal. Sich *echauffieren* – eine prächtige Vokabel, findet Hagen, mit nostalgischem Beigeschmack. Schon wie sich das *ie* schier endlos dehnen lässt, drückt es mehr von der selbstgefälligen Erregung aus als jedes andere Wort.

Am meisten weiß sich der Laub zu echauffieren. Wolfgang Laub, ein Oberstudienrat aus Stuttgart. *Ich lege Wert darauf, dass man meinen Vornamen nicht zu einem Wolfi verstümmelt!* Schon beim ersten Treffen der Neuankömmlinge, beim Kennenlernabend, wo sich das Ärzte- und Therapeutenteam der Station vorstellte und man einander beschnupperte, ist der Mann unangenehm aufgefallen. Seine endlose Fragerei – *zwecks besserer Orientierung*, so Laubs ständige Floskel, *noch eine schnelle Frage zwecks besserer Orientierung!* – hat bewirkt, dass man am Ende des Kennenlernabends nur eines bis ins letzte Detail wusste: was alles in der Klinik verboten ist. Denn ausschließlich für Regeln, geschriebene wie ungeschriebene, zeigte der Herr Oberstudienrat Interesse. Mit einem wie ihm in der Gruppe hat sogar der seelisch Stabilste schnell einen Schaden weg. Natürlich leidet

Laub, wie die meisten hier, an Burnout, im *Sonnblick* ist man ja auf Ausgebrannte spezialisiert. Was auch die überproportional große Anzahl von Lehrern und Sozialarbeitern unter den Patienten erklärt. Früher, als die österreichische Krankenkasse noch anstandslos alles bezahlte, kamen sie angeblich zuhauf von der anderen Seite der Grenze; jetzt halten Selbstbehalt und Mehraufwand doch die meisten davon ab. Derzeit scheint Hagen der einzige Vorarlberger im Haus zu sein, worüber er heilfroh ist. Und der einzige Kriminalpolizist. Darauf hat ihn der geschniegelte Chefarzt auch gleich angesprochen, zum Glück unter vier Augen: Er freue sich, einmal einen waschechten Kommissar in seinem Haus begrüßen zu dürfen. Da werde man sich in den nächsten sechs Wochen ja ganz besonders sicher fühlen …

Depp!, dachte Hagen und lächelte wie eine polierte Zweieuromünze. Das hat er schon gefressen, wenn sich ein Mann die Wimpern einfärbt!

Und dennoch muss er Major Ender im Nachhinein noch dankbar dafür sein, dass der ihn dazu gedrängt hat, ins *Dütsche* zu gehen. Man stelle sich vor: In der Gruppentherapie hockt dir einer gegenüber, den du einmal eingebuchtet hast! *Wär' was für die Analen*, wie der liebe Kollege Winder zu witzeln pflegt, *Analen mit einem „n"* …

Die Klinik *Sonnblick*, das ist Ausland und doch fast wie daheim. Kleine Unterschiede, große Wirkung. So wie mit der Betonung im Wort Kaffee: In Österreich, egal ob in der Großstadt oder im kleinsten Kaff, trinkt man immer Kaffée. Dass die bitter gerösteten Samen des Kaffeestrauchs in Deutschland auf der ersten Silbe betont werden, betrachtet Hagen als symbolhaft für die unterschiedliche Mentalität: Káffee, das klingt schon wesentlich akkurater und prosaischer als Kaffée, dessen lyrisch-beschaulicher Klang geradezu zum Zurücklehnen und Zeitungslesen einlädt. Was Hagen allerdings nicht zu negativen Schlussfolgerungen verführt, was sein derzeitiges Umfeld betrifft. Früher hat er, wie jedermann in der Alpenrepublik, über die Piefkes hergezogen, hier aber lernt er ihre Andersartigkeit schätzen. Gerade, weil sie ihn, dezent, unaufdringlich und bisweilen etwas unterkühlt, in der Anonymität des Patientenstatus belassen. Wenn man von Ausnahmen wie Laub einmal absieht. Er fühlt, wie eine amorphe Masse ihn einhüllt, die ihm zuraunt: Zeit, Herr Hagen, nehmen Sie sich ruhig Zeit, wir sind da für Sie, jawohl, wir passen schon auf Sie auf. Ein wohliges Jawohl, eines, das so gar nichts Militärisches an sich hat. *Herr Hagen!* Hier ist er ein Ziviler unter vielen, nicht der durchgedrehte Chefinspektor. Herrlich unbekannt sich und den anderen.

Er nippt wieder an seiner dampfenden Tasse.

Dass sie außerhalb von Dublin keinen gehörigen Kaffee auftreiben konnten, hätte Lisa fast dazu gebracht, den Irlandurlaub vorzeitig zu beenden. Beziehungsweise rechtzeitig ... In Bewley's Coffeeshop war die Welt noch heil, da mischten sie einem die Sorten sogar auf Verlangen, und es gab Walnussbrot mit salziger Butter dazu, was köstlicher schmeckte als jeder Kuchen. Aber außerhalb der Hauptstadt verstand man unter Kaffee praktisch ausschließlich Nescafé. Den wollte Lisa partout nicht schlucken. Aber nach der Übernachtung bei Mrs. O'Reilly in Galway wird alles anders. Mrs. O'Reilly hat nämlich eine Tochter, Susan, die sich im größten Hotel am Lough Corrib im mittleren Management verdingt. Das Hotel ist eigentlich ein altes Schloss, erklärt Mrs. O'Reilly, dort servieren sie einem den Kaffee in Kännchen aus echtem Sterlingsilber. Aha, sagt Lisa, *very interesting*. Wir wollen ohnehin zum Lough Corrib, nicht wahr, Tone, vielleicht können wir ja Ihre Tochter dort besuchen? *Wonderful*, sagt Mrs. O'Reilly und holt sofort eine rosa Visitenkarte aus der Schreibtischschublade hervor, auf der die genaue Adresse des Schlosshotels steht. Bereits am nächsten Tag parken zwei österreichische

Touristen ihren kleinen, roten Mietwagen auf dem Hof des Belford Castle Hotel. An der Rezeption fragt Lisa nach Susan O'Reilly. Leider momentan außer Haus. Wir dürfen doch in der Lounge auf sie warten?, fragt Lisa höflich, aber im Ton einer Feststellung. Vielleicht bei einem Kännchen Kaffee? Natürlich dürfen sie warten, und in der Tat wird der Kaffee in einer echten Silberkanne serviert. Und, was am wichtigsten ist: Es handelt sich dabei um einen echten, meterweit duftenden und dank der geschlagenen Sahne und dem braunen Kandiszucker höchst aromatischen Espresso, wie er im edelsten Wiener Café nicht besser zu kriegen ist. Im Lichte dieser Erfahrung beehren sie fortan jedes im Reiseführer verzeichnete Nobelhotel entlang ihrer Route mit einem kurzfristigen Besuch, wo sie dann bei Kaffee und Kuchen auf eine alte Freundin oder eine Angestellte warten, die dort – *what a pity!* – nicht mehr arbeitet oder noch nie gearbeitet hat. Hagen schafft es überraschend schnell, seine berufsbedingten Skrupel abzulegen und Lisas Bluff als akzeptable Notlüge durchgehen zu lassen. Es ist einfach gar zu amüsant zu sehen, wie sie es fertigbringt, die bitter Enttäuschte darüber zu mimen, dass eine gewisse Mary oder Rachel oder Fiona nicht anzutreffen ist, und wie sie sich dann mit dem obligaten Silberkännchen über diesen Schicksalsschlag hinwegtrösten lässt. Manchmal dürfen sie nicht einmal bezahlen dafür – das Getränk ist *on the house*.

Beim Gedanken, wie viel sie auf dieser Tour durch Connemara zusammen lachten und blödelten, tropft ihm eine Träne in die Tasse. Lisa, der Schalk. Lisa, die Schauspielerin. Lisa, die extra ein paar Brocken Gälisch gelernt hatte, um die alten Männer im Pub standesgemäß begrüßen zu können, was dann gar nicht so toll ankam, den Blicken nach zu urteilen. Vielleicht argwöhnten die Einheimischen, ihre extra auf Gälisch geführten Gespräche könnten von den Fremden belauscht worden sein. Aber was kümmerte das Lisa! Lisa, die Unentwegte, die Unermüdliche.

Die alle Twelve Pins in zwei Tagen besteigen wollte: Binn Bhán, Binn Chorr, Binn Dubh … Dubh bedeutet schwarz, hat sie vor dem Aufstieg auf den dritthöchsten der zwölf Gipfel erklärt, und dunkel genug, in allen Abstufungen zwischen schwarzviolett und ölig, schimmerte in der Tat der nasse Grund der Moorgräben, die sie umlaufen mussten. Immer längere Umwege verlangten ihnen diese bis zu zwei Meter tiefen und ebenso breiten Gräben ab, die die Hochmoorlandschaft im Zickzackmuster durchschnitten, und ihre Schätzung, in zwei Stunden auf dem Gipfel zu stehen, ging bei Weitem nicht auf. Endlich oben angelangt war der Anblick des Meeres und der unzähligen kleinen Seen und Tümpel, die sich im schrägen Nachmittagslicht mit den tief hängenden Wolken zu einer silber- und orangelastigen Farbenskala verquickten, überwältigend. Der Mühe Lohn, eingefahren auf dem Gipfel eines Berges, der, nach dem Verständnis eines Alpenbewohners, gar keiner war, eine Kuppe eher mit wogendem, gelblich-braunem Gras, knappe sechshundert Meter über dem Meeresspiegel. Sie umarmten und küssten sich im scharfen Westwind, der heftig an ihren Jacken zerrte. Als wollte er beweisen, dass zwischen hier und New York nur er etwas zu bestimmen hätte, stellvertretend für alle Elemente. Im Schutz einer Mulde kuschelten sie sich aneinander, vergaßen auf Wind und Wetter und Zeit …

Noch ein Stück Zucker, Herr Hagen?

Ja, warum nicht, danke, Lucy. Kann einem eine einzige Träne wirklich den Kaffee versalzen, kann sie das? Was meinst du dazu, du Schönheit aus Trinidad? Wie es dich wohl hierher in den deutschen Süden verschlagen hat? Vermutlich über den Umweg Tanzlokal, das sich als Puff erwies, aber immerhin, der Sprung über den Ozean war geschafft. Mit dreißig dann endlich der Wechsel vom Ganzkörpereinsatz zur Stockwerkshilfe mit blauer Schürze. Allein unter den Stationsgehilfinnen auf dieser Abteilung gibt es drei Karibinnen. Ein von daheim bekanntes Muster: Billige ausländische Arbeitskraft pflegt teuren inländischen Patienten, der nicht mehr arbeitsfähig ist. Mitunter kommt zwar auch der Patient aus dem Ausland, aber zwischen Ausländer und Ausländer gibt es natürlich Unterschiede, abhängig von der Größe des Portemonnaies. Immerhin bedeuten Leute wie er, die nicht der deutschen Rentenversicherung auf die Tasche fallen, eine kleine zusätzliche Finanzspritze und werden entsprechend gern gesehen.

*

„Für den Einzelnen mag das vielleicht nicht sehr schön sein, aber irgendwie muss sich das System schließlich finanzieren."

Der, der diese großen Worte gelassen ausspricht, als wolle er damit Hagens Gedanken kommentieren, ist kein Geringerer als DDr. Sachs, Chefarzt des *Sonnblick* und stolz darauf, trotz seiner leitenden Position noch immer *an der Basis*, also auch als behandelnder Arzt, tätig zu sein. Obwohl ihn eigentlich, wie er seinem Oberarzt gegenüber gerade unterstreicht, alleine die Administration des Zweihundertfünfzigbetten-Betriebs schon *zu hundert Prozent* in Beschlag nehme.

„Wie geht sich da überhaupt noch eine Therapie aus?", will Dr. Selzer, gemartert vom ständigen Eigenlob seines Chefs, wissen. „Hundert und wie viel ist hundert?"

„Nun, auf dieses mathematische Spielchen möchte ich mich lieber nicht einlassen", meint der Chefarzt mit einem entwaffnenden Lächeln. Einer wie er ist nicht so leicht festzunageln.

Sein Spitzname in der Kollegenschaft: *3 D*. Sachs ist sowohl Facharzt für Psychiatrie als auch für Psychosomatik, dennoch verzichtet er zumeist darauf, den doppelten Doktor vor seinem Namen anzuführen. Nennen Sie mich schlicht und einfach Dr. Sachs, lautet seine Aufforderung an jeden Neuen. Das dritte D stammt von seinem Vornamen, Dieter. Aber vor allem signalisiert 3 D, wie viel Raum der Chef beansprucht. In jeder Hinsicht.

Die beiden Ärzte haben sich im Speisesaal an einem etwas abseits stehenden Tisch niedergelassen, um ungestört über dies und das reden zu können. Gleichzeitig soll ihre Anwesenheit den Patienten und einfachen Mitarbeitern physisch vermitteln, dass im *Sonnblick* auch der nichttherapeutische Alltag von größter Transparenz und Offenheit geprägt ist. Für hierarchische Dünkel ist hier kein Platz. Ein schönes Bild: Der oberste Arzt frühstückt im Speisesaal neben Leuten *mit akzentuierter Persönlichkeitsstruktur*, wie Dr. Sachs jene am liebsten nennt, deren mannigfaltige Störungen ihm sein nicht geringes Einkommen garantieren. Immerhin steht die *geglückte Kommunikation und Interaktion zwischen Ärzten, Therapeuten und Patienten* im Leitbildfolder der Klinik an oberster Stelle.

„Es gibt da neuerdings Zores mit Sigi", berichtet Dr. Selzer. „Das Problem sollten wir wirklich offensiv angehen. Die Arme hat offenbar eine Patientin in ihrer Gruppe, mit der nicht gut Kirschen essen ist."

„Will heißen?"

„Will heißen, dass für die Kollegin eine Vorverlegung der Supervision dringend angeraten erscheint. Um es dezent auszudrücken. Gestern Nachmittag hat sie mich vor meinem Büro abgefangen, heulend wie ein Schlosshund. Wollte alles hinwerfen. *Sie oder ich!*, hat sie gezetert, *sie oder ich*. Ich würde sagen, sie stand haarscharf vor einem Impulsdurchbruch. Besonders unangenehm war, dass einige Patienten das Ganze mitbekommen haben."

Dr. Sachs schiebt sich ein Hörnchen mit Aprikosenkonfitüre in den Mund. „Unsere zarte Sigi", meint er unter genüsslichem Kauen, „da staunt der Fachmann, und der Laie wundert sich. Sie haben die Sache natürlich in den Griff gekriegt, oder? Erzählen Sie, Selzer, aber bitte von Anfang an. Ich bin ganz Ohr."

Selzer berichtet vom Wunsch der Kunsttherapeutin Sigrid Bayer, ihren Kurs schnellstmöglich an Beate Ehlich abzugeben. Dabei hat Beate erst vor ein paar Wochen auf der Station angefangen, während Sigrid schon das dritte Jahr in der Klinik tätig ist. Und sowohl im Team als auch bei den Patienten ist sie im Allgemeinen überaus beliebt.

„Sie können sich vorstellen, dass ich diesem Wunsch nicht gleich nachgekommen bin."

„Wie hat sie ihn denn begründet?"

„Nun, zuerst argumentierte sie, sie wolle sich nicht mehr auf das Töpfern reduzieren lassen, schließlich habe sie in ihrer Ausbildung noch andere Fertigkeiten erworben, die zu verkümmern drohten. Klang für mich zwar etwas eigenartig, aber ich versprach ihr, mich für sie einzusetzen, bis Februar müsse sie allerdings schon als Kursleiterin weitermachen. Gestern kam sie, wie gesagt, wieder zu mir und gab vor, dass ihre geröteten Augen – und sie waren wirklich rot – mit dem ständigen Staub in der Töpferei zusammenhingen. Als ich nachbohrte, seit wann sie diese Probleme mit den Augen denn schon habe, mir sei das noch gar nie aufgefallen, brach es plötzlich aus ihr heraus: Diese Berlinerin im Kurs benehme sich unmöglich, arrogant und anmaßend und stelle sie vor allen anderen als inferior hin. Überhaupt sei sie eine Hyäne. Was heißt Hyäne für dich?, frage ich sie. Eine, die nicht mehr loslässt, wenn sie Blut geleckt hat, antwortet sie, die jede Verletzung gnadenlos ausnutzt und ihre Beute zu Tode hetzt. Gnadenlos gehetzt und bedroht – so also fühlt sich Sigi wegen dieser Patientin. Einer gewissen Marie Therese Herbst."

„Interessant! Bei wem ist die Frau in Einzeltherapie?"

„Beim Kollegen Westhäußer."

„Gut. Ich werde mit Westhäußer reden. Mal sehen, vielleicht nehme ich mir diese Herbst auch selbst vor. Schwierige Fälle üben eine magnetische Anziehungskraft auf mich aus, Sie wissen ja."

Zwei Narzissten in einem Boot – wenn das nur gutgeht, denkt der Oberarzt. Und sein Problem ist noch immer nicht gelöst.

„Aber was machen wir ad hoc mit Sigi? Vergessen Sie nicht – *Sie oder ich!* Wenn sie die Kreativgruppe hinwirft, stehen wir ohne Fachkraft da."

Dr. Sachs zermalmt den letzten Zipfel seines Hörnchens. „Ich kümmere mich um beide Damen, Selzer", meint er mit lässig-wegwerfender Gebärde, „versprochen! Wir werden doch unserer hübschen Sigi nicht von einer Borderlinerin und ihren Omnipotenzansprüchen rote Augen anhängen lassen. Geben Sie mir eine Woche, dann hat der alte Sachs diese leidige Sache aus der Welt geschafft. Doch nun zu Erfreulicherem: Haben Sie eigentlich unseren neuen Tenniscourt schon ausprobiert, Herr Kollege? Nein? Dann sollten wir ihn aber schleunigst einweihen! Wie wäre es mit einem Spielchen am kommenden Samstagnachmittag? Laut Wetterbericht kommen noch einmal ein paar südlichere Tage auf uns zu. Die gilt es doch unbedingt zu nutzen, nicht wahr?"

*

Kann ich das Tablett schon wieder mitnehmen? Hat das Frühstück etwa nicht geschmeckt, Herr Hagen?

Zwei Fragen auf einmal, Lucy, das überfordert mich derzeit. Danke jedenfalls, nimm einfach das ganze Zeug mit. Es war alles tipptopp, aber ich fühle mich momentan nicht so gut, weißt du. Ich denke, dass ich die Stunde bei Dr. Grein heute schwänzen werde. Ihr sensationeller Tipp das letzte Mal, dass ich mit meiner Trauer würde arbeiten müssen … Also, ich weiß nicht, ob ich dafür eine Fachfrau brauche. Solange sie mir nicht verraten kann, *wie* ich meine Albträume loswerde … Wenn diese bleiche Hand nach mir fasst, mich hinunterreißen will, und ich sie wegdrücke, zurückstoße in den Abgrund – ist die Botschaft nicht klar genug? Was gibt es daran herumzudeuteln, zu *bearbeiten*? Ich war nicht imstande, Lisa zu helfen, als es darauf ankam. Wieso sollte sich jetzt, Monate danach, daran etwas ändern können? Durch reden und wieder reden? Oder indem ich ein bisschen auf Trommeln einschlage, oder male und bastle? Das neueste offene Kursangebot: Schmuck aus Speckstein. Unkostenbeitrag pro Abend nur 4,50 €. Um läppische vier Euro fünfzig könnte ich lernen, ihr Gesicht aus dem Stein herauszukratzen. Ein dreidimensionales Totenbild. Und wozu? Soll ich zum Voodoozauberer werden, der einen Fetisch in die Grube wirft, um sie damit zu versiegeln und die bösen Geister fernzuhalten?

Nein. Wie hat die alte Frau Karner neulich gemeint: *In meinem Alter muss man lernen, das Weinen zu genießen. Sonst bleibt nicht viel übrig zu genießen.*

Und genau darin, Dr. Grein wird es mir verzeihen, gedenke ich mich für den Rest des Tages zu üben.

Was denn! Ihr glaubt doch nicht im Ernst, dass euer Kollege … dass etwas nicht ganz sauber war an der Sache? Ach so, nur Routine.

Also, wo fange ich an … Wir sitzen gerade zusammen im O'Flanagan's und diskutieren über den neuen Kreisverkehr, den sie bei uns bauen wollen. Sinnlos, sage ich, wozu braucht es in Kilconnack einen Kreisverkehr, nicht einmal die Briten haben uns so einen Schwachsinn beschert. Wir müssen halt lernen, mit der Zeit zu gehen, sagt Power. Zeit!, sagt Mulligan. Schaut euch an, was die vielen Kreisverkehre um Galway gebracht haben! Unsereins findet gar nicht mehr hinein in die Stadt, das reinste Karussellfahren! Damit wir einfachen Leute nicht mehr anstreifen an den Neureichen, sage ich. So ein Kreisverkehr ist aber gut für die Bauwirtschaft, sagt Power, und ohne den Bauboom wäre Irland nie zum keltischen Tiger geworden. Ich merke nix von einem Tiger, sagt Mulligan, nur von scharfen Hunden. Schäferhunde und Security vor jedem Pub, so weit ist es gekommen! Musst dich erst ausweisen, bevor du dein Pint kriegst. Und das nennst du Fortschritt?

Da kommt *er* hereingeschossen, was wird es gewesen sein – sieben, halb acht? Dreingeschaut hat er wie der verrückte Johnston, bevor sie ihn in die Klapsmühle gesteckt haben, und dreckig von oben bis unten. Anthony, rufe ich, hast dich mit einem Kobold angelegt? O ja, hier gibt's jede Menge Kobolde, feixt Mulligan, auch wenn wir nicht an sie glauben – sie sind da! Da packt ihn Anthony an der Jacke und zerrt ihn vom Hocker. Wir müssten auf der Stelle mitkommen mit ihm, etwas Furchtbares sei passiert, droben in den Twelve Pins. Da war mir gleich klar, dass es um sie geht, um die lustige Kurzhaarige, die er am Vortag dabeihatte. Wir haben nix Vernünftiges aus ihm herausgekriegt.

Erst sagt er, sie ist abgestürzt, dann wieder, sie ist ertrunken. Wir haben schnell ein paar Grubenlampen, Schaufeln und eine Trage organisiert, dann bin ich zu Anthony in den Mietwagen gestiegen, die anderen in Mulligans Pick-up hinterdrein. Wir hatten noch gemeint, er solle doch sein Auto stehen lassen, der Mann war ja völlig fertig mit den Nerven, aber er wollte unbedingt selbst fahren. Während der Fahrt hat er ständig vor sich hingebrabbelt, auf Deutsch, nehme ich an, ich hab nur ein Wort verstanden: Lisa. Wir sind immer weiter in die Berge hinein, weiß der Teufel, was diese Touristen dort immer zu suchen haben. Bei Keegans Cottage am Fuß des Binn Dubh haben wir die Autos abgestellt, da war es bestimmt schon halb neun vorbei.

Dann sind wir aufgestiegen. Anthony zwanzig Fuß voraus, wir haben kaum Schritt halten können, und es ist immer steiler geworden. Bist du sicher, dass wir da richtig sind, frage ich ihn, der Wanderweg geht doch viel weiter dort drüben, siehst du den dunklen Streifen im Heidekraut? Aber er war sich ganz sicher. Sie hätten eine Abkürzung genommen. Weil sie sich viel zu spät auf den Rückweg gemacht hatten und den vielen Moorgräben auf der Hochebene ausweichen wollten. Ja, die Gräben … Klar, dass sich Fremde da verschätzen können.

Es war schon stockfinster, als wir sie endlich fanden, mit den Grubenlampen.

Sie steckte so fest, dass wir sie zu dritt kaum herausbekamen. Als Power ihr das Seil um den Bauch legte, wäre er selbst fast versunken in der Brühe. Sind schon viele verschwunden in solchen Löchern, Gute und weniger Gute. Es heißt, dass etliche englische Sheriffs, die unseren Leuten früher beim Schnapsbrennen oder Wildern zu knapp auf den Fersen waren, hier das Moos von unten anschauen. Wie auch immer. Für die Frau kam jedenfalls jede Hilfe zu spät. Anthony hat lange ihre Hand gehalten, gesagt hat er nichts dabei. Mulligan hat ein kurzes Gebet gesprochen, dann haben wir die Tote auf die Trage gebunden und den Berg hinuntergeschleppt. Anthony wollte sich nicht ablösen lassen beim Tragen, obwohl er völlig fertig war. Einmal ist er ausgerutscht und hat Power mit zu Boden gerissen. Zum Glück hatten wir die Leiche ordentlich festgezurrt. Aber er hat geheult wie ein Wolf. Als wäre sie noch einmal in den Graben gestürzt. War schon ein rechtes Elend, dieser Abstieg mitten in der Nacht. Am Ende waren wir alle vom Ginster zerstochen und haben ausgesehen wie eine Horde Kesselflicker.

Ob sie ertrunken ist oder sich das Genick gebrochen hat, kann ich nicht beurteilen. Aber dafür habt ihr ja eure Fachleute. Jedenfalls hatte sie eine schlimme Wunde an der Schläfe. War erst am Morgen richtig zu sehen, als sie gewaschen und aufgebahrt dagelegen ist. Ich hab mit Anthony die Totenwache gehalten. Irgendwann fängt er an zu erzählen: dass er Kriminalpolizist ist, ein *Detective*, und dass die vierzehn Tage Wanderurlaub sein Verlobungsgeschenk waren. Für sie, die Bergkatze, die auf den höchsten Bergen in den Alpen zuhause war. Ausgerechnet auf einem irischen Hügel muss sie abstürzen, keine sechshundert Meter über dem Meeresspiegel!

Ja, sage ich, das ist wirklich tragisch. Nein, sagt er und spuckt aus: Es ist ein Witz. Ein furchtbar schlechter Witz.

Ich freue mich auf die Stunde!

Ich freue mich wirklich, und heute werde ich ganz bei mir bleiben, das verspreche ich mir. Ich werde rechtzeitig da sein, ich werde eintreten, ohne zu zögern. Zuerst grüße ich Antonia, dann Diethild, als dritten Max. Die Bayer werde ich einfach nicht beachten. Ich schwöre: Heute lasse ich mich nicht provozieren von ihr!

Von der ersten Stunde an wusste ich, dass das Arbeiten mit Ton mein Ding ist. Anders als die Tanztherapie. Da bringe ich nichts rüber, alles wirkt falsch. Jede Muskelanspannung wird sofort hinterfragt, es ist nicht zu ertragen.

Ich werde einfach an Golema weiterarbeiten. Es ist, als ob der weiche, feuchte Ton meine Hand knetet, nicht umgekehrt. Meine Finger finden wie von selbst die richtige Form. Golema wächst, und ich wachse mit ihr.

Ich streichle sie, wie die Mutter die Wange des Mädchens streichelt. Wenn es weint. Wenn es Sorgen hat. Die Mutter tröstet das Kind. Sie fragt nicht, wie groß oder klein die Sorge ist, wie berechtigt oder unberechtigt. Die Mutter ist da, und sie tut es. Sie tut es. Eine Mutter tut es einfach.

O, wie ich sie hasse!

Sie ist eine große Schauspielerin, sagt Papa, eine ganz große Schauspielerin ist deine Mutter. Diese Hure! Jeden Tag spielt sie ein neues Stück für mich, im Gratisabonnement. Und du wirst ihr immer ähnlicher …

Ich muss mich auf Golema konzentrieren. Sie ist fast schon breiter als hoch. Wie eine jungsteinzeitliche Venus, hat Antonia gemeint, eine archaische Mutterfigur. Antonia ist nicht dumm. Sie redet nicht viel, aber was sie sagt, hat Hand und Fuß. Golema ist mir mehr Mutter, als Mama es je war.

Das Modellieren ist einfach genial! Die Erlösung von allem Gequassel! Endlich kann ich direkt übersetzen: die Empfindung in den Ausdruck. Das Wesen in klare Form.

Eine wie Karin hatte damit natürlich nie ein Problem. Hätte ich es so billig gegeben wie sie, mein Buch wäre Jahre vor ihrem erschienen! *Sämtliche Gedichte von Yeats, in der modernen Übertragung von Karin Wolter.* Von wegen modern! Schwülstiger kann man die klare Sprache von Yeats kaum entstellen. Aber schnell war sie wieder einmal, das muss ihr der Neid lassen. War bereits fertig, als ich noch in den Startlöchern scharrte. Schon an der Uni nannten wir sie die schnelle Karin. Die sich durch alle Professorenbetten vögelte, um auf dem direktesten Weg zu ihrem Diplom zu kommen. Verwendet jetzt wahrscheinlich eine automatische Übersetzungssoftware, um die schnellste zu sein …

Umso befreiender die Erfahrung mit dem feuchten Ton: Meine eigene Skulptur hat mich zum Leben erweckt, meine Golema errettet mich! Und alle, alle in der Gruppe spürten es! Ihre Gesichter spiegelten mein Glück: Marie Therese, dir geht es jetzt prima, nicht wahr? Sogar Diethild, die naive Diethild kapierte das. Nur diese ignorante Therapeutin nicht.

Sigrid Bayer muss natürlich wieder etwas zu bekritteln finden:

Ob Sie sich da im Format nicht etwas übernehmen, Frau Herbst? Kleinere Arbeiten machen es einem erfahrungsgemäß leichter, Klarheit zu gewinnen …

Erfahrungsgemäß! Von welcher Erfahrung spricht dieses Weib? Sie ist gut und gerne fünf Jahre jünger als ich und will mich belehren!

Die Raben der rastlosen Gedanken fliegen, krächzen, hin und her, erwidere ich. Yeats in meiner Übersetzung! Und Bayer, die keinen blassen Schimmer hat, wovon ich rede:

Gedanken müssen nicht immer rastlos sein, lassen Sie doch auch die Ihren ein wenig zur Ruhe kommen.

Das muss ich mir nicht sagen lassen von einer, deren Augen ständig flackern vor Unsicherheit.

Wenn Sie mir nicht folgen können, Frau Bayer, dann treten Sie mir doch wenigstens nicht dauernd auf die Ferse.

Drückte ich mich wirklich so zahm aus? Oder doch direkter; so, wie man mit ihresgleichen reden sollte?

Sigrid mit den treuherzigen Kuhaugen: Zieh Leine! Du bist es nicht wert, dass ich mich mit dir beschäftige.

Und besorg dir endlich ein eigenes Parfum! Es gibt Millionen verschiedener Düfte auf dieser Welt. Wieso musst du Moschus verwenden wie ich?

Am Wochenende werkt sie stundenlang in ihrem Gärtchen herum, ich habe sie beobachtet dabei. Als sie mich sieht, erstarrt sie, versucht ihren Schrecken zu verbergen. Begrüßt mich, als wäre ich ihre Lieblingspatientin. Dabei fuhr ich ihr schon zweimal über den Mund, dass ihr die Luft wegblieb. Aas, falsches! Warte nur, dich werde ich herausholen aus deiner Biedermeierwelt!

Ein wunderschöner Sonntagnachmittag, nicht wahr, Frau Herbst, ideal für einen Spaziergang.

Ich gehe auf ihre Kacke nicht ein.

Frau Bayer, sage ich lächelnd, *womit glauben Sie eigentlich, diese Idylle verdient zu haben?*

Sie schnappt nach Luft, ich ziehe die Schlinge weiter zu.

Vielleicht ein Geschenk vom Chefarzt, für kleine nächtliche Gefälligkeiten?

Sie muss sich am Zaun festhalten. Ganz bleich ist es plötzlich geworden, ihr süßes Schulmädchengesicht.

Jetzt werden Sie aber wirklich zu persönlich, Frau Herbst!

Persönlich werden … Genau darum ginge es doch, du Möchtegern-Therapeutin! Aber das denke ich mir nur im Stillen, eine wie sie verdient keine Erklärung. Was ist nur geworden aus ihren niedlichen Kuhaugen? Zu runzeligen Rosinen sind sie verkommen, geschrumpft auf halbe Größe.

Ich brauche keinen Rückspiegel, um zu wissen: Gleich wirst du losheulen, Sigrid Bayer. Und kein Kollege in Weiß, der dich trösten könnte. Kein einziger weit und breit.

7 Wer weiss weiter

Das Wetter hat in der Nacht umgeschlagen, aber Kälte und Nebel können ihn nicht von der morgendlichen Frischluftkur abhalten, die er wegen seines Treppensturzes für drei Tage aussetzen musste. Der Park ist teilweise ziemlich verwildert, was Hagen durchaus schätzt. Auch die Steinbänke an den Wegkreuzungen laden nicht wirklich zum Verweilen ein. Sie sind mit feuchtem Moos bewachsen, auf dem sich zu dieser frühen Stunde ein feiner Film aus Raureif gebildet hat. Umso erstaunter ist Hagen, als er auf einer der Bänke eine zusammengekauerte Figur entdeckt. In einen dicken, braunen Mantel gehüllt hockt, ihm abgewandt und offenbar so in Gedanken versunken, dass er Hagens Näherkommen nicht bemerkt, ein Mann, der ihm schon im Speisesaal aufgefallen ist. Irgendetwas an seiner Körperhaltung kommt ihm bekannt vor. Von den Gesichtszügen her ist der Mann gut und gerne zehn Jahre jünger als er, sein ungepflegter Bart und der altmodische Mantel lassen ihn aber älter erscheinen. Erst als Hagen unmittelbar neben ihm steht, blickt der andere auf. In dem Moment, als ihre Blicke sich treffen, weiß Hagen, wen er vor sich hat. „Prader!“, platzt es aus ihm heraus. Der Angesprochene zuckt zusammen. Eine eindeutige Bestätigung für den Chefinspektor, dass der prominente Kabarettist vor ihm hockt.

„Tschuldigung, wenn ich Sie erschreckt haben sollte“, sagt Hagen und fährt seine Hand aus. „Hagen, mein Name.“

Sein Gegenüber springt, anstatt die hingestreckte Hand zu ergreifen, auf und läuft davon. Nach fünfzig Metern wird er langsamer, zögert kurz und dreht wieder um. Beide gehen aufeinander zu, um wie auf Kommando stehenzubleiben. Duell im Morgengrauen, denkt Hagen unwillkürlich. Er entschließt sich, die unangenehme Stille zu brechen.

„Ich kann Sie verstehen, Herr Prader. Auch wenn ich wesentlich weniger bekannt bin als Sie, bleibe ich hier lieber inkognito. Aber ich kann die Situation nun einmal nicht mehr ändern."

Ein Lächeln huscht über das Gesicht des anderen. „Nein, das ist wohl tatsächlich ein Ding der Unmöglichkeit: eine Erkenntnis zurückzuschrauben." Er streckt seinerseits die Hand aus. Hagen ergreift sie dankbar.

„Es ist der Bart!", sagt er. „Darum habe ich Sie nicht gleich erkannt. Immer wieder unglaublich, wie ein bisschen Bart die Menschen verändern kann."

„Das war eigentlich die Idee", brummt Prader, „hat aber nicht viel geholfen."

„Und die Wolle steht Ihnen auch nicht, wenn ich das so offen sagen darf."

„Ich weiß. Aber wir sind ja hier nicht auf einem Catwalk."

Beide lächeln, kurz und trocken.

„Wir könnten ein Stück miteinander gehen", schlägt Prader vor. „Zumindest die Vorliebe für frühe Spaziergänge scheinen wir ja gemeinsam zu haben."

Die nächsten Minuten trotten sie schweigend nebeneinander her. Zwei nicht mehr ganz junge Männer, die die Lust an körperlicher Bewegung entdeckt haben.

Diesmal ist es Prader, der das Schweigen bricht. „Woher kennen Sie mich überhaupt?"

„Ursprünglich aus dem Fernsehen. Einmal habe ich Sie auch live gesehen: als Sie vor zwei Jahren in Feldkirch auf der Bühne standen. Sie werden sich kaum mehr an unser kleines Provinztheater erinnern – so, wie Sie herumgereicht werden."

„Doch", widerspricht Prader. Gerade an den Feldkircher Auftritt erinnere er sich noch bestens. „Im Westen aufzutreten ist für mich immer eine spezielle Herausforderung: Wird das Publikum überhaupt meinen Dialekt verstehen, kann es etwas anfangen mit dem Wiener Schmäh? Den Alemannen sagt man ja nach, knochentrocken zu sein. Aber meine Befürchtung war unbegründet. Und Sie waren da also im Publikum."

„Genau. War ein Mordsspaß. Als Kriminalbeamter hat man tagsüber nicht übermäßig viel zu lachen, da ist so ein abendlicher Kabarettbesuch ein guter Ausgleich. Außerdem schätze ich Ihren ätzenden Humor. Kommt mir vor wie eine Säure, die aus dem Zentralfriedhof ins Heurigenlokal sickert."

„Oho", lacht Prader, „ein hübsches Bild! Man sieht: Was Leichen angeht, sind Sie vom Fach, Herr Inspektor!"

„Nur Ihr letzter Auftritt in dieser Kabarettistenrateshow *Wer weiß weiter* ..." Hagen zögert.

„Na?", ermuntert ihn Prader.

„Der war mir, wie soll ich sagen, gar zu schräg."

„Was hat Sie gestört?"

„Ach, vergessen Sie es."

Aber Prader lässt nicht locker. Schließlich sei er nicht zuletzt wegen eben dieser Show hier im *Sonnblick* gelandet.

„Also schön", sagt Hagen. „Sie waren ja der *special guest* in der Raterunde. Ich glaube, die erste Frage lautete: Was hat es zu bedeuten, wenn in Sizilien drei verschiedenfarbige Regenschirme aufgespannt in der Erde stecken."

Prader nickt bestätigend.

„Jeder der Kabarettisten hat sich bemüht, den anderen beim Blödeln zu übertreffen. Bis Sie an die Reihe kamen und die Stimmung mit einem Schlag kippte."

„Was genau habe ich denn gesagt?"

„Dass Sie nichts dazu zu sagen hätten und dass Ihnen heute sicher auch sonst nichts Lustiges mehr einfallen werde, man möge Ihnen verzeihen und Sie vorzeitig entlassen. Soweit richtig?"

„Völlig richtig."

„Der Moderator lachte sich halb tot und meinte, ein Prader dürfe seine Gedanken nicht dem Publikum vorenthalten. Sie haben erwidert, Ihre momentanen Gedanken würden das Format dieser Sendung sprengen, vielleicht das Format jeder Sendung. Ich muss schon sagen: All das hat für mich schwer nach einer Inszenierung gerochen."

„Im Gegenteil: Es war Nötigung! In einer Talkshow nichts zu sagen ist die Todsünde schlechthin. Jeden Mist kannst du von dir geben, und er wird dir mit Applaus vergoldet. Aber eine Antwort auf eine noch so idiotische Frage zu verweigern, das spielt sich nicht. Nun war mir an dem Tag wirklich nicht nach Volksbelustigung zumute. Ich habe mich ausgebrannt gefühlt und hatte es schon am Morgen bereut, die Zusage für diesen Auftritt gegeben zu haben. Bloß war ich zu feige gewesen abzusagen."

„Aber wer hat Sie dazu gezwungen, Ihren Selbstmord anzukündigen? Ich finde, damit haben Sie Ihren berühmten schwarzen Humor zu weit getrieben."

Prader ist abrupt stehengeblieben. „Jetzt werden Sie unpräzise! Ich habe nicht meinen Selbstmord angekündigt! Ich habe nur gesagt: Wenn man denn unbedingt wissen will, was mich im Augenblick beschäftigt, dann ist es die Mutter aller Fragen: Wozu lebe ich überhaupt noch? Das und nichts anderes habe ich gesagt, oder?"

Hagen stimmt zu.

„Und danach? Sekundenlanges Schweigen. Wobei die Sekunden lang werden können in einer Livesendung, glauben Sie mir. Bis man mich mit den Worten entließ: ‚In dem Fall müssen wir ja noch froh sein, dass sich unser heutiger Gast nicht vor laufender Kamera aus dem Leben stehlen will, sondern nur aus der Sendung.' Der Showmaster versuchte einfach, aus der peinlichen Situation noch eine Pointe herauszupressen. Absolut nachvollziehbar, ich in seiner Lage hätte wahrscheinlich genauso gehandelt. Aber das Publikum musste das natürlich anders sehen: als das ultimative Sich-Aufplustern zweier Gockel. Ich wünschte, es wäre so gewesen."

Hagen ist sich nicht sicher, ob er dem anderen das abnehmen soll: ein allseits beliebter Alleinunterhalter, der im Strahl der Scheinwerfer ernsthaft morbide Absichten äußert? Oder spielt Prader hier, fernab jeder Bühne, nur sein Theater weiter – diesmal mit ihm, dem gutgläubigen Fan? Andererseits: Konnte man nicht in der Zeitung lesen, dass die Fernsehshow vorübergehend eingestellt wurde? Das würde doch darauf hindeuten, dass den Verantwortlichen auch nicht ganz wohl war bei der Sache. Dass der Eklat tatsächlich nicht inszeniert war und der Kabarettist recht hatte mit der Vermutung, seine Ansichten könnten das Format der Sendung sprengen.

Als hätte er Hagens Gedanken gelesen, holt Prader zu einer Erklärung aus. „Wie kann man sich als öffentlicher Mensch in den wesentlichen Dingen treu bleiben? Wie schafft man es, nicht von der eigenen Attitüde gelenkt zu werden, sich nicht selbst etwas vorzuspielen, nur weil man Theater und Kabarett zu seinem Brotberuf gemacht hat? Was immer ich auf der Bühne je an Einsichten über mein eigenes trauriges Dasein von mir gebe, die Leute betrachten es bestenfalls als netten Gag. Als beklatschens-, nicht als bedauernswert. Wie reagierst du da als einer, der davon lebt, allem und jedem das Mark aus den Knochen zu saugen, um daraus eine flotte Pointe zu basteln? Am Ende merkst du gar nicht mehr, dass du im Begriff bist, diesem Zweck auch dein eigenes Mark zu opfern. Und wenn du es dann doch einmal merkst, ist es garantiert zum falschen Zeitpunkt."

„Wieso falscher Zeitpunkt? Sie hatten doch einen unheimlich starken Abgang in dieser Show."

„Stark!" Prader gibt einen gequälten Lacher von sich. „Was glauben Sie, wie mir danach zumute war! Ich hatte mich trotz meiner Erfahrung mit den Medien dazu verleiten lassen, die Wahrheit und nichts als die Wahrheit zu sagen. Ohne jede Pointe, frei von Ironie. Aber kein Mensch, das war mir im selben Augenblick klar, würde mir, dem Wiener Stadtneurotiker, diese armselige Wahrheit abnehmen, Sie selbst haben es mir eben bestätigt. Und nachdem ich in jener Nacht doch nur zwei statt zweihundert Schlaftabletten geschluckt habe, konnte ich mich nicht mehr hinaustrauen auf die Straße. Ein paar Tage lang ernährte ich mich von Dosenfutter, dann setzte ich mich ins Auto und flüchtete. In ein Dorf, wo ich schon jahrelang nicht mehr gewesen war."

„Um sich dort zu verstecken?"

„Nein. Um den alten Dr. Eckmayer aufzusuchen, einen furchtbar lieben Kerl. Ihm habe ich es zu verdanken, dass ich nicht schon bei meiner ersten existenziellen Krise mit achtzehn das Handtuch geworfen habe. Ich erklärte ihm, dass es wieder einmal soweit war: Dass ich zu feige sei, mit meinem Leben weiterzumachen, aber auch zu feige, mich umzubringen. Und dass ich unmöglich nach Wien zurück könne, die Schande sei nicht zu ertragen. Der erstbeste Taxifahrer würde mich anstänkern: *Na, samma immer noch nicht abgetreten? Eine große Goschn haben's, diese Künstler, nix als wie eine große Goschn …*"

„Und wie sind Sie hier gelandet?"

„Eckmayer kennt ein paar Ärzte im *Sonnblick*, deshalb hat er es mir empfohlen. Der ideale Rückzugsort, hat er gemeint, dort findet dich keiner. Eine Fehleinschätzung, wie sich gezeigt hat."

Hagen ist eigenartig zumute. Einerseits fühlt er sich geehrt, dass sich der berühmte Kabarettist ihm gegenüber als ein Leidensgefährte geoutet hat, andererseits macht ihm genau diese Tatsache Stress. Bedeutet das nicht, dass Prader umgekehrt auch von ihm Offenheit erwartet? Er ist es gewohnt, einem geschenkten Gaul sehr wohl ins Maul zu schauen, also hinter Nähe und Offenheit immer irgendwelche versteckten Bedingungen zu wittern; wobei für ihn, zugegeben, schnell etwas *zu* nahe ist, *zu* offen. Ich bin einfach von Natur aus misstrauisch, sinniert er, eh nicht schlecht in meinem Beruf. Aber vielleicht handelt es sich bei dieser Eigenheit ja auch um mehr als eine persönliche Marotte? Um eine Art Ländle-Punze, auch wenn es *den* Vorarlberger schon längst nicht mehr gibt?

Prader bemerkt, dass sein Gesprächspartner in Gedanken woanders ist. „Jetzt haben wir aber lange genug über mich geredet", meint er. „Was hat eigentlich Sie hierher verschlagen, Herr Inspektor? Sie sind doch hoffentlich nicht wegen eines Kriminalfalls hier?"

„Nein. Ich bin nur hier, um meinen eigenen Fall zu lösen. Der ist knifflig genug."

„Tja", sagt Prader mit einem simulierten Seufzen, „wir sind das, was der Fall ist. Klingt philosophisch, gehört aber doch eher zum weiten Feld der Psychiatrie."

Hagen versteht die Anspielung nicht. Er kommt auch nicht dazu, lange darüber nachzudenken, denn Prader überrumpelt ihn mit einem Vorschlag.

„Wollen wir uns duzen? Immerhin sind wir hier die einzigen Österreicher auf weiter Flur." Er streckt ihm die Hand hin.

„Gerne", sagt Hagen, „also, ich bin der Tone."

„Und ich der Ernst."

„Ich weiß. Mit dem Vornamen wird einem der Beruf des Komikers ja praktisch in die Wiege gelegt, oder?"

Sie schütteln einander die Hände.

Hagen schaut auf die Uhr. „Ich glaube, ich muss jetzt langsam zurück", sagt er. „Um zehn beginnt meine erste Gesprächsgruppe. Da sollte ich nicht zu spät kommen."

„Bei wem? Etwa bei der Mickl?"

„Ja, ich glaube, so heißt sie."

„Dann haben wir denselben Weg. Willkommen in meiner Gruppe, Tone!"

„Ich möchte heute ganz besonders unser neues Gruppenmitglied begrüßen", flötet Dr. Mickl. Sie verfügt über eine unglaubliche Stimme, die zu ihrer gedrungenen Figur passt wie …

„Darf ich Sie bitten, sich kurz vorzustellen, Anton."

… wie ein Mercedesstern auf einen Sattelschlepper, denkt er den Vergleich zu Ende.

Auch wenn Hagen diese Situation im Geist schon mehrfach durchgespielt hat – jetzt, wo zwölf Augenpaare jede seiner Bewegungen verfolgen, fällt ihm der Einstieg noch schwerer als erwartet. Vielleicht liegt es ja an der femininen Übermacht: neun Frauen und nur vier Männer. Darunter leider auch Laub, der nervige Oberstudienrat. Hagen nennt Namen und Alter und verweist darauf, dass er aus Vorarlberg im benachbarten Österreich stammt, weshalb man ihm auch seinen Akzent nachsehen möge. Er erntet ein wohlwollendes Nicken. Dann die erste große Hürde: sein Beruf. Er hat sich schon vorab dazu entschlossen, es bei der wenig präzisen Angabe *Polizist* bewenden zu lassen. Wozu soll er den Kriminalisten hervorkehren? Das könnte nur eine bestimmte Art von Neugier wecken, worauf er ganz und gar nicht scharf ist. Schließlich lässt er noch anklingen, dass er so etwas wie einen Nervenzusammenbruch erlitten hat. Aber auch diesbezüglich erspart er sich jeden genaueren Hinweis.

„Tja, das wär's eigentlich schon." Er versucht, wieder in eine entspanntere Sitzposition zurückzufinden. Was gar nicht so leicht ist, denn er hat keinen Stuhl, sondern lediglich ein Kissen unter sich.

Dr. Mickl bedankt sich für Hagens magere Darbietung und lädt die anderen ein, sich ebenfalls kurz vorzustellen. „Wenn wir das aber bitte so machen, dass wir nach unserem Namen auch gleich einen Alltagsgegenstand als Bild für unsere momentane

Befindlichkeit nennen. Damit wollen wir einerseits Anton die Gelegenheit geben, uns schneller kennenzulernen, und andererseits an unsere letzte Sitzung anknüpfen. Auch Sie" – sie wendet sich nochmals an Hagen – „sind herzlich eingeladen, uns spontan einen solchen Schnappschuss von sich zu schenken."

Was für einen Schnappschuss?, fragt sich Hagen. Er hat kein Bild von seiner Befindlichkeit! Er ist es gewohnt, Protokolle anzufertigen über Einvernahmen von Verdächtigen und Zeugen, über Tatverläufe und bisherige Ermittlungen. Über Erkenntnisse eben, nicht über Gefühle. Und spontan läuft da schon gar nichts. Wieso schauen ihn jetzt alle an, als wäre er der Hauptdarsteller!

„Ich würde ... äh ... lieber noch ein bisschen darüber nachdenken." Er blickt Hilfe suchend in die Runde.

Die Frau zu seiner Rechten erlöst ihn aus seinem Elend. „Aiso, da fang i einfach o", sagt sie in breitestem Münchnerisch. „I bin de Rosi, eigentlich Rosemarie, aber Rosi is mia lieba. I komm mia vor wia a Bleistift, der immer glei abstumpft. Und wenn ma ihn spitzn wui, bricht d'Mine ab."

„Danke, Rosi", sagt Dr. Mickl, „ein eindrückliches Bild." Aber Rosi lässt sich nicht so schnell abstellen.

„In da Früa hab i mein Mo ogrufa, weil i ihm erzein woit, wia's mir die letzn Tag ganga is, aber der hat nedamoi abghom. Er hebt ja nia ab! Ihr kenz euch gar net vorstein, wia i mi da fuhi! Grad so, wia wenn i zum x-ten Mal umsonst darauf wart, dass er den Fernseher endlich abschoit und zu mir unter d'Deckn kriacht, wo ich doch extra das kurze Seidene ozong hab für eahm ..."

Hilfe!, schreit es in Hagen. Genau das war seine Angst vor der Gruppentherapie: dass dein Innerstes nach außen gekehrt, dass noch das intimste Detail analysiert und seziert wird, als befändest du dich auf dem Chromstahltisch der Prosektur, mit einem Psychopathen von Pathologen, der sich lustvoll durch die Eingeweide deiner Seele hindurchschnipselt. Aber offenbar ist er hier alleine mit seiner Angst, denn die anderen identifizieren sich ohne erkennbare Scheu mit morschen Leitern, welken Blüten oder verschmierten Brillengläsern. Jetzt fehlt nur noch sein Beitrag. Dr. Mickls breiter Hintern dreht sich auf dem Sitzkissen, ihre ausgestreckte Linke vollführt eine Geste in seine Richtung, als wolle sie ihn zum Tanzen auffordern. Damenwahl! Der größtmögliche Terror für alle Tanzmuffel! Er würgt heraus, was ihm auf die Schnelle in den Sinn kommt:

„Eine Bierflasche."

Was hat er da gesagt? Gleich werden sich alle auf die Schenkel klopfen!

„Leer oder voll?"

Max, die *morsche Leiter*, hat die Frage gestellt.

„Leer, natürlich", antwortet Hagen reflexartig.

Eine gewisse Gerda will wissen, was daran *natürlich* sei.

Na, weil ich nun mal die Angewohnheit habe, keinen Tropfen in einer Bierflasche zurückzulassen, ist Hagen versucht zu witzeln. Aber rechtzeitig fällt ihm ein, dass so eine lockere Bemerkung zu einer unangenehmen Folgefrage führen könnte, nämlich, wie viele Flaschen er denn im Schnitt pro Tag leere. Und darüber möchte er ganz sicher nicht sprechen. Da bleibt er lieber sachlich und bemüht, möglichst keine Angriffsflächen zu bieten.

„Weil ich mich halt leer fühle. Und weil eine leere Bierflasche nichts wert ist."

„Doch. Das Pfand, immerhin!"

Max' launiger Kommentar nimmt Hagen ein bisschen etwas von seiner Anspannung. Warum, zum Kuckuck, rückst du nicht gleich damit heraus, fragt er sich. Es bleibt dir ja eh nicht erspart.

„Es gibt noch einen anderen Grund", sagt er schüchtern wie ein Schulbub. „Ich meine, dafür, dass mir eine Bierflasche eingefallen ist. Genau wegen so einer bin ich nämlich hier."

Und dann schildert er der staunenden Runde, wie er mit einer leeren Flasche Mohrenbräu am helllichten Tag einen BMW demoliert hat. Den Mienen nach zu urteilen kommt seine Darstellung gut an. Endlich einmal ein bisschen Action im grauen Klinikalltag! Wenn die erst wüssten, dass er bei der Kripo ist … Nur Dr. Mickl lässt sich von seiner Geschichte nicht beeindrucken.

„Nun, Anton, das war aber doch höchstens der Auslöser, dass Sie sich zu einer Therapie entschlossen haben, nicht wahr? Möchten Sie jetzt nicht versuchen, dem tieferen Grund für Ihren Impulsdurchbruch nachzuspüren?"

Er? Sich zu einer Therapie entschlossen? Sie meint es ja bestimmt ganz nett, die liebe Frau Doktor. Aber sein Problem ist es, dass er Sülze nie geschätzt hat. Und was sonst ist diese schwabbelige Mischung aus Pathos und Fachjargon? *Impulsdurchbruch … nachspüren …* Wieso kann man es nicht schlicht und einfach so nennen, wie es war: dass ihm damals auf der Straße die Sicherung durchgebrannt ist. Natürlich hat er sich auch schon gefragt, und nicht bloß einmal, was ihn an dem schönen Herbstnachmittag ausrasten ließ. Und natürlich fällt ihm nicht nur *ein* Grund ein. Aber soll er deswegen gleich seine ganze Lebensgeschichte vor diesen wildfremden Leuten ausbreiten? Was, bitte, bringt das, sich gegenseitig mit Trostlosigkeit zu bombardieren? Und diesen letzten Satz sagt er ihr denn auch ins Gesicht.

„Was das bringt?", wiederholt die Therapeutin, nicht im Mindesten ungehalten. „Ich würde sagen, ich gebe diese Frage an die Runde weiter. Sie ist ja keinem hier neu."

Über Hagen bricht sofort ein Schwall von Erklärungen herein: Welch positiven Effekt es doch habe, über negative Erfahrungen mit anderen Betroffenen zu reden und so sein Leid teilen und verhärtete Haltungen relativieren zu können, neue Anregungen zu bekommen etc. Vor allem Oberstudienrat Laub tut sich mit einem Referat mittlerer Länge hervor, bis Prader ihm ziemlich unverblümt mitteilt, er möge sich kürzer fassen, man sei hier nicht in der Schule. Sichtlich eingeschnappt bricht Laub mitten im Satz ab. Die peinliche Stille nutzt Dr. Mickl, um sich wieder an Hagen zu wenden.

„Nun, haben Sie diese Antworten als hilfreich erlebt?"

Er zögert. Man will ja schließlich niemanden beleidigen.

„Na ja. Bei all dem Positiven, das hier aufgezählt wurde, frage ich mich halt, wieso ihr dann alle so triste Bilder in den Raum gestellt habt, als es um die sogenannte Befindlichkeit ging. Ihr seid doch zum Gutteil schon seit Wochen zusammen – solltet ihr dann nicht ein bisschen besser drauf sein als – pardon – stumpfe Bleistifte oder verschmierte Brillengläser?"

Max poltert los, als hätte er Lachgas geschluckt. „Krieg dich mal wieder ein!", ermahnt ihn Gerda, „was ist denn daran so furchtbar lustig?"

Aber Max denkt nicht daran, sich zu beruhigen. Er klopft sich auf den Bauch und röhrt aus voller Brust; und als sich zuerst Rosi und dann selbst Gerda davon anstecken lassen, infiziert das schnell die ganze Gruppe.

„Toll, Anton", bescheinigt ihm Dr. Mickl, „Sie haben es geschafft, den Finger auf eine Wunde zu legen. Und Lachen hat ja auch durchaus eine heilsame Wirkung. Doch jetzt möchte ich Ihnen vorschlagen, noch einmal ernsthaft auf unser voriges Thema zurückzukommen: den Grund für Ihren Impulsdurchbruch."

Meine Hochachtung!, denkt Hagen. Die Frau verliert nicht den Faden, trotz aller Ablenkungsmanöver.

„Diesmal" – Dr. Mickl hievt ihre Leibesfülle in die Höhe – „werden wir es allerdings ein bisschen spielerischer angehen. Wir verwandeln jetzt unseren Gruppenraum in eine Bühne. Sie,

Anton, nennen Ihr Lieblingsstück, dann werden die anderen versuchen, eine Szene daraus nachzustellen, nach Ihren Regieanweisungen. Gespielt wird, was immer Sie für die Schlüsselszene halten. Sie allein wählen auch die Mitspieler aus und geben ihnen einige Leitsätze für die Rolle mit auf den Weg."

„Und Sie glauben, das bringt mich dann zum wahren Grund für meinen … äh … Durchbruch?"

„Das werden wir am Ende schon sehen", lächelt sie milde.

„Hm." Hagen kratzt sich am Hinterkopf. „Könnte es auch ein Film sein? Theater ist ehrlich gesagt nicht ganz meine Sache."

„Selbstverständlich. Filme, Theaterstücke, Opern – wie es Ihnen beliebt."

Hagens Skepsis bleibt ungetrübt. Aber Hauptsache, das Psychoblabla hört erst einmal auf. Sein Lieblingsfilm – was ist denn schnell sein Lieblingsfilm? Er spult ein Ausschließungsverfahren ab: Auf keinen Fall ein Krimi, so viel steht fest, man ist ja schließlich nicht Masochist! Er hat sie immer als lächerlich empfunden, diese abstrusen Wendungen und Entlarvungen im letzten Moment. Ebenso ödet ihn die Moralkeule an, wie sie darin meistens geschwungen wird. Aber auch das episch Breite, wie Lisa es liebte, ist seine Sache nicht. Am meisten flog sie, die Wendige, die Flippige, auf drei Stunden lange indische Bollywoodschinken! Vielleicht einfach, weil in ihnen fleißig getanzt und gesungen wurde.

Plötzlich weiß er die Lösung.

„*Der Seemann und die Nonne*."

„Kenne ich nicht", sagt Gerda.

„I au net", sagt Rosi. „Aber der Titl passt guat da her, wo wia doch a Leben führn müassn wie die Nonna."

„Beziehungsweise Mönche", ergänzt Max.

„Ein eher unbekannter Wim Wenders", klärt Hagen sie auf, „noch in Schwarz-Weiß gedreht."

Dr. Mickl betont, dass es nicht wesentlich sei, ob jemand die Vorlage kenne. „Wichtig ist, was Anton uns daraus zeigen wird.“

„Ist es unter Umständen ein Problem, wenn man wie ich den Film schon ein halbes Dutzend Mal gesehen hat?“, will Prader wissen.

„Nein, auch das nicht.“

Hagen hat die Frage Praders mit einem überraschten Blick quittiert. Nun bekommt er in aller Kürze die Spielregeln erklärt. Über den Inhalt solle er nur so viel mitteilen, wie zum Verständnis der Szene unbedingt notwendig sei. Rüberbringen statt Reden, laute die Devise.

„Es geht darum, was jeder der Protagonisten in der Szene empfindet. Allen voran natürlich Sie, Anton!“

Seltsam, denkt er, wenn das *Sie* so unvermittelt auf den Vornamen prallt; aber vielleicht eh kein schlechter Kompromiss. Hagens Laune hat sich in den letzten Minuten gebessert. Noch ein kurzes Räuspern, dann legt er los.

„Also: Der Film handelt von einem jungen Seemann in der Ägäis, dessen Schiff untergegangen ist. Er als der einzige Überlebende kann sich mit Müh und Not auf eine kleine Insel retten, wo es nur ein Dorf und ein Kloster mit ein paar Nonnen gibt. Eine junge Nonne findet den Seemann am Strand und päppelt ihn in den nächsten Tagen wieder auf.“

„Schade“, wirft Max ein. „Bei diesem Szenario wird sich wohl keine Rolle für mich ausgehen.“

„Sie verlieben sich natürlich ineinander, und nach einigen Seelenqualen beschließt die Nonne, dem Klosterleben ade zu sagen und mit dem Seemann fortzuziehen. Es kommt zu einem Konflikt mit der Schwester Oberin, die versucht, der jungen Nonne ihre Liebe auszureden, indem sie sie als bloße Fleischeslust hinstellt, die der wahren Liebe, nämlich der zu Jesus Christus, nie und nimmer das Wasser reichen könne. Doch die Nonne steht zu ihrer Liebe, und so greift die Oberin zum schärfsten Mittel, nämlich zur Lüge. Sie behauptet, den Seemann im Dorf mit einer anderen Frau zusammen gesehen zu haben. Die Nonne glaubt ihr natürlich und erleidet einen Nervenzusammenbruch. Sie wird über Nacht ins Krankenhaus auf die größere Nachbarinsel gebracht, was die Oberin für eine weitere Lüge zu nutzen weiß, indem sie dem Seemann erklärt, die Nonne habe immer schon an einer psychischen Störung gelitten und sei wegen der rapiden Verschlechterung ihres Zustands in eine Anstalt eingeliefert worden, wo sie wohl für längere Zeit bleiben müsse. Der Seemann will im Dorf auf ihre Rückkehr warten, verliebt sich aber nach kurzer Zeit tatsächlich in eine Dorfschönheit und zieht mit dieser fort. Als das der Nonne zugetragen wird, bringt sie sich noch am selben Tag um. Fertig."

„Tragisch, supertragisch!", sagt Max. „Ein Verschnitt von Robinson Crusoe und Romeo und Julia. Da lobe ich mir *Paris, Texas*."

„Und was davon wird *unsere* Szene?" Dr. Mickl stellt die Frage mit unbewegter Miene.

„Ich denke, den Höhepunkt stellt die Aussprache zwischen Nonne und Oberin dar. Der Augenblick, als die Jüngere zu zweifeln beziehungsweise zu verzweifeln beginnt."

„Aber vielleicht können wir auch noch die Oberin und den Seemann aufeinandertreffen lassen. Dem männlichen Prinzip eine Stimme geben, sozusagen. Einverstanden?"

„Von mir aus, warum nicht."

„Schön", lächelt Dr. Mickl. „Dann fehlt eigentlich nur noch die Besetzung. Wen möchten Sie für diese Rollen auswählen?"

Hagen besetzt Gerda, die auf ihn vom ersten Augenblick an einen herben Eindruck gemacht hat, für die Rolle der Schwester Oberin. Rosi darf die arme Nonne geben.

„Und der Seemann? Wo bleibt der Seemann?" Prader hat die Hände entspannt in den Nacken gelegt. „Spielst du den selbst?" Er blinzelt Hagen neckisch zu.

„Nein, ich würde vorschlagen, dass du das übernimmst. Wo du doch den Film schon so oft gesehen hast."

Hagen staunt, wie ohne jegliche Requisiten innerhalb weniger Minuten eine ungemein dichte Stimmung entsteht. Alle Akteure leben sich in die nur skizzierten Rollen hinein wie Profis.

„Und?", fragt ihn die Therapeutin nach einer Weile, „stimmt es so für Sie, oder müssen wir etwas ändern?"

„Nein, nein, es passt alles. Bestens!"

Prader überzeugt am meisten. Wie er den Seemann verkörpert, zeigt, dass er es gewohnt ist, auf einer Bühne zu agieren und zu improvisieren. Aber Dr. Mickl möchte, dass gerade diese Szene noch einmal gespielt wird, diesmal mit Hagen in der Rolle des Seemanns.

„Wozu?", wehrt er ab, „besser als mit Ernst und Gerda geht es doch gar nicht!"

„Tun Sie mir den Gefallen, bitte, probieren Sie es aus. Kleine Variationen bewirken oft große Veränderungen."

Wenn es denn sein muss! Es ist das erste Mal in seinem Leben, dass Hagen Theater spielt. Oder das, was er dafür hält. Er kann ja nicht wissen, dass er längst durchschaut wurde und ihm sein Bluff jetzt mit gleicher Münze heimgezahlt wird.

Er versucht, sich an Praders Vorgabe anzulehnen, was natürlich unmöglich ist. „Wieso haben Sie sie weggebracht, ohne dass ich sie noch einmal sehen konnte?", fragt er Oberin Gerda mit wild fuchtelnden Armen, aber mit viel zu sanfter Stimme, viel zu wenig aufgebracht. Wenn ihm ein Verdächtiger damit bei der Einvernahme käme, er würde sofort darauf anspringen. Genau das tut die Therapeutin auch.

„Stimmt das so für Sie?“, hakt sie nach. „Was spüren Sie, Anton, wenn Sie so nett mit Ihrer größten Widersacherin reden? Mit der Frau, die Ihnen das Liebste geraubt hat?“

Er schüttelt den Kopf und probiert es noch einmal, lauter diesmal und schärfer im Tonfall. Was dabei herauskommt, ist ein zaghaftes Piepsen. Ihm wird übel, speiübel, als hätte er eine Unmenge fetten Fleisches hinuntergeschlungen. Ein echter Montafoner Nussschnaps, das wäre jetzt vielleicht die Rettung, Gfaders kleine Mitgift für die Kur. Die langhalsige Flasche, die ihm sein Stellvertreter in der Gruppe Leib / Leben heimlich beim Abschied zugesteckt hat, *für alle Fälle*, und die er im Schmutzwäschesack auf seinem Zimmer versteckt hält, bis dato ungeöffnet. Wie auch immer: Die Rettung ist fern und Dr. Mickl nah, und noch zwei weitere Versuche verlangt sie ihm ab, die die Inszenierung um keinen Deut verbessern, nur Hagens Leiden verlängern. Er schnauft tief durch, als er endlich auf seinen Sitzpolster zurückkehren darf. Und mit Sicherheit hat er dabei einen roten Schädel; so, wie seine Birne sich anfühlt.

Der Reihe nach erzählen die Protagonisten nun von ihren Empfindungen: Wie sie es genossen haben, als Schwester Oberin Macht ausüben zu können, anstatt, wie im wirklichen Leben, die Sklavin im Familienverband zu sein; oder wie sie gelitten haben als die Betrogene, manipuliert von einer höheren Macht, gegen die sich aufzubäumen undenkbar erschien. Die Mutter?, wird nachgefragt. Nein, der Vater, dessen schlechten Atem Rosi wieder gespürt, dessen Schweiß sie wieder gerochen hat, als Gerda sich vor ihr aufbaute – der Vater stand vor ihr, eine Institution wie vor fünfzehn Jahren: Gesetz und Missbrauch des Gesetzes in einer Person.

Prader erzählt, dass er der Schwester Oberin am liebsten eine geknallt hätte, als sie so offensichtlich log. Aber das sei natürlich nicht in Frage gekommen. Und wieso nicht?

„Die Erfolgsgeschichte unserer Kultur! In einer kultivierten Gesellschaft übernehmen Worte die Funktion von Schlägen …"

Nur Hagen fühlt sich außerstande, seine Gefühle zu beschreiben. Der Kampf um die Geliebte sei wohl ein Flop gewesen.

„Und was hätte es gebraucht, damit Sie besser gekämpft hätten, Anton?", fragt Dr. Mickl.

„Wie meinen Sie das?"

„Nun, vielleicht war Ihre Liebe einfach nicht groß genug? Oder die Geliebte hat sich bei näherer Betrachtung als weniger schön erwiesen, als Sie sie im ersten Liebesrausch empfunden hatten, oder ihre angebliche psychische Erkrankung hat Sie abgeschreckt? Vielleicht fühlten Sie sich auch zu schwach, hatten womöglich etwas Ähnliches schon einmal durchstehen müssen? Es gibt viele denkbare Gründe, Anton, warum jemand sich außerstande fühlt zu kämpfen. Ehrliche wie vorgeschobene."

Hagen sitzt versteinert auf seinem Polster.

„Was wir hier tun, Anton, ist kein Spiel. Schon gar kein Pokerspiel, bei dem man mit Bluffen gewinnen kann. Ich empfehle Ihnen, dass Sie sich dieses Thema in der Einzeltherapie genauer anschauen. Einverstanden?"

Er ahnt, dass die Pause umso schwerer wiegt, je länger er mit der Antwort zuwartet.

„Einverstanden."

„Gut", sagt sie. Das Eis in ihrer Stimme zerschmilzt zu einem rotmundigen Lächeln. „Aber jetzt müssen wir leider Schluss machen, meine Lieben. Also dann – bis am Donnerstag!"

Dr. Sachs lehnt sich tief in den schwarzledernen Bürosessel zurück und wirft einen Blick auf seine *Chronoswiss*, deren achtzehnkarätiges Weißgoldgehäuse im Licht der Tischlampe schimmert wie das Gehäuse einer Muschel. Dr. Sachs liebt Präzision, und am meisten liebt er sie in Verbindung mit vollendetem Stil und Geschmack. Doch das kostbare Stück, ein Mitbringsel vom letzten Psychosomatikkongress in Zürich, vermeldet in diesem Augenblick eine Störung, eine Turbulenz im exakt kalkulierten Arbeitstag eines Chefarztes. Bereits drei Minuten verspätet, brummt er vor sich hin. In der Linken hält er einen eng beschriebenen Papierbogen mit dem aufgeklebten Foto einer attraktiven Dreißigjährigen, in der Rechten eine Tasse frisch gebrühten Darjeeling, den ihm die Sekretärin regelmäßig um fünfzehn Uhr zu servieren hat. Es geht doch nichts über Rituale. Während er die Krankengeschichte der Frau nochmals überfliegt, nippt er hin und wieder an dem leicht gezuckerten Tee. Kein Zweifel: Der kleine Schuss Rum aus der hinter psychologischen Fachbüchern verborgenen Getränkebar hat das Aroma des Darjeeling noch um einiges gesteigert.

Marie Therese Herbst. Die ausführliche Familienanamnese, aufgenommen und kommentiert von Dr. Westhäußer, ergänzt höchst aufschlussreich das Bild, das sich Dr. Sachs von seiner Patientin in spe während der vormittägigen Teamsitzung machen konnte. Die üblicherweise auf zwei Stunden begrenzte Sitzung hat heute wegen dieser Frau fast doppelt so lange gedauert. Sowohl Westhäußer und Selzer als auch die Therapeutin Bayer haben für einen Ausschluss aus der Klinik plädiert, eine strenge Verwarnung durch den Chef wäre das Mindeste. Nicht absprachefähig, dafür ungemein präpotent und, schlimmer noch als üblich bei Menschen mit Borderlinezügen, destruktiv – so der Grundtenor des Teams. Der reinste Spaltpilz, hat Westhäußer gemeint. Nicht nur in den diversen Therapiegruppen, sondern auch in Bezug auf die Kollegenschaft. Sie spiele die Menschen gegeneinander aus, das übliche Spiel bei Persönlichkeitsstörungen vom impulsiven Typ; aber angesichts der Herbst stießen selbst erfahrene Mitarbeiter an ihre Grenzen. Was Sigi Bayer betraf, hatte Oberarzt Selzer jedenfalls nicht übertrieben: Sie scheint *reif für die Insel* zu sein, im Klinikjargon ein Synonym für die Psychiatrie. Dennoch hat er, der Chefarzt, den Ausschluss der Patientin für verfrüht erachtet. „Wir sind eine Rehaklinik, die einen Ruf zu verspielen hat!", musste er das Team wieder einmal erinnern. „Stellen Sie sich vor, was das für ein Bild machen würde – hausintern und erst recht in der Öffentlichkeit! Seit über dreißig Jahren trägt die Rentenversicherung dieses System. Warum wohl? Damit wir die Leute bestmöglich ins Arbeitsleben reintegrieren – nicht, damit wir sie fallen lassen! Ein Rauswurf kann und darf nur das allerletzte Mittel sein." Außerdem werde er in Zukunft ja selbst die Einzeltherapie bei diesem Gast übernehmen.

Gast lautet der Code für besonders problematische Persönlichkeiten auf der Station.

Er überfliegt nochmals die ersten Absätze. Marie Therese Herbst, geboren 1976 in Ostberlin. Die Mutter, Sophie Winter, von Beruf Schauspielerin, stammt aus der Schweiz, der Vater, Rainer Herbst, Volkspolizist, aus dem Osten Berlins. Kennengelernt haben sich die Eltern bei einem von Sophies zahlreichen Besuchen in der ehemaligen Hauptstadt der DDR, als sie Theaterseminare an der Volksbühne und im Berliner Ensemble besuchte. Rainer wohnte in Hohenschönhausen, und ebendort liefen sie einander über den Weg. Keine fünfhundert Meter entfernt vom Stasi-Gefängnis bat sie ihn auf offener Straße um Feuer. Dabei entflammte die Liebe zwischen dem *spröden* Volkspolizisten und der *eloquenten, weltgewandten* Tochter aus gutbürgerlichem Baseler Haus. *Aus unerfindlichen Gründen.* Sachs springt hinunter zu einer Fußnote. Alle kursiv gesetzten Kommentare MarieThereses zu ihren Eltern würden wortwörtlich wiedergegeben, hat Dr. Westhäußer vermerkt. Sie erschienen ihm schon deshalb als signifikant, weil Marie Therese diese Ausdrücke immer besonders betone. Wie auch das folgende Wortspiel.

Eine Liebe zwischen Herbst und Winter. Was soll dabei schon herauskommen?

Aus Erzählungen wusste Marie Therese, dass ihre Eltern gemeinsam Theatervorstellungen besucht hatten. Einmal sahen sie im Volkstheater eine milde Satire aus der Feder eines volkseigenen Dramatikers auf die Verhältnisse in den volkseigenen Betrieben, woraus sie irrtümlicherweise schlossen, dass das Klima langsam besser wurde, offener. Ein knappes Jahr darauf, am 25. August 1976, kam Sophie mit Marie Therese nieder, Witz und Optimismus aber schwanden. Nicht nur deshalb, weil das Kind das Licht der demokratischsten aller Republiken am Geburtstag von *unserem Erich* erblickte, dem Generalsekretär des Zentralkomitees der SED. Vater Rainer wurde befördert und gleichzeitig in eine Spezialeinheit außerhalb Berlins versetzt. Was er dort trieb oder zu treiben hatte, durfte er nicht einmal seiner Frau sagen. Sie vermutete, dass es mit dem allgegenwärtigen Thema Grenzsicherung zusammenhing, aber um ihn nicht in Verlegenheit zu bringen, stellte sie keine Fragen. Das Baby schrie viel und laut in diesen Tagen, viel zu laut jedenfalls für die dünnen Wände in Hohenschönhausen. Die Nachbarn beschwerten sich, indem sie mit dem Besenstiel an die Wand klopften, was *das Baby* auch nicht beruhigte. (Als Fußnote findet sich wieder eine Anmerkung Dr. Westhäußers, wonach die Patientin, wenn sie von sich selbst als Kleinkind erzähle, nie ihren eigenen Namen verwende.) Der Vater fand es offenbar dekadent, Geburtstage zu feiern. Bei Marie Thereses erstem konnte die Mutter sich das letzte Mal durchsetzen, doch mehr als eine Kerze wurde für das Mädchen in achtzehn Jahren nicht angezündet. Auch nicht, als sie längst im Westen gelandet waren. *Gelandet, nicht geflohen*! Auf diese Differenzierung legte Rainer, der Vater, großen Wert. Geburtstage zu feiern war und blieb eine zu verachtende bourgeoise Angelegenheit. Nicht einmal Ulbricht oder Honecker waren in der Hinsicht so genau gewesen.

Die unterschlagenen Geburtstage … Auf sie hat Westhäußer schon in der Teamsitzung hingewiesen, erinnert sich Sachs. Was sich daran an Defiziten knüpft, sei in der Einzeltherapie vorrangig zum Thema geworden. Dr. Sachs merkt sich im Geiste vor, der Herbst diesbezüglich auf den Zahn zu fühlen. Nicht selten, dass Patienten übertreiben, um sich wichtiger zu machen, als ewiges Opfer hinzustellen. Aber andererseits könnte diese Geschichte auch die Spitze eines Eisbergs sein. Eines Eisbergs im doppelten Sinn des Wortes.

Er wird jäh in der Lektüre unterbrochen. Die Tür zum Vorzimmer fliegt auf, und in ihr steht, gefolgt von der Sekretärin, seine überfällige Patientin.

„Entschuldigen Sie, Herr Doktor! Ich habe Frau Herbst gesagt, sie müsse draußen warten, aber …"

„Schon gut, Isolde." Er bedeutet seiner Sekretärin zu verschwinden und wendet sich an die Patientin, die sich nicht von der Stelle rührt. Als wäre sie mit dem Türrahmen verschweißt.

„Nehmen Sie doch Platz, bitte." Er weist in Richtung Couch. Sie macht keine Anstalten, sich zu bewegen, fixiert nur seine Füße. Dann ein kurzer, entrüsteter Blick. Direkt in seine Augen.

„Aber Herr Doktor!" ruft sie. „Ihre Hose!"

„Was ist damit?" Dr. Sachs kontrolliert kurz seine Hosenbeine, kann aber keinen Makel feststellen. Auch der Reißverschluss ist tadellos geschlossen.

„Viel zu kurz!" Ihre Stimme tönt, als wolle sie eine Schuld biblischen Ausmaßes einmahnen. „Mindestens zwei Zentimeter. Hat Ihnen Ihre Frau das noch nie gesagt?"

Dr. Sachs schmunzelt. Nach über zwanzig Jahren Praxis kennt er so ziemlich alle Fallen, die Patienten einem Therapeuten zu stellen versuchen, um sich in sein Privatleben zu zwängen. Und sei der Reißverschluss noch so fest geschlossen. Er lässt sich auf seinem Ledersessel nieder und schlägt die Beine übereinander.

„Liebe Frau Herbst, ich danke Ihnen für den gut gemeinten Rat. Er ist doch gut gemeint, nicht wahr?"

„Sie haben meine Frage nicht beantwortet, Herr Doktor."

„Welche Frage?"

„Was Ihre Frau dazu sagt. Hören Sie mir nicht zu? Mein Gott, wenn Sie schon bei so einfachen Dingen nicht aufpassen, wie soll das erst werden, wenn es um schwierigere Themen geht?"

„Ich höre Ihnen sehr wohl zu. Aber ich würde vorschlagen, wir lösen uns jetzt erst einmal von … von diesen niederen Regionen. Einverstanden?" Dr. Sachs nickt mehrmals, während er diese Frage stellt, die eigentlich gar keine ist. Das hat er sich während seines Gastsemesters in Baltimore angewöhnt. In den Staaten wird viel genickt beim Reden, ein wirksames Mittel der Selbstverstärkung wie auch zur Fremdsteuerung.

„Nein", sagt sie und schüttelt energisch ihren Kopf. „Das geht leider nicht. Sie müssen wissen: Ich bin hundertprozentig organisch unterwegs. Immer eins nach dem anderen. Zuerst die niedrigen Hürden, dann die ein bisschen höheren … Genau so lautete Dr. Westhäußers Empfehlung in unserer letzten Stunde. Dieser Feigling! Einen Tag später gibt er mir den Laufpass und liefert mich aus. An Sie!"

Dr. Sachs blickt ihr neutral in die Augen. „Frau Herbst. Wir sind hier nicht zum Hürdenlaufen und auch nicht zum Fangenspielen. Und schon gar nicht wurden Sie an jemanden ausgeliefert. Sie sind völlig freiwillig hier. Wenn Sie heute nicht über sich sprechen wollen, müssen wir das nicht tun. Es liegt ausschließlich an Ihnen, wie schnell wir weiterkommen. Ich bin jedenfalls bereit, Sie ein Stück des Wegs zu begleiten."

Sie zuckt zusammen. „*Wir*? Sie und ich – gemeinsam unterwegs? Das behauptete Westhäußer auch, eingangs. Aber nach nur zwei Wochen warf er bereits das Handtuch. Weil ich nicht nett genug war zu ihm. Dabei bräuchte er viel Liebe, nur eben vom anderen Lager, das bemerkte ich sofort. Wissen Sie, dass Westhäußer schwul ist?"

Wie hat sie das so schnell herausgekriegt?, denkt er. Er selbst hat Jahre dafür gebraucht.

„Natürlich wissen Sie es. Doch Sie sehen darüber hinweg, es macht Ihnen nichts aus. Ein echter Liberaler! Und Sie lassen sich auch durch nichts aus der Ruhe bringen, habe ich recht? Ein Ritter ohne Fehl und Tadel, dem keine Aufgabe zu groß ist. Aber denken Sie wirklich, dass Sie mit mir Schritt halten können? Was, wenn unsere gemeinsame Reise ein Ritt auf dem Besen wird, ein Ritt inmitten von Blitz und Donner, direkt hinein in den Hexensabbat – huiii!"

Mit einem Satz ist sie auf den Beinen und führt ihm den Hexenritt theatralisch vor Augen, auf einem Besen, den sie fest an ihren Schoß presst, reibt. Grunzend und ächzend und stöhnend tanzt sie um den Sitzenden herum. Doch so leicht ist ein Dr. Sachs nicht aus dem Gleichgewicht zu bringen. Er lässt sie eine Weile gewähren, ehe er ruhig weiterspricht.

„Ich verstehe, es geht also um eine Walpurgisnacht. Um *Ihre* Walpurgisnacht. Lustvoll und schrecklich zugleich, nicht wahr? Nicht wahr, Frau Herbst? Wollen wir uns jetzt darüber unterhalten?"

„Nein!" Mit einem wilden Schwung schleudert sie den unsichtbaren Besen von sich. „Nichts ist lustvoll daran, alles ist Schrecken! Zur Hölle mit Ihrem männlichen Blick, zur Hölle mit Ihrem männlichen Gelaber!"

Ohne Vorwarnung knickt sie zusammen. Schlägt so fest auf, dass er, besorgt, sie könnte sich verletzt haben, über sie beugt. Für einen Moment lenkt ihn, bei aller therapeutischen Abstinenz, ihr Dekolleté ab, und schon spürt er ihre Arme um seinen Hals. Unbändig, umschlingend, als hätte sie acht davon. Die Tentakel einer Circe aus der Tiefe.

Dr. Sachs ist kein Schwächling, im Gegenteil. Das tägliche Jogging im Kurpark und das Krafttraining im Fitnessraum haben an seinem Körper markante Spuren hinterlassen, unübersehbar trotz der weit geschnittenen Medizinerkluft. Aber dem Griff dieser Frau hat er nichts entgegenzusetzen, zumal ihn der Überfall völlig überrumpelt. So stürzt er ungebremst auf sie, und sein offener Arztmantel bedeckt beide wie ein Betttuch. Wie das weiße Laken, unter dem sich in puritanischen Hollywoodfilmen die Liebespaare tummeln. Er sendet ein Stoßgebet gen Himmel, dass Isolde draußen nichts gehört haben möge.

„Bist du auf einen Kuss aus, Willie, oder ist es etwas anderes?"

Wieso nennt sie ihn Willie, mit einer sehr englischen Aussprache? Sie wird doch sicher wissen, dass sein Vorname Dieter ist. Diese Frau ist tatsächlich eine Herausforderung. Immerhin hat er es endlich geschafft, sich aus ihrer Umklammerung zu lösen.

„Was jetzt, was jetzt, Willie? Nach diesem unerwarteten Vergnügen? Mit der Zeit, mit der Zeit gehen einem die Klassiker verloren. Nicht alle, und das finde ich so wunderbar: dass ein Teil immer übrigbleibt, um einem zu helfen, über den Tag zu kommen. Das nenne ich Gnade."

Sie lacht. Lacht ihn aus, in einer eigentümlichen Tonlage, halb lasziv und halb hysterisch. Immer noch liegt sie auf dem Boden.

„Würden Sie jetzt bitte aufstehen, Frau Herbst!"

Sie reagiert nicht. Legt nur die Hände unter ihren Kopf, als wolle sie es sich gemütlich machen auf dem dicken Perser.

„Ich ersuche Sie nochmals: Stehen Sie auf! Sofort! Mit Ihrem Verhalten haben Sie die Grenze des Zumutbaren überschritten. Bei Weitem überschritten. In der Teamsitzung habe ich Sie noch geschützt, doch jetzt sehe ich mich leider gezwungen, Konsequenzen zu ziehen."

Langsam, provokant langsam hebt sich ihr Oberkörper, auf die Ellenbogen gestützt, während sich ihr Schoß weiterhin auf dem Teppich befindet. Der kurze, hochgeschobene Rock gibt den Blick frei auf ihr Höschen. Eine läufige Hündin, schießt ihm durch den Kopf. Nicht sehr fachmännisch, dieser Ausdruck, er weiß es. Aber manchmal dominiert selbst in ihm der Mann den Fachmann.

„Es ist nicht das erste Mal", sagt sie leise, aber umso eindringlicher. „Ganz sicher nicht."

„Was meinen Sie damit?"

„Ich weiß, dass ich nicht die erste bin, mit der Sie sich hier auf dem Teppich wälzten, Herr Doktor."

„Wie bitte? Was fantasieren Sie da!"

Er starrt die Frau an, sie starrt zurück, ein Tauziehen wie bei den schottischen Hochlandspielen. Und sie ist nicht im Geringsten gewillt nachzugeben. Natürlich hat sie keinerlei Beweise – woher auch! Aber eines wird ihm plötzlich klar: Er wird sich mit dieser Frau noch eine Weile beschäftigen müssen, ob er will oder nicht. Dumme Gerüchte in die Welt zu setzen, dazu wäre sie allemal in der Lage. Etwas unglaublich Hartes steckt in diesem weichen Körper, etwas gefährlich Hartnäckiges. Eine Widerstandskämpferin, wie alle Borderliner abgehärtet von frühester Kindheit an, und spezialisiert auf das altbewährte *divide et impera*. Teile und herrsche. Besser, sie noch eine Weile unter direkter Beobachtung zu halten. Zum Glück hat er den Verweis von der Klinik noch nicht laut ausgesprochen.

„Frau Herbst. Ich habe mich heute mit den Kollegen ausführlich über Sie unterhalten. Gerade auch über Ihre Art zu dissoziieren und wie Sie es fertigbringen, Beziehungen zu beenden, noch ehe sie richtig begonnen haben. So wie zwischen uns eben erst. Möchten Sie daran nicht etwas ändern? Sie sind zweifellos eine ganz außergewöhnliche Persönlichkeit, emotional und intellektuell. Und sie hatten gute Gründe, zu uns zu kommen, nicht wahr? Sie wollen doch die Obsorge für Ihre Kinder wieder zurückzuerhalten. Das sehe ich doch richtig so, oder? Also, ich mache Ihnen ein Angebot. Wie wäre es, wenn wir beide noch einmal ganz von vorne anfangen? Wenn Sie damit einverstanden sind, vergessen wir einfach, was vorhin passiert ist, und öffnen die Tür nochmals neu. Was halten Sie davon?"

Noch immer ist das Misstrauen nicht ganz aus ihrem Gesicht gewichen, aber er spürt, dass er die richtige Mischung aus Konfrontation und Nachgiebigkeit gefunden hat. Kein Zweifel: Ein erster, dünner Riss zeichnet sich ab in ihrer harten Schale, den er schnell verbreitern wird. Fachkompetenz im Verbund mit Charme wirkt bei dieser Art von Patientin wie ein unwiderstehlicher Keil, dessen ist er sich sicher. Abrupt bricht der Blickkontakt zwischen ihnen ab. Sie läuft zur Tür, drückt die Klinke, überschreitet die Schwelle, schließt die Tür hinter sich. Dann ein behutsames Klopfen.

„Herein", ruft er gut gelaunt. Er hat seine alte Sicherheit wieder. Zu hundert Prozent.

Sie tritt ein und schüttelt seine ausgestreckte Hand.

„Danke, dass Sie sich so schnell für mich Zeit genommen haben."

„Keine Ursache", sagt er. „Nehmen Sie doch Platz. Ich schlage vor, wir kommen gleich zur Sache."

„Natürlich", sagt sie artig. Ein frommeres Lamm kann man sich nicht vorstellen. Kaum zu glauben, dass es erst drei Minuten her ist, seit sie ihn auf den Boden gezerrt und ihn mit dieser unglaublichen Unterstellung konfrontiert hat.

„Gut“, lächelt er, „lassen Sie uns damit beginnen: Wer ist Willie?“

Der Aufenthaltsraum mit dem erhabenen Namen *Forum* im Zentralgebäude der Klinik übt auf Hagen eine magische Anziehungskraft aus, seitdem er festgestellt hat, dass sich hier der einzige Kaffeeautomat verbirgt. Das Forum steht der gesamten Klientel des *Sonnblick* zur Verfügung. Das Beste daran: Hier gibt es von allen Räumlichkeiten die geringste Kontrolle. Am wenigsten Struktur, wie das Zauberwort der Therapeuten lautet. Ärzte oder Pflegepersonal verirren sich kaum hierher, nur eine Rezeptionistin hält müde beim Eingang Wache. Dennoch wird das Forum wenig genutzt. Keine fünf Tische, die besetzt sind, und wenn überhaupt, wird nur im Flüsterton geredet, als säße man in der Kirche. Mag sein, dass es an der tristen Grundstimmung in diesem Raum liegt. Trotz der pastellfarbenen Sichtschutzwände mit den Aquarellen und ihren fröhlichen Motiven. Irgendwie wirkt alles hier wie ein permanentes Werbeplakat, das einen auffordert, das Leben doch leicht zu nehmen. Man merkt die Absicht, und man ist verstimmt.

Umso erfreuter ist Hagen, zwei Tage nach seinem Einstand in der Gesprächsgruppe wieder auf Prader zu treffen. Der studiert gerade eine Zeitung, aus welcher er dies und das auf seinen Notizblock überträgt. Politikersprüche, vermutet Hagen, das tägliche Brot für einen Kabarettisten. Aber als er sich anpirscht und dem depressiven Wiener über die Schulter schaut, muss er feststellen, dass er sich geirrt hat: Prader ist mit einem Schachproblem beschäftigt. Und auf dem Notizblock hat er, wenn Hagen die Kombinationen aus Buchstaben und Zahlen richtig deutet, diverse Zugvarianten vermerkt.

Prader ist so versunken in sein Studium, dass er ordentlich erschrickt, als er den Atem des anderen auf seinem blanken Hinterkopf spürt. „Spielst du etwa auch Schach?"

„Nicht wirklich. Ich bin mir nicht einmal sicher, ob ich noch alle Regeln kenne."

Hagen versucht sich zu vergegenwärtigen, wann er das letzte Mal eine geschnitzte Holzfigur auf dem Brett bewegt hat. Vermutlich in seiner Blütezeit als Handballer. Sein letzter Trainer, ein vierundsiebzigjähriger Jugoslawe namens Mladen Markovics, war ein großer Anhänger von Taktik und Strategie, nicht nur auf dem Spielfeld. Also marterte er nicht nur die Körper, sondern auch die Köpfe seiner jugendlichen Anbefohlenen. Es gab Schach in der Kantine oder Schach im Zug, wenn sie zu Turnieren fuhren. Aber keiner der Siebzehnjährigen schaffte es jemals, den alten Herrn zu schlagen.

„Schau dir diese Stellung an. Es ist zum Verrücktwerden! Ein simples *Matt in drei*. Und obwohl nur mehr elf Figuren auf dem Brett sind, verbeiße ich mich seit einer halben Stunde vergeblich in dieses Problem."

„Und wozu tust du dir das an? Kann man dabei etwas gewinnen?"

„Aber woher denn! Gehört einfach zu meinen wöchentlichen Ritualen. Zwei der drei Problemstellungen schaffe ich auch für gewöhnlich, das *Matt in vier* nur im Ausnahmefall. Aber diesmal ist mir schon der Dreizüger zu hoch."

Hagen beugt sich tiefer, stülpt seine Unterlippe vor.

„Hm", macht er und legt die Stirn in Falten. „Warum ziehst du nicht einfach den Bauern auf, opferst im zweiten Zug das Pferd für ein Abzugsschach und nach Dame auf d7 folgt matt!"

Prader kratzt sich am Kinn. „Und … und was ist mit dem En passant? Hast du das En passant bedacht?"

„Nee", sagt Hagen im schönsten Bundesdeutsch. „Ehrlich gesagt, diese Regel hab ich nie ganz begriffen."

Praders Kopf wackelt hin und her, während er Hagens Vorschlag überprüft. „Unglaublich", murmelt er, „wirklich unglaublich!"

„Also richtig?“

„Sieht so aus. Mein lieber Chefinspektor: Du kennst nicht einmal die En-passant-Regel und hast dennoch auf Anhieb den richtigen Zug gefunden. Das nenne ich wahre Intuition!“

Hagen breitet seine Arme aus wie die Christusstatue über Rio de Janeiro. „Ach was. Auch ein blindes Huhn findet einmal ein Korn.“

„Untertreib nicht. Das ist jetzt schon der zweite Streich, nach deinem Auftritt in der Gesprächsgruppe vorgestern. Einen Film frei zu erfinden, nur, um nicht mit der Wahrheit herausrücken zu müssen – eine hübsche Kompensationsleistung! Bringt man euch das bei der Polizei bei?“

„Indirekt. Mitunter kann man ja auch von Ganoven etwas lernen. Aber wieso hast du mich gleich durchschaut?“

„Ganz einfach: Ich kenne alle Wenders-Filme. Ein Seemann in Kombination mit Nonne ist nicht darunter. Aber ich muss sagen: Der Plot klang sehr überzeugend.“

„Hat nur nicht viel gebracht. Die Mickl hat mich trotzdem aufgemacht wie ein Dosenöffner.“

„Dabei hast du als Neuling noch Welpenschutz genossen. Ja, die Dame ist nicht zu unterschätzen.“

Sie stoßen mit Glas und Pappbecher an, als wollten sie der Therapeutin in Abwesenheit zuprosten. Ein bisschen von Hagens schwarzer Brühe schwappt dabei über.

„Du trinkst doch nicht etwa dieses Zeug aus dem Kaffeeautomaten?“ Prader gibt sich entsetzt.

„Doch, wieso nicht? Schmeckt auch nicht übler als der bei uns im LKA. Und außerdem: *Einer* Sucht wenigstens muss man doch die Treue halten. Wenn wir bei Zigaretten und Alk schon auf Entzug sind.“

„LKA und Alk“, grinst Prader. „Ein Schalk, der meinte, die beiden hätten nicht nur dieselben Buchstaben gemeinsam. Aber siehst, das ist jetzt wieder der Vorteil des Assisi-Prinzips: Wenn du selbst damit aufhörst, können sie dir weniger wegnehmen."

„Trotzdem, ich würde jetzt weiß Gott was für eine Zigarette geben."

„Ich weiß. Kaffee und Zigaretten. Die pure Konditionierung."

„Wie auch immer", seufzt Hagen, „ich muss einfach wieder mal raus hier. Langsam krieg' ich einen ausgewachsenen Lagerkoller. Warst du schon einmal in der Schlossschenke droben bei der Kreuzung?"

Prader nickt. „Gutbürgerliche Küche, ordentliches Bier und komplett rauchfrei, wie alle Restaurants hier. Nur zwei Kilometer weiter, drüben im bayrischen Trauching, darf dagegen noch geschlotet werden. Betonung auf noch. Weil bald wird es auch dort damit vorbei sein. Auf jeden Fall kommt es deswegen zu einem regelrechten Kurzstreckentourismus: Die Nichtraucher meiden die bayrischen Schenken, dafür flüchten die Raucher aus Baden-Württemberg."

„Dann auf nach Trauching! Ich hab die klinische Stimmung hier satt. Hast du Lust mitzukommen? Nach achtzehn Uhr steht heute ja wohl nichts mehr auf dem Programm. Wenn man vom Heimatabend mit dem Eisenharzer Trachtenverein einmal absieht."

„Gerne."

„Ich meine, wenn Dich der Rauch stört, können wir auch woanders hin. Ist ja vielleicht ein bisschen masochistisch für einen Exraucher, in einer stinkenden Wirtsstube zu hocken."

„Kein Problem", winkt Prader ab, „wirklich nicht. Hast du Jim Jarmuschs *Coffee and Cigarettes* gesehen?"

Hagen kann sich vage daran erinnern.

„Der Film ist bei uns in die Kinos gekommen, als ich noch keine Woche clean war. Nach siebzehn Jahren Rauchen! Ich hab ihn mir gleich dreimal hintereinander angeschaut. Und das hatte überhaupt nichts Masochistisches an sich. Eher würde ich es eine Meditation nennen, eine cineastische Parallelaktion. Zu dem, was ich loswerden wollte. Benigni und Waits und all die anderen herrlichen Vögel: Sie haben für mich mitgeraucht, verstehst du? Ich bin Jarmusch wirklich dankbar dafür. Abgesehen davon, dass alleine schon die letzte Szene ihm Unsterblichkeit garantieren sollte."

„Hilf mir: Worum ging es da gleich?"

„Zwei müde, alte Männer in der zehnminütigen Arbeitspause, irgendwo in einem amerikanischen Lagerraum. Sie reden sich ein, dass der ekelhafte Kaffee in ihren Pappbechern Champagner ist, ein prickelndes *savoir de vivre.* Man stößt an auf das Paris der Zwanzigerjahre, auf Josephine Baker, auf das Moulin Rouge. *Délicieux,* sagt Bill, der mit dem Pferdegesicht. *Ah, Champagne, nectar of the gods*, sagt Taylor, und für einen Augenblick straffen sich seine hängenden Lider. Ich habe Tränen dabei zerdrückt. Tränen des Glücks!"

„Ja, jetzt erinnere ich mich. Danach schläft der eine ein."

„Genau. Zwei Minuten hat er noch für sein Schläfchen, dann ist die Kaffeepause schon wieder zu Ende. Die Zeit der Träume, des Erinnerns. Wie Bill neben Taylor hocken bleibt, als wolle er ihn bewachen … Das schönste Bild der Freundschaft, das ich je gesehen habe."

Schweigend genießen sie die Erinnerung. Fast wie die beiden Alten im Film, denkt Hagen. Vielleicht sollte man öfter solche Filme ansehen. Vielleicht würde einem das helfen, gewisse Bilder zu löschen, die die eigene Festplatte verstopfen wie Fettpfropfen die Herzarterie. Bis es zum Infarkt kommt, zum unvermeidlichen Absturz … Wann ist er das letzte Mal so mit einem Mann zusammengesessen, in dieser gepflegten Mischung aus Distanz und Nähe, aus Lockerheit und Konzentration? Er rechnet nach. Mit Joe letztmals im Mai, mit Edi ist es gar schon Jahre her. Jenseits der fünfzig beginnt das Jenseits … Schon deshalb, weil im

Diesseits die wenigen verbliebenen Freundschaften zunehmend die Tendenz haben zu zerbröseln. Weil die Freunde schrullig werden, oder man selbst. Oder sie sterben einem einfach weg. An Lungenkrebs zum Beispiel, wie Fredi, dieser Bludenzer Lehrer, mit dem er sich im Zuge der Ermittlungen zum Pröll-Fall auf eine seltsame Weise angefreundet hatte.

„Wie hast du das eigentlich angestellt?", fragt er Prader. „Mit dem Rauchen aufzuhören, meine ich."

„War ganz simpel. Eines Tages bin ich aufgewacht und habe kapiert, dass ich das Rauchen nun wirklich schon lange genug kenne. Dass die Sache mir nichts Neues mehr bieten kann. Ein Mangel an Entwicklungsmöglichkeiten, der durch die ständige Erhöhung der Dosis nur verschleiert wird. Da hab ich es gelassen. Wie alles, das mir zu langweilig wird."

„Kaum zu glauben! Und kein einziger Rückfall?"

„Nein. Das Wissen, dass niemand außer ich selbst mir diesen Erfolg rauben kann, war Motivation genug, jedenfalls bis heute. Man soll den Tag ja nicht vor dem Abend loben: Ein ehemaliger Raucher wird erst an seinem Todestag definitiv zum Nichtraucher. So, und jetzt muss ich zur Tanztherapie. Bestellst du uns ein Taxi für den Abend?"

„Wozu? Wir haben doch unsere eigenen Autos."

„Schon. Aber man kann ja nie wissen, wie sich der Abend flüssigkeitsmäßig entwickelt. Oder, Herr Chefinspektor?"

„Ich verstehe. Also ein Taxi für zwanzig Uhr, gleich nach dem Abendessen?"

„Lieber schon davor. Sagen wir sieben, dafür bist du in Trauching auf bayrische Schmankerl eingeladen, okay?" Prader streckt den Daumen fragend in die Höhe, und Hagen antwortet mit derselben Geste.

*

Wo muss der Kabarettist jetzt hin? Zur Tanztherapie, du meine Güte! Tanzen, das fehlte gerade noch! Ein Schauder rieselt über seinen Rücken. Wenn er auch nicht an ihn glaubt: Jetzt dankt er dem lieben Gott dafür, dass wenigstens diese Strafverschärfung nicht auf seinem Therapieplan steht.

Morgen sind es genau zwei Wochen, dass er hier ist. Zwei Wochen lang beschäftigt mit dem eigenen Fall und von einer Lösung weit und breit nichts zu sehen. Auch was Heilung anbelangt, muss man sie zuerst wollen, laut Dr. Grein. Will er? Sein Blick fällt auf ein Aquarell an der Wand, das wohl eine Rosenknospe darstellen soll. Oder sind es halb geöffnete Schamlippen, die ihm da rosarot entgegenlächeln? Er könnte es wirklich nicht sagen. Da ist es wieder, worüber er mit Lisa immer prächtig streiten konnte: das absolut Relative an der Kunst. Keinerlei überprüfbare Fakten, dafür jede Menge stimmungsabhängige Willkür in der Auslegung. Irgendwie sehnt er sich schon wieder zurück in sein graues Loch im LKA. Zu der ganz anderen Ästhetik, die jeder noch so grässliche Fall beinhaltet. Ästhetisch, schön in diesem Sinne ist eine Lösung dann für ihn, wenn die Ergebnisse letztlich zu dem Bild passen, das man sich intuitiv und oft schon in einem frühen Stadium der Ermittlung vom Täter gemacht hat. Kurzfristige Enttäuschungen, okay, die gibt es immer und wird es immer geben; wenn Hypothesen zwischendurch widerlegt werden, wenn man falschen Fährten aufgesessen ist. Aber worauf es ankommt, ist die Befriedigung am Ende des Tages, die man aus der Bestätigung des frühen Bildes schöpft. Das erzeugt im Kriminalisten so etwas wie eine Sucht. Einen Kitzel. Wenn du den nicht mehr spürst, ist es Zeit, in Pension zu gehen. Davon ist er heute überzeugter denn je.

Zwei Tische weiter hockt eine Frau. Ab und zu tunkt sie ein Croissant in den Kaffee, wie alte Leute es früher zu tun pflegten. Ihre ernsten Augen wecken sein Interesse. Als ihre Blicke sich ineinander verhaken, huscht über ihr Antlitz ein Lächeln, das er nicht recht einordnen kann. Ihr ganzes Erscheinungsbild ist von Gegensätzen geprägt: Fein ziseliert die Nase, Lippen, voluminös wie die von Gina Lollobrigida, ungeschminkt und dennoch feurig die Augen. An ihren Ohren baumeln große Perlmuttringe. Nicht teuer, aber geschmackvoll. Hagen hat es seit jeher verstanden, sich neue Gesichter schnell einzuprägen, aber bei diesem fiele es wohl niemandem schwer, dem Phantomzeichner präzise Angaben zu machen. Plötzlich schnellt sie hoch und packt ihr Tablett, doch anstatt es in die Ablage zu stellen, platziert sie es direkt gegenüber Hagen. Schlank ragt sie vor ihm auf. Er schätzt sie auf mindestens eins achtundsiebzig.

„Ist es okay, wenn ich mich hierher setze?"

„Natürlich, selbstverständlich." Er sagt es eine Nuance zu schnell. Und wozu die unnötige Verdoppelung? Lag es daran, dass ihre Frage gar nichts anderes zuließ als Zustimmung?

„Gut", sagt sie. „Möchten Sie einen Schluck? Ist noch genug da." Sie deutet auf ihre Thermoskanne.

„Kaffee?"

„Nein, Kräutertee."

„Dann danke", sagt er.

„Ein Fehler", lacht sie und schenkt sich selbst nach. „Der Kräutertee ist so ziemlich das einzig Heilsame, das diese Klinik zu bieten hat."

„Ach", sagt er, „wie lange sind Sie schon hier?"

„Dreiundzwanzig Tage, acht Stunden und ..." – sie blickt auf ihre Uhr – „und vierzig Minuten. Aber so genau wollen wir es nicht nehmen, oder?"

Sie zeigt kurz ihre Zähne, deren leicht gelblicher Belag verrät, dass sie Raucherin ist. Und als wären seine Gedanken dafür verantwortlich, zieht sie eine Packung Zigaretten aus der Jackentasche.

„Möchten Sie eine?"

„Nein, danke, ich bin wieder einmal dabei, es mir abzugewöhnen. Eine gute Gelegenheit hier, nachdem das Rauchen im Haus ohnehin verboten ist."

Sie fährt hoch wie von der berühmten Tarantel gestochen. „Sind Sie der Hausdetektiv, oder was!"

Aufreizend langsam steckt sie sich eine Zigarette zwischen die Lippen. Sie baumelt in ihrem Mundwinkel wie bei einem Vamp aus den Zwanzigerjahren des vorigen Jahrhunderts. Mit ihrem silbernen Feuerzeug produziert sie eine zehn Zentimeter lange Flamme, ohne sie an die Zigarettenspitze zu führen. Warte nur, Mädchen, gleich wirst du dir die Finger verbrennen!

Aber sie denkt gar nicht daran. Lässt stattdessen den Flammenwerfer in ihrer Jacke verschwinden und steckt die Zigarette in die Box zurück. Ihre Nase berührt fast die seine.

„Keine Angst, Herr Detektiv! No smoke. Wollte nur sehen, wie Sie reagieren."

Sie sagt es so leise, dass keiner außer ihm es hören kann. Aber ihr Oberkörper wippt vor und zurück, eine Königskobra kurz vor dem Angriff. Wenn uns einer hier sieht, muss er uns für ein Pärchen halten, bei dem die alte Beziehungskiste läuft, denkt Hagen. Aber die Irritation, die er deswegen empfindet, ist ihm nicht unangenehm. Sie hat etwas Prickelndes an sich.

Prickelnd? Alter Depp, schilt er sich. Diese Frau ist gut und gerne fünfzehn, eher zwanzig Jahre jünger als du.

Sie gibt sich jetzt wieder völlig entspannt. Mit der Rechten fährt sie sich durchs Haar, das eine grellrote Mèche ziert. So eine Strähne hat Lisa auch immer geliebt, denkt er. Nur, dass es bei ihr eine aschblonde war, dekorativ in ihrem dunklen Wollknäuel. Die Erinnerung an die Tote raubt ihm plötzlich jede Lust auf eine Fortsetzung der Unterhaltung.

„War nett, mit Ihnen zu plaudern", sagt er und nimmt sein Tablett. „Aber auf mich wartet eine Therapie."

Sie schaut ihm mit schief gelegtem Schädel von unten in die Augen. „Lügner", sagt sie leise, aber deutlich. „Sie sind ein Lügner. Sie flüchten doch nur vor mir."

Diesmal ist er beherrscht genug, sich die Antwort ein paar Sekunden lang zu überlegen.

„Wenn Sie meinen."

Mit einem Satz ist sie auf den Beinen und schiebt das Tablett noch vor ihm in die Ablage.

„Wir sehen uns!"

Sie huscht so knapp an ihm vorbei, dass er einen Schritt zurücktreten muss, um nicht das Geschirr vom Tablett zu kippen. Verrückte Zicke, denkt er, das war wirklich haarscharf. Aber als sie durch die Tür verschwunden ist, muss selbst er lächeln: Haarscharf ist schließlich auch eine Form von scharf. Und das ist diese Dame allemal.

Kater Moritz hat es sich auf der Couch bequem gemacht, und Sigrid Bayer ist froh, um ihre Füße etwas zufrieden vor sich Hinschnurrendes zu wissen. Obwohl sie sich den gefütterten schottischen Quilt bis dicht unter die Nase gezogen hat, zittert sie vor Kälte. Alle fürchten sich vor der Erderwärmung – sie fürchtet sich vor der Eiszeit! Vor galoppierenden Gletschern, die mit einem Schlag Weiden und Äcker unter sich begraben wie vor Tausenden von Jahren. Nur zwei, drei Grad Temperaturabfall, nicht mehr braucht es, und schon ist es um die schöne grüne Welt um uns herum geschehen. Um uns *herum*? Nein: Tief hinein in den eigenen Grund und Boden dringt dieser Permafrost und lässt erstarren, was man über Jahre mühsam in sich zum Keimen und Wachsen gebracht hat. Vier Jahre Studium der Gestaltungs- und Kunsttherapie, ständige Fortbildung, Supervisionen sonder Zahl – ein dünner Firnis, den die erstbeste Kratzbürste einem wegschabt von der Seele. Schneller, als du *perdu* sagen kannst …

Kloina Sigrid, hört sie die Oma rufen, *mei kloina Sigrid!* Ihre Statur war schon lange kein Thema mehr für sie. Aber seitdem diese groß gewachsene Berlinerin begonnen hat, sie in die Mangel zu nehmen, ist sie im Kopf wieder auf Mädchengröße geschrumpft, dröhnen im Ohr wieder längst vergessene Sprüche: *Älles schee zuadeckt lassa, kloina Sigrid. Älles schee zuadeckt lassa!* Als Kind hat sie gar nicht verstanden, was damit gemeint war. Hat vermutet, die Oma wolle sie vor dem Frieren bewahren. Deshalb solle der Saum des Röckchens nicht über die Knie rutschen. Erst viel später dämmerte ihr: Es ging um jenen Körperteil, den die Oma um nichts in der Welt je mit einem Namen belegt hätte, *koi bissle* wäre das in Frage gekommen. Die Scham vor den Schamteilen … *A saubers Mädle* würde auch gar nicht auf die

Idee kommen, das, was sich unter Rock und Höschen verbirgt, benennen zu wollen.

Sigrid versucht, die Fieberschauer abzuschütteln. Sich zusammenreißen ist jetzt angesagt. Das Professionelle über Aggression und Regression siegen zu lassen. Natürlich weiß sie um die typischen Merkmale von Borderlinern bestens Bescheid. Über ihre unheimlichen Fähigkeiten, wenn es ums intuitive Aufdecken von Zugedecktem geht. Wie sie in ihrem Meer der Verlassenheit selbst potenzielle Retter panisch unter Wasser drücken, während sie um ihr Leben schwimmen. Oder wie es Professor Keller in seiner Vorlesung über Persönlichkeitsstörungen formuliert hatte: Besonders narzisstische Patienten auf Borderlineniveau neigen zu gnadenlosen Machtkämpfen, aber ihre ständigen Provokationen sind nur die Adlerseite jener Medaille, auf deren Zahlseite wir äußerste Verletzlichkeit und fehlende Selbstsicherheit finden. Die Herbst ist diesbezüglich nicht die Erste und wahrscheinlich auch nicht die Ärgste, mit der sie es in ihrer Arbeit zu tun bekam. Aber sie ist die Einzige, die *sie*, Sigrid Bayer, zum alleinigen Opfer auserkoren hat. Die sie seit Wochen zur Erzfeindin und gleichzeitig zur Versagerin stempelt. Das macht nun einmal den ganzen Unterschied zwischen Theorie und Praxis aus, zwischen überlegener Therapeutenposition und jämmerlichem Selbstzweifel.

Womit glauben Sie eigentlich, diese Idylle hier verdient zu haben? Vielleicht ein Geschenk vom Chefarzt, für kleine nächtliche Gefälligkeiten?

Aus heiterem Himmel kamen die Anwürfe, und das draußen in ihrem Gemüsegärtchen, ihrem heiligen Rückzugsgebiet! Sie hat mächtig zu kauen daran. Ganz besonders an den *nächtlichen Gefälligkeiten*.

Vielleicht, dass es auch mit dem nahenden Jahrestag zusammenhängt …

Zwei Jahre ist es jetzt her. Die Silvesternacht 2005, als das ganze Team ins Hotel Kleiber eingeladen wurde, um dort gemeinsam das alte Jahr zu beschließen und das neue einzuläuten. Was hatte sie nicht alles in die Vorbereitungen investiert! Eine neue Frisur, ein neues Outfit. Hatte gehofft, endlich wieder einmal nach Herzenslust tanzen zu können, zur angekündigten Livemusik einer lokalen Band. Und nicht zuletzt: Guido, der unnahbare Dr. Guido Westhäußer, würde dabei sein und, wer weiß, in der entkrampften Atmosphäre womöglich ein bisschen auftauen, empfänglich werden für gewisse Gesten und Blicke. Sie mochte Guido. Nicht nur, weil er gleich charmant wie klug war, sondern weil er anders als die meisten männlichen Kollegen seine Qualitäten nicht hervorkehrte. In dieser Hinsicht zweifellos das krasse Gegenstück zum eingebildeten Chefarzt, und nicht nur in dieser. Aber dann wurde ihr schon im Verlauf der ersten Stunde klar, dass ihre Hoffnung auf anregende Tanzmusik sich nicht erfüllen würde. Die Kapelle nannte sich *Die boarischen Bulldozer*, und genauso spielten sie. Landler und Polkas am laufenden Band, dem *Regensburger Landwehr-Marsch* folgte *Mei Deandl is ins Wasser gfalln*, und Sigrid fühlte sich wie eben dieses *Deandl*. Zu allem Überfluss erzählte der sogenannte Conférencier zwischendurch bayrische Witze, die prächtig zur Musik passten:

Host as scho g'hört?, fragt die Bäuerin aufgeregt ihren Mann, unsere Stalldirn kriagt a Kind! – Des is ihr Sach!, brummt der Bauer. – Aber d'Leut red'n, dass' von dir is! – Des is mei Sach!, sagt er. – Ja, wenn des so is, heult sie, nacha geh i ins Wasser! – Des is dei Sach!

Als die Bulldozer erstmals ein Stück intonierten, zu dem zur Not ein Cha-Cha-Cha passte, riss sie die Initiative an sich. Ohne dass der Conférencier eine Damenwahl angesagt hätte, forderte sie Westhäußer zum Tanz auf. Guido machte seine Sache tadellos. Er führte gekonnt, bewegte sich elegant. Sie fühlte sich wohl in seinen Armen. Ein schönes Paar, mag manch stiller Beobachter sich gedacht haben. Das gewellte, dunkle Haar des Arztes, sein gepflegtes Kinnbärtchen, die breite Schulterpartie unter dem perfekt sitzenden schwarzen Jackett; als Kontrast die Wespentaille der jungen Therapeutin, drapiert mit einem seidenen Hüfttuch, und eine Perlenkette, die beschwingt in ihrem Brustansatz hin und her pendelte, vielversprechend für jeden Mann. Für jeden? Nun, über das Attribut *tadellos* war seine Performance nicht hinausgegangen. Auf seiner Seite fehlte jenes Kribbeln, das sie längst verspürte. Aber vielleicht waren vier Minuten dafür auch etwas wenig. Sie nestelte kokett an ihren Locken herum und setzte ihr herzigstes Lächeln auf. Wieder brach eine Polka über sie herein. Sorry, aber dazu kann ich nicht tanzen, entschuldigte er sich schnell. Bedankte sich artig dafür, erwählt worden zu sein, während er sich anschickte, sie zu ihrem Stuhl zurückzubringen. Auch sie hatte keine Ahnung, welche Schrittfolge eine Polka verlangte, aber trotz der miserablen Musik hätte sie nichts dagegen gehabt, sich in seinen Armen zu drehen und wild herumgewirbelt zu werden. Schwindlig zu werden, schwindlig und dahinschmelzend. Stattdessen musste er plötzlich diese Grenze ziehen, wie mit einem scharfen Lineal, mit dem der Lehrer einem auf die Finger klopft. Und ihr fiel nichts ein, mit dem sie ihn auf der Tanzfläche hätte halten können, absolut nichts. Wie so etwas geht, hatte man ihr in Hawangen, trotz der eintausendzweihundertjährigen Geschichte ihres schwäbischen Heimatdorfs, einfach nicht beigebracht, und auch später nicht beim Studium in Ulm. Wo lernt man eigentlich die wichtigen Dinge des Lebens?, dachte sie, während sie sich mangels eines Gentlemans selbst vom Nonnenhorner Sonnenbichl nachschenkte, einem Blauen Spätburgunder. Nicht übel, aber doch nur ein billiger Ersatz.

Im Verlauf des Abends wurde das Ersatzmittel zur Dauerlösung, wurde der Schwips zum Rausch und der Rausch zu einem Orkan im Hinterkopf, der sie jegliche Kontrolle verlieren ließ.

Westhäußer war längst gegangen, als ein anderer sich um sie zu kümmern begann. Endlich einer, einer besser als keiner, das hatte sie wohl gedacht. Solange sie noch denken konnte. Der sie in den Mercedes packte und unter dem Vorwand, wegen des Feiertags noch etwas aus dem Büro holen zu müssen, in sein Reich hinaufschleppte. In den zweiten Stock des Zentralgebäudes. Auf seine Station, die auch ihre war.

Auf dem Perserteppich nahm er sie von hinten, wie ein Stier.

Die geknüpften Muster unter sich würde sie nie mehr aus dem Kopf bekommen. Nicht in tausend Jahren.

Kleine geile Sau.

Das und Schlimmeres hatte er gestöhnt.

Eigentlich war sie da schon wieder nüchtern gewesen. Halbwegs wenigstens.

Aber es hatte nichts genützt …

Wie nennt man das, wenn der Chef so etwas mit dir macht? Schwere Nötigung, sexueller Übergriff, Ausbeutung, Missbrauch? Oder schlicht und einfach Vergewaltigung? Frau benennt es gar nicht, schon gar nicht öffentlich. Lässt alles schön zugedeckt. Weil sie weiß, wie wenig sie gegen ihn in der Hand haben würde. So betrunken, wie sie war. So freiwillig, wie sie in sein Auto gestiegen war, was wohl einige Kollegen mitbekommen hatten, ohne sie jemals darauf anzusprechen. Ein Chefarzt wird seine Mitarbeiterin wohl noch nach Hause fahren dürfen. Selber schuld, wer Arges dabei denkt …

Wirklich eigenartig ist nur, dass es diese Borderlinerin, diese Grenzgängerin, gebraucht hat, damit sich die zwei Jahre alte Geschichte wieder in den Vordergrund drängt. Weil es auch bei einer gewissen Sigrid Bayer um eine Grenze geht, die in dieser Nacht überschritten wurde? Sie fragt sich, wie sie, die großartige Kunst- und Gestaltungstherapeutin, ihr Leben seither eigentlich gestaltet hat. Beziehungsmäßig, sexmäßig. O ja, frau wünscht sich nach wie vor Kinder. Gewiss, frau wäre jetzt im besten Alter dafür. Und frau, das ist das Irre, träumt solche Träume, ohne an Sex auch nur denken zu müssen. Inkompatibel? Keine Spur! Avancen von Männern werden nicht einmal ignoriert, bis sie mit der Zeit von selbst aufhören. Die einzige Umwerbung, die sie interessiert hätte, fand nie statt. Wie auch! Guido Westhäußer, das hat sie mittlerweile begriffen, jagt in anderen Revieren.

Hat Marie Therese Herbst womöglich auch damit ins Schwarze getroffen, als sie ihr an den Kopf warf, *wahre Kompetenzen* nur bei der Gartenarbeit zu haben? Sie muss sich eingestehen, in der Supervision diese Nacht ausgeblendet zu haben. Niemanden, nicht einmal eine Vertraute wie Margot Grein, hat sie bisher eingeweiht. Vierundzwanzig Monate Verdrängung. Ist das etwa professionell?

Aber wieso arbeitet sie überhaupt noch in dieser Klinik? Auf dieser Station, wo sie Sachs beinahe täglich über den Weg läuft. Wo sie sein widerliches Grinsen ebenso einstecken muss wie seine Komplimente, die nur sie richtig aufzulösen weiß:

„Heute sehen wir aber wieder ganz besonders attraktiv aus, werte Kollegin!“

Soll er ersticken daran!

Vermutlich bin ich eine Masochistin, erzählt sie Moritz, der noch immer zu ihren Füßen vor sich hin schnurrt. Auf jeden Fall bin ich feige. Eine feige Masochistin. Die Herbst hat das als Einzige durchschaut. Mit ihrer Intuition hat sie mich vor mir selbst bloßgestellt. Kein Wunder, dass einen das fertigmacht. Aber wenn ich tatsächlich etwas von meinem Job verstünde, müsste ich zu ihr hingehen und sagen: Marie Therese, ich danke Ihnen, dass Sie das dicke Pflaster von meiner Wunde gerissen haben. Sie mögen in Ihrem eigenen Leben einiges durcheinanderbringen, aber mir haben Sie Klarheit geschenkt. Dafür bin ich Ihnen zu Dank verpflichtet.

Stattdessen fürchte ich mich vor ihr. Manchmal hasse ich sie sogar.

Womit haben Sie diese Idylle verdient?

Ja, womit?

Verdammte Scheiße!

Der Schrei ist einfach so aus ihr herausgebrochen. Sie schleudert den Quilt von sich, sodass Moritz mit zurückgelegten Ohren von der Couch springt. Verdammte Scheiße! Sie brüllt es durchs Wohnzimmer, ein ums andere Mal, als wolle sie ihrer Zartheit und Kleinheit für immer kündigen. Bis sie langsam heiser wird von dem ungewohnten Geplärre.

Kloina Sigrid.

Kleine geile Sau.

Ach, halt die Schnauze, Oma! Und du, Sachs, sowieso!

Punkt neunzehn Uhr fährt der BMW die halbkreisförmige Zufahrt zum *Sonnblick* herauf. Wenn sie jetzt noch einen roten Teppich ausrollten, er würde sich vorkommen wie ein richtiger Staatsgast. Noch nie in seinem Leben hat Hagen sich von einem Taxi in ein Wirtshaus bringen lassen. Prader sehr wohl.

„Unsereins kann halt nicht darauf vertrauen, dass die Kollegen von der Streife im Fall des Falles ein Auge zudrücken", erklärt er dem Chefinspektor außer Dienst. Ein Argument, das Hagen kommentarlos zur Kenntnis nimmt.

Sie lassen sich in die Rücksitze fallen. „Nach Trauching", rufen beide wie aus einem Mund.

„Okay", sagt der Taxifahrer und drückt aufs Gaspedal.

Er hat ein olivfarbenes Gesicht und scheint aus dem Mittleren Osten zu stammen. Aus Pakistan?, flüstert Hagen. Eher Iran, mutmaßt Prader. Als sie den Fahrer bitten, das Rätsel seiner Herkunft zu lüften, erweist er sich als waschechter Stuttgarter.

„Okay, meine Hautfarbe ist ein bisschen dunkel geraten. Aber ich kann Ihnen garantieren: Sämtliche meiner Vorfahren stammen seit mindestens vier Generationen aus deutschen Landen. Mütterlicher- wie väterlicherseits! Darauf kann ich einen Eid ablegen!"

Sie lassen sich von ihm beraten, in welchem Wirtshaus man in Trauching am besten isst. Im Goldenen Krug, lautet die Auskunft. Die Fahrgäste sparen nicht beim Trinkgeld, der Taxler revanchiert sich mit einer Visitenkarte. Für den Fall, dass die Herren heute Nacht noch einmal seine Dienste benötigen sollten …

Gleich neben dem Eingang prangt auf der Wand eine bekannte Parole: *Ausländer raus*. Prader holt einen Filzstift aus der Jacke und ergänzt damit das Graffiti mit drei Wörtern. Jetzt lautet der Spruch: *Ausländer raus aus der Isolation.*

„Sei froh, dass wir hier im Ausland sind", meint Hagen scherzhaft, „sonst müsste ich dich jetzt glatt festnehmen."

„Aber wieso denn, was soll ich denn verbrochen haben?" So, wie Prader seine Stimme auf aristokratisch trimmt, klingt er wie Graf Bobby in den alten Witzen.

„Wegen Beschädigung von Privateigentum natürlich. Besudelung fällt auch unter dieses Delikt."

„Pardon, Herr Chefinspektor", grinst Graf Bobby, hält die Eingangstür auf und lässt Hagen charmant den Vortritt. „'tschuldigen Sie vielmals! Aber hier handelt es sich ganz ohne Zweifel um eine *Ent*sudelung."

Als sie in der altertümlichen Wirtsstube Platz genommen haben, legt Hagen sein Sakko ab. Routinemäßig gleitet seine Hand in die aufgesetzten Taschen, und zu seiner Überraschung findet er darin neben der Visitenkarte des Taxifahrers eine zweite, die er bis jetzt noch nicht gesehen hat. Laut liest er den filigranen Aufdruck vor:

Marie Th. Herbst

Diplomierte Übersetzerin

Darunter eine Berliner Adresse samt Telefonnummer. Er kennt keine Frau dieses Namens, aber augenblicklich kommt ihm ein Verdacht. Schließlich ist er nicht mit so vielen Frauen zusammengetroffen in letzter Zeit. Und auch davor nicht, wenn man es genau nimmt.

Wofür wohl das *Th.* steht? Prader weiß Bescheid.

„Schau an! Die Marie Therese", sagt er mit jenem gewissen Unterton, der irgendwo zwischen abschätzig und überrascht angesiedelt ist. „Wie kommt denn die in deine Tasche?"

„Du kennst sie?"

„Allerdings. Wer kennt die Herbst nicht!" Ein feines Schmunzeln zieht seine Lippen in die Breite.

„So, wie du das sagst, klingt es, als wäre es nicht unbedingt empfehlenswert, sie zu kennen."

„Nur, wenn man sich ordentlich wappnet. Mit Stahl, am besten. Aber wozu fragst du? Offenbar hast du ja bereits ihre Bekanntschaft gemacht."

„*Falls* es die Dame ist, die ich meine. Eine lange Brünette …"

„… mit roter Mèche?"

„Genau. Sie hat mich heute im Forum angesprochen, nachdem du gegangen bist."

„Ohne ihren Namen zu nennen?"

„Ja. Wahrscheinlich hat sie mir die Karte zugesteckt, ohne dass ich es bemerkt habe."

„Das passt gut zu ihr."

„Komm schon, erzähl! Was weißt du von ihr?"

„Willst das nicht lieber selbst herausfinden?", feixt Prader. „Du bist doch der Kriminaler!"

Hagen stößt ihn an. „Jetzt red schon!"

„Ich kenne sie auch nicht wirklich. Hab sie nur einmal in der Kunsttherapie erlebt. Wie sie da mit der Therapeutin Schlitten gefahren ist – na habe die Ehre! Ist dir aufgefallen, dass sie praktisch akzentfrei spricht? Absolut steril, ihre Sprache, und das bei einer Berlinerin. Gibt sich wie die reine Ratio, sadistischerweise in einen Luxuskörper verpackt. Auf den zweiten Blick kommt sie mir eher vor wie … wie ein Isolani."

„Ein was?"

„Du weißt schon: der vereinzelte Bauer im Schach, dessen Nachbarn bereits geschlagen sind. Eine zweischneidige Angelegenheit! Einerseits muss der Isolani gedeckt werden und bindet dadurch Kräfte. Andererseits kann man einen im Zentrum stehenden isolierten Bauern auch zum Stützpunkt für seine Figuren machen, speziell beim isolierten Damenbauern."

„Sorry, aber das ist mir zu hoch."

„Einfach gesagt: Die Frau kommt mir gefährlich vor. Eine wandelnde Bombe mit Wackelkontakt."

Sie werden unterbrochen, denn der Wirt hat sich breitbeinig vor ihrem Tisch aufgebaut. Sein feistes Gesicht ist röter als vom Arzt erlaubt. Tausend feine Äderchen marmorieren seine Wangen, und der bläuliche Grundton seiner Nasenspitze lässt vermuten, dass er sie mit großer Regelmäßigkeit ins Weinglas zu versenken pflegt. „I bin der Sepp", stellt er sich ohne Umschweife vor, „was kann ich euch bringen?"

Eine Speisekarte gibt es nicht. Gegessen wird ohnehin, was der Wirt empfiehlt, das kapiert hier ein jeder ganz schnell. Falls doch nicht, wird man vermutlich nicht einmal bedient. Sie einigen sich auf ein Bierchen zum Einstieg, dazu passend bestellen beide den von Sepp angepriesenen Schweinebraten in Dunkelbiersoße mit Semmelknödel und Kraut. Die Alternative – Kutteln auf oberschwäbische Art – will weder der Wiener noch der Vorarlberger riskieren.

Während er sich die erste Zigarette anzündet, fragt Hagen Prader, wie die nachmittägliche Tanztherapie gewesen sei. „Schlecht", antwortet Prader, „es ist mir viel zu gut gegangen dabei. Ich vertrage es nicht, wenn die Befindlichkeit von Körper und Geist zu weit auseinanderklafft."

Hagen schüttelt lachend den Kopf. „Ich würde sagen, gemäß deiner eigenen Definition bist du auch ein Isolani. Und ein reichlich kauziger dazu! Wenn man deswegen etwas ablehnt, weil es einem gut geht dabei …"

„Alles eine Frage der Stimmigkeit", grummelt Prader. „Vielleicht gehöre ich diesbezüglich ja zu den letzten Mohikanern. Aber wenn das Leben schon keinem höheren Gesetz folgt, so muss man sich halt an die selbstgebastelten Regeln halten."

„Gewissen Gesetzen, zum Beispiel jenen des Schachspiels, scheinst du aber durchaus nicht abhold zu sein – du kultivierst sie ja geradezu."

„Erstens ist Schach kein Spiel, und zweitens kultiviere ich gar nichts – ich beuge und verneige mich ehrfürchtig vor diesem

Regelwerk. Schach ist das blutige Abbild unseres Lebens. Denk nur an den Faktor Zeit. Wenn einer sagt, er habe wieder nur wegen der Zeit verloren, immer liege es nur an der Zeit, dann zeigt das bereits, dass er nicht nur ein schlechter Verlierer ist, sondern auch mit den Grundsätzen des Lebens auf Kriegsfuß steht. Die Schachuhr ist ein ebenso unbestechlicher Schiedsrichter wie der Tod. Ihr sind Psychotricks und sonstiger Schnickschnack einerlei. Die Klappe beendet gleichmütig jedes Spiel, egal, ob es sich um eine lahme Hängepartie oder um einen genialen Schlagabtausch gehandelt hat. Aber wenn sie fällt, fährt dir ein eisig kalter Windhauch durchs Gemüt. Weil: Vor der Schachuhr sind wirklich alle gleich. Wie vorm Sensenmann."

„Nicht unbedingt eine große Motivation, sich mit diesem Spiel intensiv zu beschäftigen."

„Im Gegenteil: Du musst die Regeln der Herrschaft kennen, um dich gegen sie wehren zu können! Die Gesetze von Macht und Ohnmacht – wo kannst du sie besser studieren als auf den vierundsechzig Feldern des Schachbretts? Das haben die Herrscher aller Zeiten und Länder begriffen. Nimm den machtgeilen Papst Bonifaz VIII zum Beispiel. In seinem Palast in Anagni kannst du heute noch ein Schachfresko bewundern – als *das* Sinnbild der Machtausübung."

„Prost!" Der Wirt knallt die schweren, gut gefüllten Krüge so martialisch auf die Tischplatte, dass sich ein wenig vom Bierschaum ablöst und wie eine überdimensionale Schneeflocke durch die Luft segelt. Hagen schnappt sich einen Krug.

„Was jetzt wirklich mächtig ist, Ernst, das ist mein Durst."

Sie stoßen das dunkle, stark gemälzte Bier hinunter, als wären sie in den vergangenen Wochen zu Stockfischen ausgetrocknet. Aus dem Radio dröhnt bayrische Volksmusik mit einem politisch nicht ganz korrekten Text.

„Genial, dieser Hopfensaft", bekundet Prader.

„Heilig!", steigert ihn Hagen.

„Mit *dem* Attribut wär ich vorsichtig. Weil allen möglichen Leuten alles Mögliche heilig ist, schlagen sie sich so gern die Schädel ein. Für mich ist höchstens die Unterhose heilig."

„Hä?"

„Na ja, gestern hab ich am Anschlagbrett einige Verse gelesen, die einer unserer Mitpatienten aufgehängt haben dürfte. Getarnt als Weisheit der Woche. Pass auf, es geht so:

„Heilig ist die Unterhose,
wenn sie sich in Sonn' und Wind …"

„… frei von ihrem Alltagslose,
auf ihr wahres Selbst besinnt."

„Ganz genau! In dem Fall hast du den Zettel auch gesehen?"

„Nein, ich kenne das Gedicht schon von früher. Christian Morgenstern, mein Lieblingsdichter."

„Bravo! Ein Polizist, der Lyrik liest! Noch dazu das Werk eines Schwermütigen, der mit seinen Gedichten alle Welt froh gestimmt hat, nur sich selbst nicht."

Genau wie du, denkt Hagen. Sie stoßen noch einmal an. Der nächste Schluck leert bereits die Gläser, aber der Wirt ist ohnehin schon mit Nachschub unterwegs. Offenbar braucht man im Goldenen Krug nur einmal zu bestellen.

„Apropos", sagt Prader und hebt den Zeigefinger wie Lehrer Lämpel. „Die Unterhose hat es eindeutig leichter als wir, ihr wahres Selbst zu finden. Wie oft sagst du dir, ehe du ins Bett steigst: Ich muss mich ändern, morgen werde ich mich ändern. Und am nächsten Tag wachst du auf, und wer hat sich geändert? Eben! *Same procedure as every year.* Da drängt sich schon die Frage auf: Ist der Mensch, der Mensch als solcher, überhaupt in der Lage, sich zu ändern? Ist er nicht schon so an seine Schieflage gewöhnt, dass jeder Versuch, eine höhere, weniger schiefe Ebene zu erklimmen, scheitern muss? Vielleicht besteht die Dialektik gerade darin, dass nur die Schieflage uns halbwegs stabil hält. Der berühmte Möglichkeitsmensch: Er kann seine Möglichkeiten nicht nutzen, ist er doch ständig damit beschäftigt, sie zu verputzen oder sich in schöner Regelmäßigkeit selbst zu beschmutzen. Immerhin, die Kirchen profitieren von dieser unserer Bredouille."

Hagen fühlt sich ins Kabarett versetzt. „Geh ich recht in der Annahme, dass der Herr Künstler nicht zu den intensivsten Kirchgängern und Rompilgern zählt?"

„Messerscharf deduziert, Herr Chefinspektor! Ich hab's eher mit dem alten Hussein, dem Ahnherrn der Schiiten. Aber nicht, weil er sich so edel niedermetzeln ließ mit seinen zweiundsiebzig Getreuen, sondern weil er gesagt haben soll: Wenn ihr keinen Glauben habt, dann seid zumindest Freidenker. Wenn das Zitat wirklich von ihm stammt, nenn ich das eine ausnahmsweise weise Erkenntnis eines Religionsgründers."

Die Ankunft ihres Essens beendet vorübergehend das Gespräch. Dass ihm der Schweinebraten in Dunkelbiersauce fast auf der Zunge zergeht, muss auch der schwermütige Prader eingestehen. Zwecks besserer Verdauung wechselt man danach vom Bier zum Wein. Der Müller Thurgau von den Meersburger Sonnenhängen, den ihnen der Sepp viertelliterweise hinstellt, enttäuscht sie nicht. Auch nicht nach dem dritten Glas.

„Hast du eigentlich Kinder?", will Prader unvermittelt wissen. Hagen vermeint erstmals eine kleine Unsauberkeit in der Artikulation des Kabarettisten festzustellen.

„Soviel ich weiß, nein. Und du?"

Prader nickt. „Ich weiß von einem. Bernhard heißt er. Zu Weihnachten wird er fünfzehn."

„Und?", fragt Hagen. „Was treibt er so? Geht noch in die Schule, nehm ich an?"

„Na ja, hauptsächlich ist er mit Pubertieren beschäftigt. Und viel sehe ich ihn nicht gerade, weil er bei seiner Mutter lebt, die wiederum nicht bei mir lebt. Letztes Jahr hat sie mir eine neue Matratze gekauft. Damit ich im Wohnzimmer schlafe. Da hab ich die Matratze lieber gleich in eine neue Wohnung gebracht."

„Ich verstehe. *No woman, no cry.*"

„Ich fürchte, da verstehst du den guten Bob Marley etwas miss. *No woman, no cry* bedeutet in Jamaika *Nein, Frau, weine nicht* – und nicht, dass es einem ohne Frau besser geht! Aber dieses Missverständnis ist so weit verbreitet, dass es mittlerweile zur einzig gültigen Auffassung geworden ist. Was beweist, dass die Kraft des Faktischen stärker ist als Schwer- und Fliehkraft zusammen. Egal, ob uns das passt oder nicht: Die Welt ist alles, was der Fall ist. Eine Erkenntnis, Verehrtester, die sich die größten Philosophen mit uns armen Würsteln teilen. Schließlich ist ein jeder primär sein eigener Fall, wie du schon einmal sehr richtig festgestellt hast."

Hagen ist sich nicht sicher, ob er Praders Gedankengängen noch ganz folgen kann. Aber dass er von ihm zitiert wird, lässt seinen Stolz doch ein wenig wachsen. Vielleicht ist es auch nur der Alkohol, der sein Selbstbewusstsein hebt, wer will das schon sauber unterscheiden.

„Du bist also geschieden?"

„Nein. War leider nicht möglich."

„Zu hohe Geldforderungen?"

„Ach wo! Weil wir nie verheiratet waren, deswegen. Die längste Zeit haben wir uns weiß Gott was eingebildet auf unsere wilde Ehe. Dass man einander aber nach fünfzehn Jahren – egal, ob mit oder ohne Trauschein – einfach deswegen sekkiert, um sich nicht so zu fadisieren, hat uns vorher keiner verraten. Meine Definition von *zivilisiert*: So nennt man Paare, die es schaffen, jahrzehntelang im selben Bett zu liegen, ohne sich zu lieben, ohne sich noch etwas zu sagen zu haben – und ohne sich gegenseitig umzubringen!“

Sie stoßen zum fünften oder sechsten Mal an. Das Klingen der Gläser dient längst schon dazu, irgendeine blaudunstige Erkenntnis zu besiegeln. Hagen spürt, wie der Nebel immer mehr in sein Oberstübchen einsickert.

„Ich glaub, wir sollten langsam ans Gehen denken, Ernst.“

„Geh, Tone, glaub nix! Das mit dem Glauben ist nämlich urkompliziert. Ich hab dazu ein fast zweistündiges Programm geschrieben, aber den Durchblick hab ich deswegen noch immer nicht. Pass auf!“

Prader wirft sich in Pose. Mit der ausgestreckten Linken und der Rechten auf Herzhöhe sieht er aus wie ein vergammelter Startenor. Die Melodie meint Hagen schon einmal gehört zu haben.

„Die einen sehn im Gottesglaub'n,
den Grund aller Malaise,
die andern sag'n: Wenn's ihn nicht gibt,
dann ist doch alles Käse.
Und während sie so diskutier'n
in ihrem dunklen Gangerl,
spielt Gott in aller Seelenruh'
mit'm Teufel wieder Fangerl.“

„Sehr schön“, stoppt ihn Hagen, weil er bemerkt hat, wie die anderen Gäste schon zu ihnen herüberschauen, „wenn auch ziemlich triste. Klingt wie ein echtes Wienerlied.“

„Ist es auch. Im Original heißt es *Das Krüppellied.* Ich hab den Text halt ein bisschen aktualisiert.“

„Ist das wirklich deine Philosophie? Dass Gott mit uns nur Fangen spielt?“

„Nicht mit uns: mit dem Teufel! *Wir* täten keine gleichwertigen Mitspieler abgeben. Nicht gerade trostreich, ich weiß. Aber hast du etwas Besseres anzubieten?“

Nein, das hat Hagen nicht. Nur findet er, dass Praders Blick auf die letzten Dinge ebenso unbeweisbar ist wie alle anderen Theorien auch.

„Beweise, Beweise! Verehrtester Chefinspektor, ich bin kein Kriminalist, was interessieren mich Beweise! Und überhaupt: Wozu braucht man Beweise, wenn man eine Einsicht hat? Schau, es gibt im Leben immer eine Alternative. Kriegst du den Stier nicht an den Hörnern zu packen, pack ihn an den Hoden – altes etruskisches Sprichwort! Und gibt es im Leben einmal keine Alternative mehr, gibt es immer noch eine Alternative *zum* Leben! Kapiert?"

„Kapiert", sagt Hagen müde. Langsam beginnt er zu resignieren: Wie bringt man den Redefluss eines Kabarettisten zum Stillstand, speziell, wenn der rotzbesoffen ist?

In seinem Rausch redet sich Prader in einen kompletten Stuss hinein. Behauptet, der Wiener Erzbischof höchstpersönlich habe vorgeschlagen, den nächsten Liveball in den Stephansdom zu verlegen, bloß damit die Schwulen auch mal eine Kirche von innen sähen. Und lautstark fordert er, das Gipfelkreuz am Großglockner abzumontieren, weil in Heiligenblut ein paar muslimische Asylanten untergebracht wurden, die diesen Anblick nicht vertragen würden.

„Es war schon immer ein Kreuz mit dem Kreuz, mit diesem Halbnackten darauf! Früher haben sich nur die Kardinäle darüber geärgert, dass er so schamlos da oben hängt, während sie unten gestanden sind in ihren roten Roben, mit den funkelnden Rubinen an den fetten Fingern. Schwierig zu erklären, so ein Kontrast. Aber jetzt ist das Kreuz als solches zum Ärgernis geworden, verstehst? Also: Weg mit ihm, bevor wer auf dumme Gedanken kommt!"

Kein Wunder, dass der Kabarettist nicht mehr in Fernsehshows eingeladen wird. Und so, wie der Wirt sich jetzt vor ihnen aufbaut, auch nicht mehr in den Goldenen Krug.

„Schluss, basta!" Sepp streckt den Bauch heraus wie Obelix, wenn er gerade ein ganzes Wildschwein verzehrt hat. „I glaub, ihr zwei geht's jetzt besser."

„Schon wieder ein Gläubiger!", röhrt Prader, „und offenbar sehr erfolgreich bei den Frauen! Ein guter Ficker wird immer dicker, heißt es doch. Oder sagt man: wird *nicht* dicker? Na ja, vielleicht ist die Formulierung ja abhängig vom Leibesumfang des jeweiligen Fickers …"

Die rote Visage Sepps hat sich innerhalb weniger Sekunden in ein gefährliches Violett verfärbt. Hagen bezahlt schnell die Rechnung und rundet großzügig auf, in der Hoffnung, damit den Blutdruck des Wirts etwas zu senken. Dann hilft er Prader in den Mantel und ruft den dunkelhäutigen Taxler an. Vor der Tür warten sie auf den Rücktransport in die Klinik.

„Gut war's nicht, aber dafür zu wenig!", raunzt Prader.

Das *Ausländer raus*-Graffiti, vor kaum drei Stunden entsudelt, hat Gestalt und Aussage schon wieder verändert: *Raus aus der Isolation* ist mit einem dicken, hässlichen Hakenkreuz übermalt worden. Aber das bekommt Prader zum Glück nicht mehr mit.

Was das Trägheitsgesetz anbelangt, hält es Dr. Mickl nicht mit Isaac Newton. Ihrer Erfahrung nach gelten in Gesprächsgruppen zwei andere, aber nicht minder eherne Trägheitsgesetze, und der bisherige Verlauf der heutigen Sitzung illustriert beide in aller Deutlichkeit. Es begann schon damit, dass Eva schmollte, weil Gerda es gewagt hatte, sich auf ihrem Kissen niederzulassen. Egal, wo ich am ersten Tag zu hocken komme: Dieser Platz steht mir für alle Ewigkeit zu – wer kennt es nicht, dieses erste gruppendynamische Trägheitsgesetz? Das zweite besagt: Einer spannenden Sitzung folgt mit größter Wahrscheinlichkeit eine besonders einschläfernde.

Quod erat demonstrandum! Während das letzte Mal die psychodramatische Inszenierung des Neueinsteigers Hagen wie ein Antidepressivum gewirkt hat, scheinen heute alle irgendwie auf Durchtauchen aus zu sein. Vielleicht liegt es ja am föhnigen Wetter. Sie selbst fühlt sich auch alles andere als fit. Verdammte Migräne, flucht sie ganz gegen ihre Gewohnheit in sich hinein und massiert ihre pochenden Schläfen. Wieso habe ich mich nicht krankgemeldet! Ein entspannendes Vollbad in der Wanne, das wäre jetzt angesagt, feine Essenzen und *Air* von Bach im Hintergrund. Nicht der müde Haufen hier auf den Sitzkissen. Und schon gar nicht dieser Laub!

Wolfgang Laub bringt sich als Einziger von sich aus ein. Wie er das macht, trägt allerdings ganz und gar nicht dazu bei, die Stimmung zu heben. Er jammert und schimpft über Gott und die Welt und wirft mit lateinischen und griechischen Phrasen um sich, was allgemeines Gähnen auslöst. Dr. Mickl merkt, dass ihr die Situation zu entgleiten droht. Dann machen wir halt aus der Not eine Tugend, beschließt sie. Lassen wir den Egomanen sich austoben. Betont freundlich greift sie Laubs letztes Zitat auf:

„Würden Sie der Gruppe bitte erklären, Wolfgang, was *Homo homini lupus* eigentlich bedeutet. Ich bin nicht sicher, ob alle hier in der lateinischen Sprache so sattelfest sind wie Sie."

„Das ist ja eben die Krux", ereifert sich der Oberstudienrat, „kein Mensch interessiert sich mehr für humanistische Bildung! Wissen Sie, wann ich das letzte Mal Griechisch unterrichtet habe? Vor fünfzehn Jahren! Kein Bedarf mehr, hat die Schulleitung beschlossen, panta rhei. Und selbst in Latein werden die Stunden gekürzt – an einem humanistischen Gymnasium! Dafür hat man Türkisch als zweite Fremdsprache eingeführt. Türkisch statt Altgriechisch! So weit sind wir bereits! Principiis obsta, hat uns Cicero gelehrt, wehret den Anfängen! Aber was heißt Anfänge! Heutzutage geben die Mullahs in deutschen Landen ja bereits den Ton an."

„Ja ja, der Mensch ist dem Menschen ein Wolf." Es ist Prader, der es wagt, dem Schulmeister Kontra zu geben. „Ich finde es nur witzig, wenn ausgerechnet unser Wölfchen das sagt." Leises Lachen in der Gruppe.

„Ich verbiete mir dieses Diminutiv!", schimpft Laub. Dass das Gekicher dadurch nur noch lauter wird, bringt ihn sichtlich auf die Palme.

„Ihr findet diese gesellschaftliche Entwicklung, will heißen, diesen Kulturverfall, wohl auch noch witzig, wie! Keine Kultur, aber Multikulti! Minarette, höher als unsere Kirchtürme. Und anstatt die Gefahr einzudämmen, legen wir noch Hand an beim Ausheben des eigenen Grabes. Es ist eine Schande, jawohl, das ist es!"

Während Dr. Mickl sich überlegt, wie sie Laub vom Politisieren abbringen könnte, macht sich Hagen über die Suada des Lehrers seine eigenen Gedanken. Auch in Vorarlberg ist das Thema Moscheenbau in der öffentlichen Agenda angekommen, wird laut über Gesetzesänderungen nachgedacht. Wie würde er entscheiden, wenn er etwas zu reden hätte? Für oder wider Minarette? Er spürt, dass sich in ihm ein seltsamer Zwiespalt zwischen rationalen Argumenten und seinem Gefühl auftut. Laubs Kirchtürme sind gewiss nicht die seinen, zu lange schon ist er aus der Kirche ausgetreten. Und dennoch rührt ihn diese Frage mehr an, als er sich gedacht hätte. Aber wie kann ein Minarett in seiner unchristlichen Seele zum Stachel werden? Ist er nicht ein Verfechter der kulturellen Vielfalt oder, schlichter gesagt: Schmecken ihm Döner, Pizza und Dal nicht längst besser als Käsknöpfle und Riebel? Und was die Lufthoheit von Kreuz und Halbmond angeht, hat er sich doch immer als halbwegs aufgeklärt betrachtet und alle Religionen aus einer entspannten Distanz heraus akzeptiert. Als ein Phänomen der jeweiligen Geschichte beziehungsweise – wenn er wirklich ehrlich wäre und es laut aussprechen würde, was sich im katholischen Ländle in seiner Position natürlich nicht empfiehlt – als ein notwendiges Übel. Und jetzt dieses Schwanken. Offenbar ist der Unterschied zwischen Hirn und Herz doch größer als gedacht.

Die Therapeutin hat ihre liebe Not damit, den Kanal zu wechseln.

„Ich möchte, dass wir uns jetzt wieder auf unsere Gefühle zentrieren, Wolfgang. Hören Sie doch mal in sich hinein und fragen Sie sich, was Ihnen in dieser Angelegenheit so zusetzt. Und für die anderen wäre es vielleicht angezeigt, Wolfgang zurückzumelden, wo wir seine offenkundigen Ängste und auch Aggressionen teilen können und wo nicht."

„Was heißt Ängste, Aggressionen!", fährt Laub hoch. „Ich ärgere mich eben über effektive Missstände, das ist alles! Über falsche Prioritäten, die heutzutage …"

Mickl unterbricht ihn. „Lassen wir die große Gesellschaft mal außen vor. Bleiben Sie bitte bei sich und Ihren eigenen Empfindungen."

„Ja, Herrgott noch einmal, ist denn das so schwer zu begreifen!“, ruft Laub, „unsere Gesellschaft nicht vor die Hunde gehen zu lassen, genau das ist doch mein Bedürfnis! Den Werteverfall hintanzuhalten, unsere christlich-abendländische Kultur zu verteidigen – ist das etwa nichts?“

„Wie seinerzeit in Stalingrad“, murmelt Prader. Hagen, der neben ihm hockt, hat es als Einziger gehört. Er merkt, dass sich der Kabarettist nur noch mühsam beherrschen kann.

„Und apropos Ängste, Frau Doktor: Jagt es Ihnen nicht auch Angst ein, dass Sie jederzeit in einem deutschen Vorstadtzug von einem muslimischen Terrorkommando in die Luft gesprengt werden könnten, nur weil vielleicht über einen gewissen Mohammed wieder ein paar Karikaturen gezeichnet worden sind?“

Bevor Dr. Mickl zu einer Antwort ansetzen kann, versucht Max, sein Scherflein zur Entspannung beizusteuern. „Kennt ihr den? Der Imam betet zum Propheten: O Mohammed! Jeden Tag verhöhnen dich die Ungläubigen in ihren Zeitungen und im Fernsehen. Nennen dich heute einen Kinderschänder und morgen einen Terroristen. Was sollen wir gläubigen Muslime nur tun? Möchtest du, dass wir in den Heiligen Krieg für dich ziehen? Da antwortet ihm der Prophet: Aber woher denn! Macht es wie ich – bestellt die Zeitung ab, schaltet den Fernseher aus. – Gut, nicht? Den Witz habe ich übrigens von Ali, meinem türkischen Bürokollegen.“

„Ihr Ali“, geifert Laub, „soll diesen *Witz* erst mal laut vom Minarett verkünden lassen – in der Türkei, wohlgemerkt, nicht hierzulande! Wenn sich dann kein Mufti mehr findet, der daran Anstoß nimmt, können wir gerne weiterdiskutieren über Moscheenbau bei uns. Und zwar auf Deutsch, wenn ich bitten darf!“

Als sich auch noch Gerda in die Diskussion einmischt und meint, solche Moscheentürme seien nun doch wirklich ein

Fremdkörper im christlich geprägten Abendland, wird es Prader endgültig zu dumm.

„Von mir aus können sie bei uns Minarette hinstellen, so viele sie wollen. Unsere heimischen Firmen und Banken dürfen schließlich auch mit ihren Machtsymbolen die Gegend verschandeln, ohne dass sich jemand um Ortsbildpflege oder Baugesetze kümmern würde. So viel zum Thema Fremdkörper."

„Und wenn die Fundis in die Moscheen Hass predigen, is dir des a egal?", stößt Rosi nach.

„Quatsch! Wenn sie dort etwas Verbotenes verkünden, soll man sie selbstverständlich dafür belangen. Solange aber alles im Rahmen der Verfassung bleibt und solange wir groß Religionsfreiheit auf unsere Fahnen heften, können die Leute von mir aus auch um ein goldenes Kalb herumhüpfen, wenn es ihnen Spaß macht. Im Übrigen kann man Hass inner- oder außerhalb von Moscheen predigen, ebenso wie in Kirchen oder außerhalb davon."

„Danke!", ruft Dr. Mickl dazwischen, ehe Laub, auf den Praders letzte Worte gemünzt waren, reagieren kann, „danke, meine Damen, meine Herren, das war's nun aber endgültig mit der Politik. Ich darf Sie noch einmal daran erinnern, dass wir auf unsere wirklichen Bedürfnisse horchen wollen. Denken Sie daran, was Sie im Therapievertrag versprochen haben. Ein zentrales Element war, ist und bleibt der Respekt voreinander." Sie wendet sich wieder Laub zu. „Wolfgang, Sie haben uns bereits früher erzählt, warum Sie sich dieses Jahr von der Schule freistellen ließen. Wie sich Ihnen die Sinnfrage in Ihrer Arbeit gestellt hat, eben weil Sie sich am Arbeitsplatz nicht genügend respektiert fühlten."

Wird schon seinen Grund haben, denkt Hagen. Praders Gesichtsausdruck zeigt ihm, dass der Kabarettist das um Potenzen schärfer formulieren würde.

„Und dass Ihnen besonders der Umstand zu schaffen macht", setzt Mickl fort, „dass man Ihnen wegen Ihrer mangelnden Computerkenntnisse die Leitung der Schulbibliothek entzogen hat – richtig?"

„Richtig", bestätigt Laub und reckt sein Kinn nach oben. „Obwohl *ich* die Bibliothek aufgebaut habe, aus dem Nichts! Ganz ohne Computer. Aber Undank ist eben der Welten Lohn."

Mickl nickt ihm wohlwollend zu und steht auf. Trotz des Hammerwerks in ihrem Kopf spürt sie, wie sie langsam wieder auf sicheres Terrain zurückfindet. „Deshalb möchte ich Sie bitten, sich jetzt einmal mit diesem PC hier" – sie schiebt einen leeren Sitzpolster unmittelbar vor Laubs Bauch – „persönlich zu unterhalten. Sagen Sie ihm so direkt und ungeschminkt wie möglich, was Sie von ihm halten. Wie es Ihnen mit ihm geht. Was er Ihnen angetan hat. Der Computer ist doch der Feind, Wolfgang, nicht wahr?"

Laub blickt sie skeptisch an. Er hält nicht viel von Dr. Mickls Technik. *Alles Theater* – so lautete sein Kommentar schon in der ersten Sitzung. Alle anderen haben sich mittlerweile an ihre psychodramatische Methode gewöhnt. Aber etwas in Wolfgang Laub sagt ihm, dass dieses Spiel schnell zu unfreiwilliger Selbstentblößung führen könnte. Zu Kontrollverlust. Und das passt dem Oberstudienrat ganz und gar nicht.

„Es liegt ja gar nicht am Computer an sich", beginnt er.

„*Du*", korrigiert sie ihn sanft, „sagen Sie bitte: *Du* bist es gar nicht, an dem es liegt."

„Also schön. Du bist es gar nicht, an dem es liegt. Was mich nervt, was mich entsetzt, ist, dass alle so in dich verliebt sind. Vernarrt geradezu, süchtig. Jung und Alt, Schüler wie Lehrerkollegen. Dass sie dich anbeten wie einen … wie einen Götzen! Und wie die natürliche Ordnung deswegen verloren geht."

„Welche Ordnung meinen Sie, Wolfgang? Was geht deswegen verloren? Was genau nimmt Ihnen – Ihnen ganz persönlich – dieser Götze weg?"

Laub gerät ins Stocken. Hagen beobachtet, wie der verbitterte Lehrer die Fäuste ballt und sie dann wieder sinken lässt. Ein zahnloser grauer Panther, trotz seiner kastanienbraun gefärbten Haare. Ein Relikt, das einen in seiner Hilflosigkeit fast schon wieder anrührt. Und dessen Stimme jetzt ausgetrocknet und morsch klingt, auch wenn dahinter noch ein letztes Aufbäumen zu spüren ist.

„Alles! Alles, was früher einmal das Wesen meiner Arbeit ausgemacht hat. Wofür man anerkannt und geehrt wurde. Was war man in meiner Funktion, in meinem Alter? Vorbild, Maßstab, ein Garant für Ordnung! Heute halten sich schon die zehnjährigen Pennäler für weiser als ihre Professoren, bloß weil sie etwas schneller im Internet nachschlagen können. Geschwindigkeit statt Tiefe. Es ist ja so trivial, so trivial!" Laub beugt sich vor und versetzt dem Polster einen Schlag mit der flachen Hand. Eine Ohrfeige für einen Computer.

„Sie möchten ihn schlagen, Wolfgang – nur zu! Aber sprechen Sie weiter dabei. Wie hat Ihre Autorität früher ausgesehen? Was war damals besser?"

Als hätte sich ein Ventil in ihm geöffnet, beginnt Laub plötzlich wie wild auf das Kissen einzuschlagen. „Lümmel, elender", schreit er und teilt Hiebe aus, wie keiner es seiner zerbrechlichen Gestalt zugetraut hätte, „was bildest du dir ein! Ich werde dir zeigen, wer hier der Herr im Haus ist! Da und da und da …"

„Hör auf", sagt Prader. „Scheiße, hör auf!" Den strafenden Blick von Dr. Mickl ignoriert er.

„Ich sage, du sollst aufhören!"

„Warum soll er aufhören, Ernst? Was löst das in Ihnen aus?"

„Was das in mir auslöst?" Seine Augen sind zu dünnen Schlitzen geschrumpft. „Ein klitzekleines Déjà-vu löst das aus in mir! Merkt ihr nicht, dass unser Herr Oberstudienrat das schon in den guten alten Zeiten gemacht hat? Aber nicht mit Polstern – mit

Kindern!“ Er steht auf, stapft zu Laub hinüber und lässt sich dicht vor ihm nieder. „Na, Wölfchen, sag's schon: Du hast doch öfters in deiner langen Karriere den kleinen Rotznasen eine gelangt, wenn deine Ordnungsliebe es erforderlich machte, nicht wahr? Oder hast du dich nicht getraut? Du, der Bewunderer römischer Cäsaren! Hast du den Schwanz eingezogen vor den impertinenten Bengels und Gören?“

„Ha!“ Laub erwacht aus seiner Erstarrung. „*Den Schwanz eingezogen* – was für eine Diktion! So eine Sprache passt genau zu diesen Plebejern!“

„Genau! Sie waren wie ich. Impertinent und plebejisch. Und was hast du mit ihnen gemacht? Das da vielleicht?“ Er deutet mit den Knöcheln einen Knuff an. „Oder eher die klassische Ohrfeige, hm? Wie nennt man eine g'sunde Watsche in Stuttgart? Maulschelle, Backpfeife, Wangenstreich – was ist probater, Herr Oberstudienrat? Was passt besser in Ihr Vokabular?“ Sein Gesicht hat sich dem Laubs bis auf wenige Zentimeter genähert.

„Es reicht, Ernst! Gehen Sie bitte sofort zurück auf Ihren Platz!“ Dr. Mickl klingt erstmals richtig streng. Auch die Mienen der anderen verraten: Hier wurde eine Linie überschritten.

„Lassen Sie nur! Lassen Sie ihn nur, Frau Doktor.“ Die Worte kommen gepresst, gezischt aus Laubs Mund. „Er will es wissen, er soll es wissen.“ Seine rechte Hand geht wie in Zeitlupe hoch zu Praders linkem Ohr. Zeigefinger und Daumen hat er zu einer Zange geformt, mit der er nach den Haaren des Kabarettisten zielt. Prader weicht keinen Millimeter zurück, als sich Laubs Finger seinen Koteletten nähert. „Nein, keine Maulschellen. Keine Kopfnüsse. Ein paar dünne Härchen nur, ein wenig nach oben, in Richtung Geist gezogen. Das reichte durchaus.“ Die Zange hat jetzt Praders Kotelettenhaare erfasst, spielt mit ihnen mehrere lange Sekunden lang, als gälte es, ihre Konsistenz zu prüfen. Laub hüstelt, dann zieht er die Hand wieder zurück. „Ein probates

Mittel gegen die Impertinenz, o ja! Und es verfehlte nie seine Wirkung. Bis ..."

„Bis dich jemand angezeigt hat, nicht wahr? Bis sie dir das Handwerk legten."

„Denunziation", flüstert Laub, „es war miese Denunziation! Mit einem einzigen anonymen Brief an die Schulbehörde können sie dir ein ganzes Lehrerleben zerstören. Da fragt keiner mehr, was du jahrzehntelang geleistet hast. Du bist gebrandmarkt für alle Zeiten, ein Aussätziger an der eigenen Schule! Ich wünschte, es wäre endlich vorüber."

Prader hat sich aus seinem Fersensitz gelöst und vor Laub aufgerichtet. „Weißt du, was ich glaube, Laub? Ich glaube, Leute wie du, die wünschen sich ihr ganzes Leben lang nichts so sehr wie einen schönen Nachruf. Einmal nur eine wirkliche Würdigung meines Wesens! Einmal nur uneingeschränkt im Mittelpunkt stehen, und sei es drei Meter unter der Erde! Ich wette, du hast ihn sogar schon aufgesetzt, deinen eigenen Nachruf, und bei einem Notar hinterlegt."

Laub sieht Prader an, als stünde der Leibhaftige selbst vor ihm. Kein Wort kommt ihm über die blauen Lippen. Aber der Kabarettist kennt keine Gnade, gießt noch Säure nach.

„Ein grandioser Nachruf sicher, allumfassend. Wer außer dir brächte diese Würdigung auch zustande? Wer sonst wüsste über dich, den ewig Verkannten und wegen einer Lappalie Geächteten, solch We-sent-li-ches" – Prader setzt die einzelnen Silben affektiert voneinander ab – „ zu berichten. Wenigstens am offenen Grabe sollen sie erfahren, was sie an dir so sträflich übersehen haben. Ja, du möchtest alle mit diesem Nachruf dafür bestrafen, dass sie deine Größe nicht wahrnahmen und dich abtaten als – ihresgleichen. Denn das tun die Menschen doch immer, nicht wahr: den anderen als gleich gestrickt betrachten, gleich mies, gleich beschränkt, oder gar als minderwertiger und mickriger noch als man selbst. Und so hast du jenen Nachruf verfasst, in dem du endlich als der gewürdigt wirst, der du hättest sein sollen, sein müssen in den Augen deiner Freunde, Verwandten, Kinder und Kollegen."

„Ernst", ruft Dr. Mickl, „reißen Sie sich zusammen! Wir sind hier nicht im Gerichtssaal."

Auch Hagen spürt, dass das ursprünglich interessante Wortgefecht zu eskalieren droht. So, wie Prader sich heute benimmt, möchte man ihn nicht zum Feind haben. Vielleicht ist seine Gereiztheit ja auf den Kater zurückzuführen, den er von ihrer gestrigen Sauferei mitgebracht hat? Oder den Wiener hat in diesem dramatischen Setting einfach wieder das Bühnenfieber gepackt, was bei einem Wortkünstler wie ihm schnell einmal überzogene Schärfe provoziert. Andererseits: Grundsätzlich falsch erscheinen seine Vorwürfe trotz aller Härte nicht. Und fordert sie die Therapeutin nicht ständig auf, sich *mit allen Anteilen* der Wahrheit zu stellen?

Aber Prader denkt ohnehin nicht daran, sich von der Frau in Weiß einbremsen zu lassen.

„Stell dir vor, Wolfgang, andere kennen die Ungerechtigkeit des Lebens genauso, du bist nicht der Einzige, der leidet! Aber stell dir auch einmal eine winzige Sekunde lang vor, was passieren würde, wenn sich unsere ganze Gemeinschaft hier gleich wehleidig verhielte wie du. Wenn jeder sich als den Nabel der Welt betrachtete …"

Weiter kommt er nicht, denn Wolfgang Laub springt unter Gebrüll auf, stakst zur Tür und reißt dort sein Hemd auf, als ob er zu wenig Luft bekäme. Die hervorquellenden grauen Brusthaare dokumentieren, was ohnehin längst alle vermutet haben: dass Laub sich das Kopfhaar färbt.

„Gemeinschaft", schreit er, „Gemeinschaft! Dann stammt das Wort aber von gemein ab, von hundsgemein. Ach, ihr könnt mich alle mal!"

Die Tür fliegt krachend ins Schloss. Zwölf Augenpaare glotzen in Richtung Ausgang. Verunsichert oder schockiert die einen, achselzuckend jene Abgebrühteren, die schon öfters einem derartigen Eklat beigewohnt haben. Eine stickige Stille liegt über dem Sitzkreis. Rosi erträgt sie nicht lange.

„Mia kennen eahm doch net so einfach geh lassn, i hol ihn zruck!"

„Besser nicht", meint Dr. Mickl. „Respektieren wir seine Entscheidung. Ich glaube nicht, dass er sich jetzt umstimmen lässt."

Sie versucht, Prader mit ihrem Blick zu fixieren, doch der weicht ihr aus, schaut wie ein Unbeteiligter in Richtung Fenster. Dr. Mickl muss einsehen, dass die Luft draußen ist aus der Gruppe.

So wie Wilhelm Laub, von dem nur das Hemd zurückgeblieben ist im Raum. Er hat mit nacktem Oberkörper das Weite gesucht.

Mit der Ausrede, auf die Toilette zu müssen, hat Hagen sich aus der Gruppe verabschiedet. Er hatte keine Lust, sich der lausigen Stimmung noch länger auszusetzen und Dr. Mickl bei ihrem Versuch Gesellschaft zu leisten, das zerschlagene Porzellan wieder zusammenzukleben.

Eben im Begriff, die Tür zu seiner Unterkunft aufzusperren, hört er aus dem Raum nebenan ein dumpfes Geräusch. Als würde ein Möbelstück umfallen. Kam das nicht aus Nummer zwanzig, wo Laub logiert? Man ist sich schon des Öfteren im Gang begegnet, ohne je mehr als einen flüchtigen Gruß auszutauschen. Hagen zögert: Soll er etwas unternehmen? Möbel fallen nicht von selbst um. Dass sich beim gedemütigten Oberstudienrat Wut und Frust entladen, indem er Stuhl und Tisch umwirft, wäre an und für sich nichts Ungewöhnliches. Aber nach dem einen Polterer bleibt es still im Nachbarzimmer, mucksmäuschenstill. Etwas beginnt in seinem Polizistenbauch zu rumoren. Er entschließt sich, an Laubs Tür zu klopfen. Keine Antwort.

„Wolfgang", ruft er, und lauter: „Herr Laub!"

Wieder negativ. Er dreht am Messingknopf, drückt gegen die Tür. Natürlich ist sie verschlossen. Hagen wendet sich zum Gehen. Ist schließlich nicht sein Bier, was der ausrangierte Lehrer in seiner Zelle so treibt. Misch dich nicht ein! Die Privatsphäre ist heilig, das größte Tabu. Nicht von ungefähr geschützt durch massive Mauern, durch stabile Tore. Wird einem das nicht vom ersten Schnaufer an vermittelt? Andererseits: Wie oft hat er diese Tore und Mauern im Verlauf seines Berufslebens schon einrennen und niederreißen müssen, um dahinter das schiere Gegenteil eines Heiligtums vorzufinden: den alltäglichen Beziehungshorror; die grelle Peepshow der gar nicht so biederen Bürgerseele; und vor allem: Kinderaugen, die übergehen vor Angst.

Noch ehe er sie sieht, ist sie bereits zu hören: Lucy, die sonnige Stationsgehilfin aus Trinidad. Ihre Absätze zaubern ein rhythmisches Muster in den Korridor.

„Hallo, Herr Hagen", grüßt sie, „heute schon fertig?"

„Nicht ganz", sagt er. „Aber hätten Sie einen Schlüssel für dieses Zimmer?" Er zeigt auf die in Alu gestanzte Zahl Zwanzig.

„Ja. Wieso?" Sie sieht seine Miene und reagiert schnell. „Ist etwas passiert?"

Er zuckt mit der Achsel. „Keine Ahnung", murmelt er, „aber irgendetwas ist hier komisch." Sie sucht den richtigen Schlüssel und sperrt auf. Die Tür öffnet sich mit einem leichten Quietschen.

In der Mitte des Mansardenzimmers baumelt der bis auf die Unterhose nackte Körper Laubs. Dreht sich langsam um die Achse, die der kurze Strick bildet, festgeknüpft am hölzernen Querbalken. Zu seinen Füßen ein umgestürzter Sessel. Die graue Flanellhose, die Laub in der Gruppentherapie trug, liegt ordentlich zusammengefaltet auf dem Bett. Falte auf Falte.

Zwei, drei schnelle Schritte, und Hagen ist bei ihm. Laubs Zehen sind keine dreißig Zentimeter vom Boden entfernt. Er umfängt die Hüften des Hängenden und stemmt ihn hoch. „Den Stuhl", keucht er, „hierher!" Lucy schiebt den Stuhl neben Hagen, hüpft hinauf. Vergeblich versucht sie, die Schlinge vom Hals Laubs zu lösen.

„Wir brauchen ein scharfes Messer, Lucy! Haben Sie eins?"

„Nein."

„Dann halten *Sie* ihn! Schaffen Sie das?"

Sie nickt und wuchtet die schlaffe Masse hoch.

Hagen stürzt hinaus, reißt die angelehnte Tür zu seinem Zimmer auf. Das Stanleymesser! Er findet es auf Anhieb in der Nachtkästchenschublade, spurtet wieder zurück. Mit zwei kräftigen Schnitten ist das Seil durchtrennt, und sie legen Laub auf den Boden. Gemeinsam machen sie sich an die Reanimierung. Er übernimmt die Herzmassage, Lucy die Mund-zu-Mund-Beatmung. Dazwischen rufen sie um Hilfe. Pumpen, beatmen, sieben zu eins, möglichst im Takt. Die Minuten verrinnen, ihre Kräfte lassen nach. Wieso hört sie keiner?

„Fünfzehn zu zwei", schlägt sie vor, „das ist leichter."

„Okay", sagt er.

Laubs Brust quillt auf, solange Lucy bläst. Sobald Hagen auf das Brustbein drückt, sackt sie in sich zusammen.

Scheiße, verdammt! Langsam kriecht sie wieder hoch in ihm, die blanke Panik: Lisa im Moorgraben, er hüfttief neben ihr und dem großen scharfkantigen Felsbrocken, der ihr zum Verhängnis wurde … Der sinnlose Versuch, den nassen Dreck aus ihrer Mundhöhle rauszukriegen, um Luft hineinzublasen. Blut, das aus ihrer Schläfe sprudelt, als hätte einer einen Brunnen geschlagen in sie, rotschwarz, schwarzrot. Blut und Morast, die sich vermengen. Wie Lähmung und Wut.

Später, viel später kam auch noch der Ekel hinzu. Der Ekel vor sich selbst.

Als sie schon aufgeben wollen, plötzlich ein Gurgeln. Ein Spucken. Das Ringen nach Atem.

Laub ist zurück.

Sie lagern ihn seitlich. Während Hagen sich um ihn kümmert, läuft Lucy um Hilfe. Der Strangulierte schlägt die Augen auf. „Wieso?", scheinen sie zu fragen. „Wieso nur?"

15 Ein Brief

Herrn
Dr. Guido I. Westhäußer
Psychosomatische Fachklinik Sonnblick
Station B
Bad Krummau

Westhäußer dreht und wendet das großformatige Kuvert in seinen Händen. Kein Absender. Er beschnuppert das Papier, wie es seine Angewohnheit ist. Andere mögen das schrullig nennen; aber Briefe sind für den Arzt nun einmal mehr als nur ein Weg, Informationen zu übermitteln. Seit jeher eigentlich, wenn er so überlegt, oder zumindest seit Leo. Leo, seine erste große Liebe, war zugleich der Größte, was das versiegelte Wort anging. Er pflegte seine Briefe mit rotem Siegelwachs zu verschließen, und das Büttenpapier tränkte er, je nach Grundton der Botschaft, mit einem anderen Parfum. So erreichte die Quintessenz seiner Worte bereits den Adressaten, ehe der Brief gelesen war. Heute, im Zeitalter des Mails, bekommt Westhäußer keine parfümierten Seiten mehr. Aber sinnlich anregend findet er die selten gewordenen Briefe immer noch.

Sein Hobby ist es, die Handschrift zu interpretieren. Mittlerweile irrt er selten, was die geschlechtsspezifische Zuordnung angeht. Er gefällt sich als Amateurgraphologe und versucht, von Eigenarten im Schriftbild ausgehend auf den Charakter des Absenders zu schließen. Der verschnörkelte und gleichzeitig sehr regelmäßige Zug spricht eindeutig für eine Frauenhand. Und die auffällig großen Initialen und die lange Schleife des y könnte man als Ausdruck von überschäumender Lebensenergie, gepaart mit Unsicherheit, interpretieren. Er lächelt. Zugegeben, etwas gewagt, diese Deutung, und graphologisch betrachtet vermutlich nicht auf dem neuesten Stand der Wissenschaft. Aber man ist ja nicht nur Wissenschafter.

Er greift nach dem elfenbeinernen Brieföffner, den er aus dem vorjährigen Kamerunurlaub mitgebracht hat, setzt ihn aber noch einmal ab. Etwas an der Adresse ist ungewohnt, sticht hervor: das große I zwischen seinem Vor- und Familiennamen. Dass es ihm nicht gleich aufgefallen ist! Er kann sich nicht daran erinnern, diese Initiale in letzter Zeit verwendet zu haben. Nur wenige Menschen in seinem Umfeld dürften überhaupt wissen, wofür das I steht: für Immanuel nämlich, jenen zweiten Vornamen, den ihm Mutter als dezentes Indiz für ihre jüdische Herkunft mitgab. Der auf seinem Taufschein eingetragen ist, aber sonst? Westhäußer schnappt sich das Telefonbuch und schlägt unter dem Buchstaben W, dann auch noch unter K wie Krankenhaus nach. Nirgends findet sich ein großes I vor Westhäußer. Wem gegenüber habe ich je davon gesprochen?, fragt er sich, kommt aber zu keinem Ergebnis. Was soll's. Mit einem Ratsch durchschneidet er den beigen Umschlag und entnimmt ihm eine überdimensionierte Ansichtskarte. Das Motiv darauf ist Westhäußer vertraut: Es handelt sich um die Aufnahme der Klinik *Sonnblick* aus der Vogelperspektive, wie man sie in der Rezeption der Klinik bekommt.

Die Karte ist eng beschrieben, in einer sehr kleinen, gedrängten Schrift. *Sehr geehrter Dr. Westhäußer*, liest er. Die nächste Überraschung! Er hat sich etwas Persönlicheres erwartet. *Lieber Guido* etwa, oder *Hallo, alter Freund.* Aber schon die nächsten Worte erklären die förmliche Anrede.

Entschuldigen Sie bitte, dass ich mich in dieser Form an Sie wende. Ich bin eine ehemalige Patientin von Ihnen, die es nur im Schutze der Anonymität wagt, sich mit Ihnen in Verbindung zu setzen. Als einziger Arzt des Sonnblick *erscheinen Sie mir vertrauenswürdig genug, Sie von einem Vorfall zu unterrichten, der mich in Ihrer Klinik betroffen hat und der mir seither sehr zu schaffen macht.*

Ich schätze Ihren Gerechtigkeitssinn und Ihre Loyalität gegenüber den Klienten, die Sie, meines Erachtens, sogar über diejenige zu Kollegen und Vorgesetzten stellen und erhoffe mir deshalb von Ihnen Hilfe und Unterstützung. Außerdem weiß ich, dass Sie, was Frauen anbelangt, gänzlich unverdächtig sind. Deshalb möchte ich Sie darüber informieren, dass Ihr oberster Vorgesetzter, Chefarzt DDr. Dieter Sachs, gröblichst gegen das Gebot der ärztlichen Enthaltsamkeit verstoßen hat. Ich wurde von ihm in seinem Sprechzimmer sexuell genötigt. Und wie ich von anderen Patientinnen Ihrer Klinik hören musste, stehe ich damit nicht alleine da. Ich kann für meine Anschuldigungen leider keine Beweise vorlegen, die vor Gericht verwertbar wären. Auch aus anderen Gründen, die ich hier nicht erläutern will, habe ich es nicht gewagt, damit an die Öffentlichkeit zu gehen. Ich denke aber, dass wenigstens Sie davon wissen sollten. Vielleicht finden Sie dadurch ja einen Weg, um diesem Schwein das Handwerk legen und so wenigstens künftige Demütigungen von Frauen in Ihrem Hause zu verhindern. Ich bitte Sie sehr, mir zu glauben und diese Mitteilung nach Ihren Möglichkeiten zu verwerten!

Westhäußer lehnt sich in seinen Drehstuhl zurück und atmet tief durch. Stellt fest, dass sein Hemd sich verschwitzt anfühlt. Geht den Text ein zweites Mal durch und bleibt, wie schon zuvor, bei jenem unglaublichen Satz hängen: *Außerdem weiß ich, dass Sie, was Frauen anbelangt, gänzlich unverdächtig sind.* Wer in aller Welt weiß davon? Welche ehemalige Klientin kann sein Geheimnis kennen, das er glaubte, in seinen vier Jahren im *Sonnblick* erfolgreich geschützt zu haben? Wodurch hat er sich bloß verraten? Nervös klopft er mit der Karte auf die Schreibtischplatte.

Erst nachdem er sich von dieser Überraschung etwas erholt hat, beginnt er sich mit der eigentlichen Botschaft des Briefes zu beschäftigen. Sachs – ein Vergewaltiger? Einer, der sich an Patientinnen vergreift? Er traut dem eitlen Chefarzt ja einiges zu –

aber das? Kaum vorstellbar. Aber vielleicht ist er als Schwuler auch nicht ganz der Richtige, um das zu beurteilen …

Anlauf Nummer drei. Westhäußer fällt auf, wie nüchtern, ja distanziert der Brief klingt. Bis auf das Wort *Schwein*, versteht sich. Was hat das zu bedeuten? Wirkt die Mitteilung durch diesen spröden Stil weniger authentisch, glaubwürdig? Seine Antwort lautet nein. Eher hat es den Anschein, als bezwecke die Schreiberin damit, so die Seriosität ihrer Anschuldigung herauszustellen. Jedenfalls wurde das Ganze nicht im Affekt niedergeschrieben. Kein einziges Wort, das korrigiert worden wäre; und auch der Aufbau der Argumentation zeigt, wie wohlüberlegt hier ans Werk gegangen wurde. Der Text füllt die Karte vollständig aus, was vermuten lässt, dass er mindestens einmal vorgeschrieben wurde. Nichts also, was auf einen spontanen Racheakt hinwiese.

Ich denke aber, dass wenigstens Sie davon wissen sollten.

Wieso gerade er? Schön, sie scheint in ihn ein besonderes Vertrauen zu setzen, in seinen Gerechtigkeitssinn und seine Loyalität gegenüber den Klienten. … *die Sie, meines Erachtens, über diejenige zu Kollegen und Vorgesetzten stellen …* Wie kommt sie zu dieser Einschätzung? Weiß sie, dass er einmal tatsächlich einen Kampf auszufechten hatte, als er zugunsten eines Patienten und gegen einen Kollegen beim Oberarzt intervenierte? Und wenn ja, woher? Die brenzlige Sache liegt gute zwei Jahre zurück, und der Kollege verlor in der Folge seine Anstellung. Aber natürlich könnte es sich dabei auch nur um eine höfliche Floskel handeln, ein Kompliment, um ihn leichter für sich einzunehmen.

Am meisten irritiert Westhäußer aber der Hinweis auf das Gebot der *ärztlichen Enthaltsamkeit.* Welche Patientin, die von einem Arzt sexuell genötigt wird, würde den Missbrauch in solche Worte fassen? Dafür müsste sie entweder mit dem Ärztejargon vertraut sein oder …

Die Übersetzerin kommt ihm in den Sinn. Marie Therese. Sie könnte zweifellos über die Fähigkeit verfügen, so zu formulieren. Dazu ihr Borderlinesyndrom. Es wäre nicht das erste Mal, dass Patienten mit dieser Persönlichkeitsstörung Vorwürfe gegenüber behandelnden Ärzten konstruierten. Schwarz-weiß ist nun einmal ihre Sicht der Welt und extrem der Stimmungsumschwung. Eine Auseinandersetzung mit Sachs könnte eine wie sie ohne Weiteres dazu veranlasst haben, die inkriminierenden Zeilen zu schreiben.

Und was, wenn Marie Therese mit dem Chefarzt berechtigterweise ein Hühnchen zu rupfen hat? Wenn der Missbrauchsvorwurf wirklich stimmt?

Warum hat sich Sachs eigentlich in jener Teamsitzung, wo die meisten ihr schon den Laufpass geben wollten, für die Frau so stark gemacht? Westhäußer hat auch nicht goutiert, *wie* Marie Therese von ihm zu Sachs wechselte. Es ist an und für sich schon ungewöhnlich, dass der Chefarzt sich um eine reißt, die nicht einmal Sonderklassepatientin ist. Dazu kam, dass Sachs in seiner unendlichen Präpotenz natürlich darauf verzichtete, ihn, den Jungarzt, in die Entscheidung einzubinden. *Ab morgen übernehme ich die Einzeltherapie bei der Dame, Herr Kollege. Sie haben ja sicher nichts dagegen?* Entscheidungsfindung à la *3D*! Man könnte es auch als eine wenig subtile Abwertung der fachlichen Kompetenz von Untergebenen betrachten. Man könnte sich sogar darüber beschweren. Aber er hat sich den Unmut natürlich nicht anmerken lassen …

Wie auch immer – wie soll er jetzt mit dieser Geschichte umgehen? Ohne jeden Beweis, mit nichts als einer vollgekritzelten Ansichtskarte in der Hand?

Vertrauen mag ja ehren, gut und schön. Nur: Es kann auch jede Menge Stress erzeugen!

Nichts wie raus! Was er jetzt braucht, ist Bewegung, das muss ihm kein Arzt verordnen. Hagen hat sich zu einem ausgedehnten Spaziergang im Klinikpark entschlossen. Die Feldenkraistherapie um sechzehn Uhr wird heute ohne ihn stattfinden, niemand wird es ihm verdenken. Nicht nach dem, was sich in den vergangenen zwei Stunden abgespielt hat.

Die letzten Sonnenstrahlen tunken die rissige Rinde der Kiefern, die seinen Lieblingsweg säumen, in ein mildes Orange. Er wünschte, laufen zu können wie die jungen Energiebündel im bunten, hautengen Outfit, die mit elastischen Schritten an ihm vorbeitraben. Aber er weiß, dass er das seiner Hüfte nicht zumuten kann.

Automatisch biegt er bei der beschilderten Kreuzung auf jenen Pfad ein, der zum kleinen, von einem Schilfgürtel eingezäunten Teich führt. Es ist derselbe Weg, auf dem er vor ein paar Tagen erstmals auf Prader getroffen ist. Schon von Weitem sieht er die zwei Gestalten. Zwei alte Frauen, die, die Arme untergehakt und in dicke Mäntel verpackt, langsam auf ihn zukommen. Erst als sie sich auf wenige Meter genähert haben, erkennt er die eine von ihnen wieder. *In meinem Alter muss man lernen, das Weinen zu genießen. Sonst bleibt nicht viel übrig zu genießen* – eine Einsicht, die ihm seither nicht mehr aus dem Kopf geht. In der Hand hält Frau Karner ein Büchlein, aus dem sie der anderen, sehr gebrechlich wirkenden buckeligen Dame halblaut etwas vorliest. Als sie mit Hagen auf gleicher Höhe sind, versteht er den Text:

„Gegrüßet seist du Maria, voll der Gnade, der Herr ist mit dir, du bist gebenedeit unter den Frauen, und gebenedeit ist die Frucht deines Leibes, Jesus, …"

„… der für uns das schwere Kreuz getragen hat."

Sie lassen sich von seiner Gegenwart nicht beirren und rezitieren weiter, beantworten sein Kopfnicken nur kurz mit einem ebensolchen. Dann sind sie schon an ihm vorbei, und ihre Worte werden vom Wind verblasen. Dennoch weiß Hagen, wie die Fortsetzung lautet, der Schmerzensreiche Rosenkranz ist fest in ihm verankert. Er hat ihn ja sogar schon auf Englisch kennengelernt – kennenlernen müssen! In jener Nacht, als sie Lisa vom Berg herunterholten und in der kleinen Leichenhalle aufbahrten. Sie, die keine Chance hatte, mit ihrem Leben in Würde abzuschließen. Aber welches Unfallopfer bekommt schon diese letzte, vielleicht wichtigste Vergünstigung zugesprochen?

Die Begegnung hat ihn gerührt. Die beiden Alten scheinen ihren endgültigen Abschied vorzubereiten. Ganz selbstverständlich und unsentimental, dem Schicksal oder was immer offen in die Augen schauend. Er wünschte, er hätte ein ähnliches Büchlein, an das er sich halten könnte. Und den dazu nötigen Glauben.

Obwohl die letzten Tage Schönwetter herrschte, ist die Bank am Teichufer feucht. Hagen legt die Handschuhe zwischen sein Hinterteil und das schwarze Holz. Mit geschlossenen Augen lässt er Revue passieren, wie die Erstbefragung mit den deutschen Kollegen verlief.

Nein, nach einem Abschiedsbrief würden sie nicht zu suchen brauchen, der Suizidversuch sei wohl eine Folge der vorausgegangenen Eskalation während der Gesprächstherapie gewesen. „Schöne Therapie!“, meinte der jüngere, schlaksige Streifenpolizist sarkastisch, „genau so stell ich mir eine erfolgreiche Behandlung vor!“ Hagen schilderte den beiden in groben Zügen, was zum Streit geführt hatte, ohne allerdings Praders Part als so bedeutsam darzustellen, wie er in Wirklichkeit gewesen war. Eigentlich eine sinnlose Fürsorglichkeit seinerseits – niemand würde dem Kabarettisten daraus einen Strick drehen können. Und was den echten Strick betraf: Dass ihn Laub in seinem Zimmer aufbewahrt und damit jederzeit griffbereit gehabt hatte, ließ die Polizisten schlussfolgern, der Selbstmordversuch könne so spontan nicht erfolgt sein. Womit sie Hagens Einschätzung nach recht hatten. „Überdurchschnittlich suizidgefährdet, diese alten Lehrer", erklärte der kleine Korpulente fachmännisch. Kein Grund jedenfalls, die Sache aufzubauschen und die Kripo beizuziehen. „Zumal ohnehin schon ein Kommissar vor Ort ist", feixte der Schlaksige. „Chefinspektor", korrigierte Hagen. Das *außer Dienst* hatte er nur dazugedacht. Man wollte die Geschichte schließlich nicht künstlich kompliziert machen.

Laub wurde zunächst ins Notversorgungszimmer der Klinik gebracht. Ein Arzt, den Hagen schon von seiner eigenen Aufnahmeuntersuchung her kannte, versorgte den Lehrer. Sein Hals sah ziemlich schlimm aus, und welche Folgen der minutenlange Herzstillstand im Hirn hinterlassen würde, war noch nicht absehbar. Hagen unterschrieb seine Zeugenaussage und suchte schnell das Weite. Bekam gerade noch mit, wie der Sanitätswagen vorfuhr, der Laub ins Krankenhaus nach Ravensburg bringen sollte.

Und jetzt? Ein etwas melancholischer Retter hockt da auf der Parkbank. Wieso eigentlich? Er könnte sich doch einfach freuen, einmal nicht zu spät gekommen zu sein. Das übliche Schicksal eines Kriminalers ist es doch hinterherzuhinken, eine bereits vollzogene Tat zu untersuchen und im besten Fall aufzuklären. Wieso also die Trübsal? Weil er einen akademisch geprüften Arsch aus der Schlinge befreit hat? Hagen, Hagen, maßt du dir da nicht zu viel an? Aber er weiß ja eh, woher sein Grant rührt: Von der *Irish Connection*, seinem verdammten Trauma. Du kannst dir halt nicht aussuchen, wo du zum Retter wirst und wo zum Versager …

Als er die Hand auf seiner Schulter spürt, greift er sich unwillkürlich ans Herz.

„Hallo", sagt die Stimme, „so sieht man sich also wieder."

Es ist die Frau mit der Visitenkarte. Die, vor der ihn Prader gewarnt hat. Der Isolani, die wandelnde Bombe.

„Hallo“, sagt er schnaufend und dreht sich im Sitzen zu ihr um. „Sie hätten mich beinahe zu meinen Vorfahren geschickt. Herzmäßig ist es bei mir nicht zum Besten bestellt.“

„Bei mir auch nicht. Da haben wir ja etwas gemeinsam.“ Sie lächelt ihn liebenswürdig an. *Très charmant*, wie der Franzose sagt. Der Ausdruck fällt ihm ein, obwohl er gar nicht Französisch kann.

Sie trägt einen kurzen Rock und ein noch kürzeres Blouson, das bei der Hüfte ein Stück ihrer Haut unbedeckt lässt. Weiter oben bietet sie, über ihn gebeugt, noch tiefere Einblicke. Bombe oder Sexbombe, das ist hier die Frage.

Er steht auf und lädt sie ein, auf seinen Handschuhen Platz zu nehmen. „Ist doch ein bisschen kalt, so – oder?“

„Nein, absolut nicht. Die innere Hitze, Sie verstehen. Entweder man hat sie, oder man hat sie nicht.“

Er setzt sich mit einem Respektabstand neben sie. „Frau Herbst, richtig?“

„Richtig. Ich sehe, Sie haben meine Karte gefunden. Aber nennen Sie mich doch Marie Therese.“

„Gerne. Dann bin ich der Tone. Tone Hagen.“ Sie schütteln einander die Hände.

„Hagen? Sie haben einen Meuchelmörder als Namensvetter? Wie fühlt man sich denn da?“ Er zuckt mit der Achsel wie ein Schüler, dem der Lehrer eine zu schwierige Frage gestellt hat.

Das ist bereits das zweite Mal in jüngerer Zeit, dass jemand seinen Namen unter die Lupe nimmt. Der Torfstecher Liam hat ihm erklärt, in welcher Tradition sein Vorname steht: *Antonius, Helfer der Suchenden*. Jetzt, in ihrer Deutung, findet er sich in bedeutend schlechterer Gesellschaft wieder. Weil sie damit glänzen will, wie belesen sie ist? In Vorarlberg, wo der Name Hagen häufig, in Lustenau geradezu inflationär, vorkommt, hat ihn jedenfalls noch niemand mit dem bösen Hagen von Tronje in einen Hut geworfen, nicht einmal im Scherz. Falls ihre Äußerung überhaupt witzig gemeint war. Eigentümlich: Es hat geklungen wie ein launiges Wortspiel, aber ihre Augen …

Weil er nicht weiter weiß, übt Hagen sich gleich wieder in Selbstkritik: Er ist ja so was von untalentiert, wenn es um Smalltalk geht, vor allem bei schönen Frauen! Verkrampft und kompliziert, wenn etwas Einfaches angesagt wäre. Ein Kompliment beispielsweise, das könnte nie schaden. Behauptete jedenfalls der Knigge, das Benimmbuch, das er mit achtzehn gelesen hat. Mittlerweile natürlich total antiquiert; aber an dieser speziellen Regel hat sich vermutlich bis zum heutigen Tag nichts geändert.

„Jedenfalls schön, dass Sie heute nicht vor mir flüchten", sagt sie.

Ihre Augen sind auf den Teich gerichtet, wo sich auf der dunklen Oberfläche unentwegt konzentrische Kreise bilden. Ein rostiges Zuleitungsrohr ist für sie verantwortlich, das man erst auf den zweiten Blick entdeckt.

Hagen weiß noch genau, warum er diese Frau im Forum abgewimmelt hat. Und daran hat sich in den vierundzwanzig Stunden, die seither vergangen sind, eigentlich auch nichts geändert. Aber manchmal treten die Fakten halt in den Hintergrund. Auch bei einem Chefinspektor a. D.

Er beschließt, auf ihre Anspielung nicht einzugehen. „Sie sind also Übersetzerin. Ein spannender Beruf?"

„Spannend?" Sie überlegt. „Was tut ein Übersetzer? Er setzt über. Von einem Ufer zum anderen. Ich transportiere die Worte von einer Sprache in die andere. So wie Charon die Verstorbenen über den Totenstrom Acheron in die Unterwelt gebracht hat. Mein Spezialgebiet ist das Anglo-Irische. Also das Englisch, das in Irland gesprochen wird", fügt sie noch hinzu, als sie die Falten auf seiner Stirn sieht.

Irland, denkt er. Ein weiterer Berührungspunkt. Aber er hütet sich, ihn zu erwähnen.

„Und was ist Ihr Beruf?" Sie sieht ihn an wie ein Luchs. Unverwandt und dennoch durchdringend. Er weiß nicht, welcher Teufel ihn bei seiner schnellen Antwort reitet. Vielleicht ist ja das Bild vom Luchs dafür verantwortlich. Oder weil er einmal nur als Mensch gelten möchte, nicht als Polizist.

„Wildparkwärter", sagt er. „Ich bin zuständig für den Feldkircher Wildpark."

„Toll! Da wird einem sicher nie langweilig. Sie kennen sich wohl gut aus im Umgang mit wilden Tieren?"

Er lacht. Stellt sich vor, welche Bestien der Feldkircher Tierpark zu bieten hat: in der Hauptsache Rehe, Hirsche, Steinböcke, Ziegen und Murmeltiere. Gerade einmal die zwei Luchse und ein paar Wölfe, ein Geschenk aus dem Fürstentum Liechtenstein, könnte man als wild durchgehen lassen.

„Es geht." Er erinnert sich an eine Begebenheit, die er vor Jahren im Feldkircher Anzeiger gelesen hat, und fügt sie betont locker hinzu: „Immerhin wurde einem Kind bei uns schon einmal ein Finger abgebissen, als die Eltern es an den Zaun des Wolfsgeheges heranließen. Das war so ziemlich das Dramatischste, was unser Wildpark bisher zu bieten hatte."

Ihr Körper ist plötzlich gespannt wie die sprichwörtliche Gerte, und ihre Stimme klingt übertrieben besorgt, nahezu hysterisch. „Und Sie waren dabei? Was ist mit dem armen Kind passiert?"

„Wir haben es sofort ins Krankenhaus gebracht. Dort haben sie ihm den Finger eh wieder angenäht."

„Aber …"

Das kennt Hagen aus zig Vernehmungen: wie eine Lüge eine andere nach sich zieht. Und es geht so schnell, dass er nicht einmal dazu kommt, sich über seine Fabulierungskünste zu wundern.

„Na ja, ich war zufällig in der Nähe, hab den Wolf verscheucht und den Finger aus dem Gehege geholt. Alles Weitere war ärztliche Routine."

Sie atmet tief durch, als wäre von ihrem eigenen Kind die Rede gewesen. Dann lässt sie sich wieder auf der Bank nieder. „Sie sind ein Held, Tone! Ein wirklicher Held!" Hagen weiß nicht recht, wie ihm geschieht, denn schon hat sie ihn umarmt, und ihre Lippen berühren seine Wange. Sekunden später sitzt sie wieder reglos neben ihm, als wäre nichts geschehen.

So muss Jesus sich gefühlt haben, als er von Judas geküsst wurde. Aber sie gibt ihm keine Gelegenheit, sich weiter in diese Assoziation zu verrennen.

„Haben Sie selbst Kinder, Tone?"

Die Frage kommt ihm bekannt vor. „Nein", bekennt er. Er findet es schön, wieder auf dem Weg der Wahrheit wandeln zu dürfen.

„Ich habe zwei", setzt sie fort. „René und Babsi. Meine Augensterne. Für sie würde ich mir die eigenen Augen herausreißen lassen. Mich bei lebendigem Leib begraben lassen. Ja, das würde ich."

„Natürlich", sagt er pflichtbewusst. „Manchmal hab ich mir das auch gewünscht. Kinder zu haben, meine ich."

„Dafür ist es doch nicht zu spät. Sie wären sicher ein prima Papa."

Wohl kaum, denkt er. Langsam wird ihm unbehaglich zumute. Die ganze Geschichte hat auf einmal eine Richtung bekommen …

„Ich hab es mehr mit Katzen als mit Kindern", versucht er zu scherzen. „Die sind nicht so anspruchsvoll."

Sie macht eine abwehrende Gebärde. „Katzen, um Himmels willen! Ich hasse Katzen! Weil …"

„Warten Sie!", unterbricht er. „Lassen Sie mich raten, warum. Vielleicht … vielleicht hat sich einmal eine über ihr Gesicht gelegt, als Sie noch ein Baby waren? Und seither leiden Sie unter Erstickungsangst, sobald Sie eine Katze sehen?“

„Nein. Wie kommen Sie darauf?“

„Na ja. Ein Bekannter von mir ist bei der Kripo in Vorarlberg. Und der hat mir einmal seinen eigenartigsten Fall erzählt. Wollen Sie ihn hören?“

„Gerne.“

Jetzt fühlt Hagen sich wieder in seinem Element. Bis auf die Einleitung stimmt die Geschichte sogar. Immerhin schildert er einen Fall, in dem er selbst ermittelt hat.

„Also, das war in der Nähe von Bezau, in einer dieser uralten Bergbahnen im Bregenzerwald. Da fährt eine Frau alleine in der Gondel hinauf, um auf der Hohen Niedere eine Sonntagswanderung zu unternehmen. Als sich oben die Gondeltür öffnet, liegt eine Tote drin. Plötzliches Herzversagen, lautet die ärztliche Diagnose. Routinemäßig wird die Kripo beigezogen. Die untersucht den familiären Hintergrund und stellt fest: Die Frau hat mit ihrem Mann jede Menge Streit gehabt, bis hin zu körperlichen Übergriffen seinerseits, die ganze Nachbarschaft wusste davon. Und der Mann, ein Apotheker, hat schon seine erste Frau auf ungeklärte Weise verloren – auch damals war akutes Herzversagen bei einer sonst Kerngesunden der Grund. Der Mann gerät in Verdacht, etwas Gefährliches zusammengepanscht zu haben, um sie loszuwerden. Es soll ja Substanzen geben, die sich später schwer nachweisen lassen im Körper. Tagelang wird der Apotheker von der Kripo einvernommen und verstrickt sich immer mehr in Widersprüche. Jeder hält ihn für den Täter. Bis irgendwann, bei der Befragung der Eltern der Frau, herauskommt, dass sie eine massive Katzenphobie und -allergie hatte. Die rührte daher, dass ihr als Baby einmal eine Katze minutenlang auf dem Gesicht gelegen war und ihr die Luft genommen hatte, bis der Vater das Tier endlich verscheucht hat.“

„Aber was hat das mit ihrem Tod zu tun?"

„Warten Sie! Nach dieser neuen Information nahm man sich die Ergebnisse der Spurensicherung noch einmal vor, und siehe da: Katzenhaar war in der Gondel nachweisbar, in gar nicht so geringer Menge, und auch ein Kratzer an der Hand der Leiche erschien nun in einem neuen Licht."

„Ich verstehe noch immer nicht …"

„Es dürfte sich so abgespielt haben: Bei der Mittelstation, wo die Gondeltür automatisch aufgeht, muss sich eine der verwilderten Katzen, die dort hausen, in die Gondel eingeschlichen haben. Alleine mit der Katze in der Kabine hat das Drama seinen Lauf genommen, die Frau stirbt in ihrer Panik an Herzversagen. Bei der Bergstation marschiert die Katze einfach wieder aus der Gondel hinaus, und nur die Leiche bleibt zurück. Das Irre ist, dass der Liftwart das Tier beim Rauskommen sogar gesehen hat, wie er später erklärte. Aber bei der Erstbefragung erschien ihm diese Beobachtung zu bedeutungslos, um sie zu erwähnen."

„Das ist aber wohl auch kein wirklicher Beweis dafür, dass die Frau so zu Tode kam, oder?"

„Nein. Aber als Entlastung für den Apotheker hat es allemal gereicht, und der Fall wurde zu den Akten gelegt."

Marie Therese schweigt sinnierend und zündet sich eine Zigarette an. „Kann ich auch eine haben?", sagt er. „Natürlich", sagt sie, „entschuldigen Sie. Ich wusste ja nicht, dass Sie Ihren Vorsatz schon wieder aufgegeben haben."

„Tja", erklärt er mit einem Schulterzucken, „der Mensch denkt, die Sucht lenkt."

Sie nickt. „O ja. Aber ich mag Menschen, die bereit sind für Veränderungen."

Geradezu verschwörerisch hat sie ihm den Satz zugeraunt. Ein perfekter Rauchkringel schwebt wie eine Bestätigung an seiner Nase vorbei. Er zieht es auch diesmal vor, nicht auf ihre Bemerkung zu reagieren. Was ist das schon für eine Veränderung?, denkt er – vom Raucher nach nur wenigen Tagen wieder zum Raucher zu werden.

„Um noch einmal auf Ihre Geschichte zurückzukommen: Ich habe da eine Theorie. Eigentlich gibt es nur zwei Typen von Menschen: Die einen hassen Katzen, die anderen Hunde."

Von der Theorie habe er auch schon gehört, lächelt Hagen. Bloß kannte er sie bisher in einer etwas anderen Version.

„Heißt es nicht: Die einen *mögen* Katzen, die anderen Hunde?"

Sie schüttelt heftig den Kopf. „Nein, meine Formulierung ist richtig! Der Hass ist unsere wahre Triebfeder. Das, was uns überleben lässt. Und manche verdienen es auch, gehasst zu werden."

Er blickt sie ungläubig an. „So ein harter Befund aus einem so schönen Mund!", sagt er. Erst, nachdem die Worte verklungen sind, bemerkt er, dass ihm da etwas passiert ist, was sonst absolut seine Sache nicht ist: ein Kompliment.

„Vergessen Sie es einfach", sagt sie und rückt näher an ihn heran. „Jetzt wird es mir doch ein bisschen kalt."

Er legt unsicher seinen Arm um ihre Schulter. Sie wehrt sich nicht dagegen, schmiegt sich an ihn. Beide schauen schweigend in den Teich mit seinen konzentrischen Kreisen, wie sie langsam in der Dämmerung verebben.

„Wissen Sie, warum ich Katzen hasse, Tone?"

Er schüttelt den Kopf. Ich kann dich riechen, denkt er, der Wildparkwärter riecht den Luchs.

„Weil sie so selbstständig sind. Sie lassen sich nicht streicheln, wenn ich es möchte."

„Schön, dass wir uns wieder mal sehen, Anton. Wie geht's?"

Erst das zweite Mal kommt Hagen in den Genuss einer Einzeltherapie bei Dr. Grein. Den letzten Termin hat er ja von sich aus sausen lassen, und mehr als eine Sitzung pro Woche gibt es nicht.

Mit dem Kopf ist er noch immer auf der Parkbank am Teich. Er fühlt sich eigenartig: Zuerst sein Schwadronieren und ihre maßlose Bewunderung für ihn, den *wirklichen Helden*; dann das Wechselbad aus Kuss, Hass, Umarmung und plötzlichem Verschwinden … Ohne jede Erklärung hat sie sich von ihm losgerissen und ist zurück ins Haus gelaufen. Er wollte beim Abendessen mit Prader über das Parkerlebnis reden, hat ihn aber im Speisesaal nicht angetroffen. Auch beim Frühstück heute Morgen hat sich Prader nicht sehen lassen. Und Marie Therese ebenso wenig.

„Es geht", lautet seine lapidare Antwort. Und weil Dr. Grein ihn so fragend anschaut, fügt er hinzu: „Die Behandlung tut mir recht gut, doch. Vor allem das autogene Training und die Körpertherapien."

„Fein."

Die Therapeutin sitzt ihm gegenüber, mit ziemlich verzogener Schulterpartie und schiefem Kopf, was ihm beim ersten Mal gar nicht aufgefallen ist. Ob sie an einem Hexenschuss leidet?

„Dr. Mickl hat mir gesagt, was Ihr Thema in der letztwöchigen Gruppentherapiesitzung war, Anton. Und wenn ich mir ansehe, was Sie in der Kunsttherapie gemalt haben, entdecke ich dort ähnliche Aspekte. Denken Sie, dass wir daran anknüpfen könnten?"

Sein *gerne* klingt nicht ganz glaubwürdig.

„Dann würde ich Sie bitten, erst einmal selbst Ihr Thema zu formulieren. Gut?"

Wieder legt sie den Kopf schief wie ein Rabe.

„Natürlich", sagt er brav.

Aber so einfach ist das dann doch nicht. Er fragt sich, was genau die Mickl der Grein von seinem Sie-konnten-zusammen-nicht-kommen-Schmonzes erzählt hat, mit dem er sich aus der Affäre ziehen wollte und sich doch nur tiefer darin verstrickt hat.

In sein *Thema* …

Er hat festgestellt, dass dieser Begriff in der Klinik gleich oft strapaziert wird, wie man in der Welt der Kriminalisten vom *Motiv* spricht. Zentral für die Lösung eines Falls. Also, Hagen, sag schon: Wie lautet dein Thema?

Berg ohne Wiederkehr?

Mann ohne Frau?

Scheiße ohne Ende?

Oder musst du noch weiter zurückgehen, in die graue Urzeit deiner Familiengeschichte? Das hören diese Psychos ohnehin so gerne: Was alles danebengegangen ist in den ersten paar Jahren. Die fünf Jahrzehnte danach – uninteressant, vernachlässigbar. Wo immer du auch scheiterst als noch so alter Narr, alles hängt und steht und fällt damit: Servus, Mama, hier Ödipus. Hundertprozentig hat auch seine folgenschwere Beziehung zu Bruderherz Hartmut solche Wurzeln gehabt.

Aber das bringt er von sich aus sicher nicht aufs Tapet! Selbst Verbrecher nehmen sich die Freiheit, eine Tat trotz eindeutiger Beweislage nicht zu gestehen …

Dr. Grein lässt ihm Zeit. Was auch seine Nachteile hat, wie er bemerkt. Zu viel schießt einem da durch den Kopf, das macht die Entscheidung nicht leichter. „Also gut", sagt er endlich, „mein Thema ist, dass ich mich schuldig fühle an Lisas Tod. Nicht im rechtlichen Sinn, aber … na ja, Sie wissen schon."

Sie nickt. Bittet ihn zu erzählen von Lisa, vom gemeinsamen Urlaub und wie es zu dem Unglück kam. Er beginnt zäh wie eine Bergziege, aber nach einer Weile findet er in einen gewissen Rhythmus. Blüht sogar kurzfristig auf, als er auf Lisas Sieben-Achtel-Theorie zu sprechen kommt, die sie ihm während ihrer Wanderungen durch Connemara dargelegt hat:

Unsere Welt besteht zu sieben Achteln aus Einerlei. Aus dem, was manche Beständigkeit nennen, Kontinuität. Aber mich interessiert das restliche, das ungebändigte Achtel. Das möchte ich mir reservieren – für uns. Bist du dabei, Tone?

Ja, er wollte dabei sein. Droben auf dem Gipfel des Binn Dubh feierten sie das ungebändigte Achtel, liebten sie sich unter freiem Himmel.

„Wenn man das überhaupt einen Gipfel nennen kann", murmelt er. „Mir zuliebe hat sie ja auf eine richtige Bergtour verzichtet. Die Twelve Pins sind so etwas wie bessere Hügel, müssen Sie wissen. Das Hochmoor war unser Hochzeitsbett, die Anoraks unser Laken. Vom fantastischen Panorama bekamen wir nicht viel mit. Mit siebzehn oder achtzehn haben wir das schon einmal gemacht, im Lustenauer Ried. Stellen Sie sich vor: So lange hat es gedauert, bis ich endlich wieder soweit war!"

„Also doch ein Gipfel", sagt Dr. Grein.

„Ja. Der allerletzte."

Er stockt. Sie wartet geduldig, bis er sich wieder gefangen hat.

„Wir sind beide eingeschlafen danach. Als wir aufwachten, stand die Sonne schon tief. Keine Chance, noch bei Tageslicht das Auto zu erreichen, nicht auf dem normalen Pfad. Ich schlug vor, die Abkürzung über den steilen, steinigen Nordhang zu nehmen. Sie war der Meinung, wir hätten doch eh alle Zeit der Welt. *Niemand hetzt uns, niemand wartet auf uns. Warum spazieren wir nicht gemütlich im Mondlicht zurück?* Ich fand das naiv und gefährlich. *Und was, wenn der Mond nicht scheint und wir das Auto nicht finden? Oder sich einer von uns den Fuß bricht oder sonst was? Sieben*

Achtel, sagte sie nur. *Sieben Achtel, Tone!* Aber sie hat mir nicht länger widersprochen."

Wieder verstummt er. Von nun an setzt Dr. Grein all ihre Geduld und ihr Fingerspitzengefühl ein, bis sie endlich die ganze Unfallgeschichte in Erfahrung gebracht hat.

„Das ist also jetzt ein gutes Jahr her, nicht wahr? Und wem haben Sie davon erzählt?"

„Natürlich niemandem", fährt er auf, „wen geht das was an!"

„Keine Ahnung", sagt sie, als hätte er eine ernst gemeinte Frage gestellt. Dann bittet sie ihn, im Zimmer auf und ab zu gehen.

„Wozu?", fragt er verblüfft.

„Einfach auf und ab, Anton, das ist doch nicht so schwer. Auf den Wandspiegel zu und wieder retour. Und beobachten Sie bitte genau!"

„Was?"

„Was immer Ihnen auffällt …"

Er tut, was sie von ihm verlangt. Als er das dritte Mal zum Ausgangspunkt zurückkehrt, stoppt sie ihn und bittet ihn, wieder auf seinem Stuhl Platz zu nehmen.

„Nun?"

Er kommt sich reichlich blöd vor.

„Nun was?"

„Haben Sie etwas Auffälliges bemerkt?"

Diese Frage stellt normalerweise er. Aber das Landeskriminalamt ist weit, weit weg im Moment. Irgendwo außerhalb des Sonnensystems …

Er zögert lange mit der Antwort. „Nnn-ein. Aber was ich Sie schon länger fragen wollte: Haben Sie ein Problem mit Ihrem Rücken? Einen Hexenschuss?"

Sie bricht in schallendes Gelächter aus. „Weil meine Schulter und mein Hals so verspannt wirken, meinen Sie?"

„Ja."

Was soll dieses Lachen! Verarschen kann er sich selber.

Sie steht auf, packt ihn am Arm und marschiert mit ihm zusammen vor den mannshohen Wandspiegel.

„Nun, Tone?" Ihre Augen lächeln ihm freundlich entgegen. „Merken Sie noch immer nichts?"

„Nein", sagt er resigniert. „Ich merke nichts."

„Wir Menschen sind schon komische Tiere", sagt sie. „Täglich sehen wir unser Bild in Spiegeln, auf Fotos und auf Film gebannt. Aber nicht einmal unsere Umrisse nehmen wir richtig wahr. Von Beginn an habe ich Sie gespiegelt: Ihren schief sitzenden Kopf, die verspannten Schultern … Und obwohl Sie doch sicher ein Mann der präzisen Beobachtung sind, haben Sie diese Spiegelung nicht im Mindesten wahrgenommen. Was sagt uns das?"

Sie dreht sich um neunzig Grad, schaut ihm direkt in die Augen. Obwohl sie einander ordentlich gekleidet gegenübersitzen, kommt er sich jetzt ziemlich nackt vor.

„Dass halt auch ein präziser Beobachter gewisse Dinge nicht mitkriegt."

„Gut. Und weiter."

„Dass man an anderen das Verdrehte und Verquere eher erkennt als an sich selbst."

„Gut. Weiter."

„Dass … dass mein Körper vielleicht eine gewisse … Materialermüdung aufweist. Gut?"

„Ja, sehr gut." Sie lädt ihn ein, sich wieder hinzusetzen. „Aber Materialermüdung betrifft nicht nur unseren Körper, Anton! Raubbau gibt es überall. Kein Wunder, dass ein Motor, der ständig auf höchsten Touren läuft, irgendwann einmal überhitzt und ausfällt. Auch Geist und Seele brauchen Wartung. Manchmal könnte schon ein verständnisvolles Wort die nötige Schmiere liefern für unser Getriebe. Was allerdings voraussetzt, dass man erstens seine Probleme als solche akzeptiert und zweitens damit nicht hinter dem Berg hält. Würden Sie soweit zustimmen?"

„Klar", räumt er ein, „klingt alles schlüssig."

Tief drinnen ist er weniger konziliant. Die Frau mag ja nett und gescheit sein, aber sie redet sich leicht. Sein soziales Netz ist derzeit löchriger als die Ozonschicht über Australien. Und welcher seiner wenigen verbliebenen Freunde hielte es aus, würde er von Lisas Tod erzählen? Und von dem, was er in ihm hinterlassen hat?

Dr. Grein ist bereits auf einer anderen Schiene unterwegs. „Vor dem Dekompensieren kommt zumeist jahrelanges Kompensieren. Wie haben Sie denn bisher Ihre ständige Belastung in Beruf und Privatleben ausgeglichen? Welche besonders schwierigen Erlebnisse fallen Ihnen in diesem Zusammenhang ein?"

In Hagens Kopf spuken Stangen von Entspannungszigaretten herum, verbünden sich mit Fässern von Entlastungsbierchen und jenem berühmten doppelten Klaren, der auch in mehrfacher Auflage keine Klärung bringt. Und ganz hinten in diesem Keller wird er endlich fündig: ein kleiner, bleicher Bubenkörper, der an die zwanzig Abdrücke von Bissen aufweist.

„Peter", sagt er mit Nachdruck, „Peter Bartolini, so hieß der Junge." Irgendwie kommt es ihm wichtig vor, den vollständigen Namen des Opfers zu nennen und nicht wie üblich nur vom Bartolini-Fall zu reden. „Ermordet von der eigenen Mutter, im Alter von zehn. Und es wurde nie ganz geklärt, ob sie ihm die Bisse vor oder nach dem Tod zugefügt hat. Ja, das war vermutlich mein schlimmster Fall."

„Schlimmer als Lochau?" Sie stellt die Frage wie beiläufig, kramt dabei in ihren Unterlagen.

„Lochau? Wie kommen Sie darauf?"

„Weil Sie" – sie zieht ein großformatiges Aquarell aus der Mappe, das er sofort wiedererkennt – „weil Sie diesem abstrakten

Gemälde den Titel *Lochau* gegeben haben. Genauso wie dem, und dem, und dem da …"

Er schaut auf die vier Blätter, die sie vor ihn hingelegt hat. Alle sehr rotlastig, mit diffusen schwarzen Einsprengseln.

„Ich bin kein guter Maler", sagt er entschuldigend.

„Darum geht es auch nicht", sagt sie. „Aber könnte es sein, dass diese Bilder etwas von dem darstellen, was Ihnen so schwer über die Lippen kommt, Anton?"

Er versucht, mit beiden Händen die Verspannung zwischen seinen Schulterblättern wegzudrücken.

„Warum wollen Sie nicht darüber sprechen, was Lochau für Sie bedeutet? Das ist doch eine Stadt in Vorarlberg, nicht wahr?"

„Eine kleine Gemeinde. Aber mit dem Ort hat es eh nichts zu tun."

„Womit dann?"

„Mit einem Eisenbahnunglück, das sich dort im letzten Dezember ereignet hat. Zwischen Bregenz und Lochau wurden zwei Polizisten und ein Leichenbestatter von einem Zug erfasst. Sie waren gerade damit beschäftigt, den Leichnam eines Jugendlichen zu bergen, der in der Nacht zuvor überfahren worden war."

„Ja, ich habe davon gehört. Und wie waren Sie davon betroffen?"

„Ich war Mitglied der SOKO. Betraut mit der Bearbeitung des tödlichen Unfalls, zusammen mit einem Kollegen vom Assistenzbereich Tatort. Zuerst habe ich die Sicherstellung der technischen Aufzeichnungseinrichtungen der unfallbeteiligten Lokomotive durchgeführt, wie vom Staatsanwalt angeordnet. Das heißt, der Streifen für die Langzeitaufzeichnungen und die Registrierscheibe der Schweizer E-Lok wurden sofort einkassiert und …"

„Stopp, Anton! Das soll hier doch kein amtliches Protokoll werden. Wenn ich gefragt habe, wie Sie davon betroffen waren, meinte ich: Welche Beziehung hatten Sie zu den Opfern? Kannten Sie sie persönlich?"

Hagen atmet tief aus. „Ich kannte die Polizistin, ja. Hatte früher ein paar Mal mit ihr zu tun, rein beruflich. Sie war sehr kooperativ. Nett. Eine tadellose Kollegin."

Dr. Grein sieht ihn nachdenklich an. „Hat man Ihnen danach ein Angebot zur Krisenintervention gemacht?"

„Sicher. Allen, die mit der Aufräumungsarbeit und den Erhebungen vor Ort befasst waren, wurde ein solches Psychodingsbums angeboten. Ein paar jüngere Kollegen haben das auch in Anspruch genommen, glaube ich. Ich nicht. Aber ich weiß schon, worauf Sie hinauswollen. Es war natürlich hart, die verstreuten Körperteile von drei Menschen einsammeln zu müssen. Aber das ist es immer! Egal, ob wir ein junges Mädchen vergewaltigt und erstochen auffinden oder ob wir einen aus der Dornbirner Ach fischen. Glauben Sie mir: Ich habe zum Tod ein pragmatisches Verhältnis. Das muss man in meinem Job auch haben. Im Affekt übersiehst du leicht die wichtigsten Spuren."

Wieder geht seine Hand in Richtung Schulter. Scheiße, jetzt strahlen die Schmerzen schon in den Nacken aus!

„Glauben Sie, dass der Fall für Sie wirklich abgeschlossen ist?"

„Na ja, für einzelne Bahnangestellte dürfte das Ganze noch ein gerichtliches Nachspiel haben. Für mich und die Abteilung ist der Fall aber längst abgeschlossen, ja."

„Abgeschlossen", wiederholt Dr. Grein. „Sie denken wie ein pflichtbewusster Beamter. Denken Sie doch einmal an sich! Ich glaube, dass in Ihnen noch eine Menge offen ist, Anton. Schauen Sie sich doch Ihre eigenen Bilder an! Und was sagt Ihnen Ihre körperliche Verspannung, die Sie im Spiegel nicht bemerken, deretwegen Sie sich aber ständig massieren?"

„Sie meinen meine verzogene Schulter? Die Folge eines Sturzes."

„Und wovon ist dieser Sturz die Folge? Soviel ich weiß, sind Ihnen in letzter Zeit schon mehrere solche Stürze passiert. Einmal sind Sie deshalb sogar im Krankenhaus gelandet. Alles wirklich nur ein Zufall?"

Hagen versinkt in ein mürrisches Schweigen. Stürze und Abstürze – da ist sie wieder, die alte Verquickung. Er sieht sich, Gfader und Winder im Hinterzimmer des *Loibl* über dem vierten oder fünften Bier hocken, in der abgefuckten Beiz, die ihnen nach besonders harten Tagen als geheime Anlaufstelle dient. Weil sie dort garantiert kein *ghöriger* Vorarlberger dabei beobachtet, wenn sie sich zuschütten und auf alles scheißen, für einige Stunden wenigstens. Dabei Sprüche klopfen, die sich für einen Außenstehenden ganz und gar nicht tröstlich anhören würden. Aber was weiß ein Außenstehender schon vom Ekel, den man sich nur mit etlichen Halben von der Seele waschen kann? Burnoutprävention à la Kripo. Um anschließend durch möglichst dunkle Seitenstraßen nach Hause zu kurven und betäubt wegzukippen, mit den Socken noch an den Füßen. Dass man den kleinen Absturz am nächsten Tag untereinander nicht einmal ignoriert, ist Ehrensache. Wer tagtäglich das zu sehen kriegt, was sie sehen, verliert über das eigene, vergleichsweise läppische Elend keine Worte.

„Ich mache Ihnen einen Vorschlag", sagt Dr. Grein, während sie aufsteht und hinter ihn tritt. „Wagen Sie ein Experiment. Verstärken Sie doch einmal Ihre schiefe und gebückte Haltung."

Er tut ihr den Gefallen. Es ist, als ob ein Dolch durch seine Nackenmuskeln gebohrt würde.

„Und? Wie fühlt sich das an?"

„Grauenhaft!"

„Gut. Dann verstärken Sie die Haltung noch ein bisschen."

„Sind Sie akademisch geprüfte Sadistin, oder was?"

Er hört nur ihr leises Lachen hinter sich. „Bleiben Sie in dieser Stellung und sagen Sie mir ganz schnell, welches Tier Sie jetzt sind."

Das ist leicht. „Eine Schildkröte. Eine Schildkröte, die der verdammte Panzer zwickt."

„Sehr gut. Dann wollen wir mal sehen, wie wir diesen Panzer etwas lockern."

Ihre warmen Hände berühren kaum seine Schultern, scheinen die Massage eher in die Luft zu zeichnen. Sie haben das Reden eingestellt. Er hört etwas gluckern in sich, vertraut und fremd zugleich. Als ihm die erste Träne über die Wange rinnt, will er sie wegwischen.

„Lassen Sie nur", flüstert sie ihm ins Ohr. „Lassen Sie es einfach fließen, Anton."

Er lässt es fließen.

Tränen, die auf blanke Gleise tropfen. Die den Bahndamm waschen, zu blutigen Bächen werden. Münden in einen fernen Graben.

In einen Moorgraben, rot und schwarz.

Sie nähert sich ihm von Norden her, in dicke Felle gehüllt. Ein Wesen aus grauer Vorzeit. In ihren Augenhöhlen sitzen glühende Kohlen, ihr Körper ist unförmig und stark behaart. Ich mag keine Frauen mit Haarbüscheln unter der Achsel, ruft er. Sie riecht stark, wie ein Stück Wildbret. Wieso verwendet sie kein Parfum?

Sie rückt ihm auf den Leib, wächst mit jedem Schritt. Eine Riesin! Zuerst erschien sie ihm doch so klein, so schutzbedürftig. Jetzt, in Reichweite, überragt sie ihn um Ellen. Bleib stehen, will er sie anbrüllen, aber es wird nur ein spitzes, hilfloses Quieken, wie von einem Schwein, das das Blut im Schlachthof riecht. Ihr Gorillamund verzieht sich zu einem bösartigen Grinsen. Die Zähne leuchten gelb und spitz. Die tief eingekerbten Falten in ihrem schwarzen Gesicht erinnern an eine Schrift. Die Keilschrift! Er bemüht sich, sie zu entziffern, er strengt sich an, aber es will nicht gelingen. Dabei ist er doch klug, studiert. Er hat zwei Doktortitel, dessen ist er sich bewusst. Aber in welchen Disziplinen? Es fällt ihm nicht ein.

Die Fackeln an den Wänden werfen zuckende Schatten. Aus den Ritzen im Lehmboden züngeln Schlangen. Er nimmt den Teppich, seinen wertvollsten Perser, und wirft ihn über sie. Der Teppich wölbt sich, wirft sich auf zu ständig sich wandelnden Buckeln. Geil!

Er spürt, wie er einen Ständer bekommt, härter als für gewöhnlich.

Aus heiterem Himmel trifft ihn ihre Pranke, schmettert ihn zu Boden. Ihr Gebrüll füllt die Höhle wie dicker Nebel. Ein Nebel, der klebrig wird auf der Bindehaut, die Augen verkleistert. Wieder will er schreien, um Hilfe diesmal, und wieder bringt er nur dieses lächerliche Quieken zustande. Er liegt auf seinem teuren Perser, dessen weiche Borsten zu Fanghaaren werden, die ihn langsam einnetzen, festzurren. Die Riesin steigt über ihn, ihre Beine spreizen sich, ihr Fell weicht zur Seite.

Er blickt geradewegs in die klaffende Spalte ihrer Vulva.

Er möchte den Blick abwenden, aber die Tentakel haben bereits seinen Kopf fixiert und zwingen ihn, in die grausige Schlucht zu starren, die sich seinem Gesicht nähert, ihn zu verschlingen droht. Halt, nein, jetzt fällt ihm ein, dass er doch zweifacher Doktor der Psychiatrie und der Psychosomatik ist, diese Bilder lassen sich leicht erklären, und was erklärt ist, ist gebannt, nur vom Namenlosen droht Gefahr! Er will befreit auflachen, auch das nur ein Quieken. Ich träume, erfasst er, ich muss träumen. Oder träumt er, dass er träumt? Er ist verwirrt. Ich bin verwirrt, ich muss nachschlagen in einem Handbuch, wo sind meine Bücher? Du brauchst keine Bücher mehr, sagt die Vulva, nur noch Zentimeter von ihm entfernt, kommt, fick mich, gib's mir! Nicht mit dem Schwanz, nein, mit deinem Kopf. Stoß zu, Dieter – fester, tiefer!

Er wehrt sich, aber die Schamlippen umschließen bereits seinen Schädel. Der Sog zieht ihn hinein. Er ringt um Luft.

Fester, Dieter, fester!

Seine Schädelknochen werden weich und formbar wie bei einem Kleinkind. Ich löse mich auf, fühlt er, ich löse mich auf in ihrem Schleim.

Schlappkopf!, brüllt sie und stößt ihn aus. Nicht einmal dafür bist du zu gebrauchen!

Mit dem schartigen Knochen in ihrer Hand beginnt sie zu sägen. Zuerst sind seine Arme dran, dann die Beine. Alles, was vorsteht, wird amputiert, auch Nase und Ohren. Er spürt keinen Schmerz. Aber es stört ihn, rein intellektuell stört es ihn, dass er zum Torso wird, zum eiförmigen Klumpen. Dass das Individuelle dem Amorphen weicht. Das kannst du nicht hinnehmen, denkt es in ihm, das darfst du so nicht akzeptieren!

Jetzt ist auch der Penis weg. Sie hält ihn vor seinen Mund. Möchtest du kosten? Er schüttelt den Kopf. Ausgezeichnet, sagt sie, während sie den Schwanz hinunterschlingt, du weißt nicht, was du versäumst!

Er fährt im Bett hoch. Nicht das geringste Licht dringt durch die geschlossene Jalousie. Da ist es wieder, das grässliche Geräusch. Ein Quietschen, wie von schlecht geschmierten Scharnieren. Er spürt den Schweiß auf der Stirn.

Zuerst war das Ohr – das weiß die Medizin mittlerweile. Unsere ersten Sinneswahrnehmungen stammen aus der Welt des Hörens: das Gluckern im Bauch der Mutter, dumpfe Detonationen aus der Ferne, Kratzgeräusche, Musik … Die früheste Empfindung von angenehm oder bedrohlich wird mitbestimmt von Sounds. All das weiß ein Dr. Sachs natürlich, aber dieses Wissen beruhigt im Augenblick wenig.

Irgendjemand schleicht durch sein Zimmer.

Er atmet gepresst. Überlegt, was die bessere Strategie ist: sich schlafend zu stellen oder selbst die Initiative zu ergreifen? Bevor er sich entscheiden kann, vernimmt er ein schnelles, fahriges Schlurfen. Dann fällt die Tür leise ins Schloss.

Seine Hand tastet nach dem Lichtschalter. Er ist allein. Nur ein zarter Duft liegt noch über seinem Bett.

Ein Duft, der ihm nicht ganz unbekannt ist.

Die Schnellen sind oft gnadenlos im Umgang mit den Langsamen. Geduld mit ihnen zu haben hieße, sich selbst herunterzustufen. Das kann kein Schneller zulassen, denn das würde seine Position auf dem Podest torpedieren. Ist es nicht so, Herr Prader?

Es war natürlich kein Zufall, dass sie *Herr Prader* sagte anstatt *Ernst*. Mickl wollte ihn vor den Augen der anderen bestrafen dafür, wie er mit Laub umgegangen war. Er verstand zuerst gar nicht, was das Thema Geschwindigkeit mit diesem Disput zu tun haben sollte. Laub mit seinem ununterbrochenen Gequake ist nicht gerade der Prototyp des Langsamen. Und er selbst hatte sich doch die längste Zeit zurückgehalten, hatte sich wirklich bemüht, auf die Sprüche des reaktionären Lehrers nicht anzuspringen wie ein Lichtsensor, der auf jede Meise reagiert. Bis er kapierte, dass Mickl von der Denkgeschwindigkeit sprach. Von unterschiedlichen Rhythmen und Reaktionsmustern.

Gleich im Anschluss an diese vermaledeite Gruppensitzung hat sie in der Einzeltherapie sogar noch ein Schäuferl nachgelegt, mit ungewohnt klaren Worten:

Wenn ich Ihre Geschichte höre, Ernst, sehe ich, wie Sie durch die Forderungen und Ansprüche Ihrer Eltern in eine permanente Übererregtheit gedrängt wurden. In eine Art von Aktionismus, der sich – vielleicht auch beruflich bedingt – bis heute ständig gesteigert hat. Wo Ihnen jede Entspannung fremd ist und Sie sie deshalb abwehren. Nur wenn Sie aktiv sind, am besten auf einer öffentlichen Plattform, glauben Sie, mit sich selbst deckungsgleich zu sein. Aber merken Sie eigentlich, Ernst, dass Sie mit dieser Haltung dem Leistungsdenken mehr verhaftet sind als mancher Kapitalist, den Sie auf der Kabarettbühne bekämpfen?

Diese Analyse hat ihm die Sprache verschlagen. Nicht einmal ein Schmäh fiel ihm ein, mit dem er standesgemäß hätte kontern können. Weil sie ins Schwarze getroffen hatte, deshalb. Geknickt verließ er ihr Zimmer. Auf dem Weg zum Speisesaal dann gleich der nächste, noch viel härtere Tiefschlag aus dem Munde Rosis:

„Hosdas scho ghört – da Wolfgang Laub woit se aufhänga! Im letzten Moment hams'n obagschnittn ..."

Da hat er auf das Abendessen verzichtet, und auf das heutige Frühstück gleich noch dazu.

Vornüber gebeugt pickt er im Sitzen ein Stück Papier vom Spannteppich. Ein Jäger und Sammler, ja, das ist er, von Urzeiten her. Kein Fetzchen, das ihm entginge. Als wären sie klebrig, seine Fingerspitzen, als würden sie den Unrat der Welt absorbieren wie Bienenbeine den Blütenstaub. Eine Manie, zugegebenermaßen, aber durchaus nützlich in diesem Job. Denn seine Hirnwindungen reagieren ebenso wie die Fingerspitzen. Sie absorbieren Stimmungen und Gefühle, um sie einzulagern und reifen zu lassen zu Pointen.

Aber im Moment ist ihm nicht nach Witzen zumute. Eine geschlagene Viertelstunde hockt er nun schon auf der Porzellanschüssel, ohne dass ihn eine Verstopfung plagen würde. Und weil er sich auf dem Klo immer schon gerne mit Schach beschäftigt hat, fällt ihm jetzt auch etwas Schachspezifisches ein, das mit Dr. Mickls Analyse von ihm zu tun hat: Die Eigenart der Diagonale im Schach. Er hat immer geglaubt, sie verstanden zu haben – aber wieso handelt er dann nicht danach?

Die Diagonale funktioniert auf dem Schachbrett ja anders als in der klassischen Geometrie. Während die Diagonale im Quadrat immer länger ist als die Seiten, ist man im Schach auf der Schrägen gleich schnell unterwegs, geht es hier doch nicht um die Weglänge, sondern um die Anzahl der Felder, die zum Beispiel einem Freibauern noch fehlen auf seinem Weg zur Grundlinie, zur magischen Verwandlung. Sobald der König vor dem Zug des gefährlichen Freibauern das Quadrat betreten hat, kann der laufen, so schnell er will: Er wird dem König nicht entkommen. Dementsprechend könnte es der König, wenn er diese Logik einmal begriffen hat, gemütlich angehen, ohne jede Hektik. Und genau das schafft er, Prader, nicht. Selbst wenn er längst im Quadrat drinnen ist, rennt er, strampelt er, als ginge es um sein Leben. Als könnte ihm der Bauer doch noch entwischen und im letzten Moment eins auswischen …

Permanente Übererregtheit, so hat sie es genannt, *Aktionismus*. Stimmt! Immerzu muss er selbst eine Rolle spielen, anstatt Wort oder Tat einmal anderen überlassen zu können, so wie gestern in der Gruppe.

Das Hektische, Strudelnde ist eben seine zweite Haut geworden. Und das seit Jahren.

Nur an einem Ort in Wien hat er es eine Weile lang geschafft, diese zweite Haut stundenweise abzustreifen und die erste, ursprüngliche wieder ein bisschen zu spüren: im Lainzer Tiergarten. Der Platz, der bei seinen allwöchentlichen Wanderungen fixer Zielpunkt war, egal ob er das riesige Parkareal vom Lainzer, St. Veiter oder vom Nikolaitor aus betrat, war die Lagerwiese droben beim Wiener Blick. Die Atmosphäre dort schaffte es innerhalb von wenigen Minuten, ihn umzupolen. Im Gegensatz zu den kaiserlichen Majestäten Akihito und Michiko von Japan, die, wie ein Gedenkstein auf der Lagerwiese verrät, *am 14. Juli 2002 bei strahlend schönem Wetter von diesem Platze aus den Blick auf Wien genossen*, bevorzugte er Nebel und Dunst. Je dichter, desto besser. Gerade im Winter, wenn der Nebel frühestens am Spätnachmittag aufriss und die Birken von einem duftigen Store aus Raureif bedeckt wurden, bis sie sich schließlich rosa färbten, bekam er eine Ahnung vom Schweben. Als flöge er über die in Watte gebettete Stadt dahin, ein Paragleiter, der sich um einen sicheren Landeplatz nicht schert. Kommt Zeit, kommt Rat. Ja, diese langen Spaziergänge brachten reichlich Ernte, selten hat er so viel Kreatives niedergeschrieben wie da draußen.

Dennoch, aus unerfindlichen Gründen ließ er immer öfter ab von dem Ritual, und sein einziger Ruhepol schmolz dahin.

Im allerletzten Moment hätten sie Laub abgeschnitten, sagte Rosi. Ist es nicht eine irre Ironie des Schicksals, dass ausgerechnet einer, der sich wegen Suizidgedanken in diese Klinik zurückgezogen hat, einen anderen zum Suizid treibt? Er fragt sich, was ihn so reizen konnte, dass er, der bei Gewaltszenen immer aus dem Kino flüchtet, jetzt selbst zum Folterer geworden ist.

Vergiss die vordergründige Auseinandersetzung über Minarette und Religionsfreiheit, daran lag es nicht! So richtig haarig wurde der Konflikt doch erst, als Laub begann, auf den Sitzpolster einzudreschen. Als die Haare ins Spiel kamen. Die zarten, dünnen Bubenhaare direkt neben den Ohren, dort, wo es am meisten wehtut und am wenigsten auffällt. Sie hat nicht nur Laub so gerne nach oben, *in Richtung Geist*, gezogen, sondern viel früher schon ein gewisser Pater Bernhard im Stift Breitenstetten, jener niederösterreichischen Klosterschule, die Prader acht Jahre lang besucht hatte. Das Leben im Stift war beschaulich gewesen. Nichts Spektakuläres, keine Prügel, kein Kindesmissbrauch, über den man später einen typisch österreichischen Romanerstling hätte schreiben können. Ausschließlich himmelwärts orientiert war Pater Bernhard. Wenn er einen seiner jungen Schutzbefohlenen im heiligen Zorn gen Himmel zog, konnten einem schon die Tränen kommen, und der Hass. Nicht wegen des Schmerzes – wegen der Scham über die vergossenen Tränen. Ein Vierteljahrhundert später hat tatsächlich wieder einer gewagt hinzulangen, einen giftigen Blick geerntet und rechtzeitig die Hand zurückgezogen. Folgenreicher waren Praders anschließende Worte. Das Ätzen über den schönen Nachruf, den Laub sich wünsche wie nichts sonst in seinem miesen kleinen Leben ... Es hat den Lehrer dazu gebracht, tatsächlich den Strick hervorzuholen.

Aber es muss eh wieder Platz werden auf dieser überfüllten Tanzfläche, in dieser Disco namens Erde!

Einer der ersten Sätze aus seinem letzten Kabarettprogramm *Gemma*, in dem er den Sensenmann höchstpersönlich auf die Bühne stellte. Er kann den Text noch auswendig.

Fakt ist, meine Damen und Herren: Der Mensch nimmt ständig zu, an Alter und – in der Regel – an Gewicht. Stellen Sie sich vor, wir würden nicht sterben müssen, uns nicht irgendwann verdünnisieren in Luft und Staub. Was würde passieren? Unsere Weltkugel würde, rein physikalisch betrachtet, auch ganz ohne Atombomben oder Kometeneinschlag binnen Kurzem aus dem Orbit geraten – wegen der schieren Zunahme an Masse nämlich!

Ich weiß schon, meine Damen und Herren: Wir beschäftigen uns ungern mit dem eigenen Tod. Eigentlich nur deshalb, weil uns hie und da die Frage nach dem Danach ein bisserl zu schaffen macht: Werden wir danach *womöglich als eine grausliche Ratte wiedergeboren oder müssen wir gar in der Hölle schmoren, weil wir zum Beispiel unsere schöne Autofabrik, die wir von diesem naiven Staat fett subventionieren ließen, hurtig nach China verlagern, sobald die Profite hier nur mehr lachhafte zwei Milliarden im Jahr ausmachen, drüben aber das Dreifache? Natürlich, zwanzigtausend Arbeiter haben deswegen in Österreich ihre Arbeitsplätze verloren, aber genauso viele Chinesen haben dafür welche gekriegt! Im Zeitalter der Globalisierung darf man eben nicht kleinkariert national denken. Und es kann nicht nur Gewinner geben; das geht sich – rein ökonomisch betrachtet – einfach nicht aus!*

Wie auch immer: So ein Blick über die Kante unseres irdischen Daseins hinaus, der gibt uns bisweilen schon zu denken. Und am schlimmsten, am bedrohlichsten überhaupt erscheint uns jene Variante, wonach sich am End herausstellen könnte, dass es weder Paradies noch Hölle gibt, und auch keine Reinkarnation. Das wär doch dann das Nichts!, rufen wir entsetzt; und sich das Nichts vorstellen wollen wir uns gar nicht erst vorstellen. Das hieße ja glatt zu akzeptieren, dass die Welt auch ohne unsere Beteiligung locker zurechtkommt. Da kannst du dir deine unsterbliche Seele gleich irgendwohin stecken. Nicht einmal als Aushängeschild des negativen Prinzips wärst du da noch zu gebrauchen, als ewig in der Hölle Brutzelnder etwa oder als karmisch vorbelastete Ratte, weil in so einem postmortalen Nichts weder das gute noch das böse Prinzip eine Rolle spielen. Aus, basta. Ein sauberer Schas, nicht wahr?

Damit nun eine solche fundamentale Irritation der Menschheit nicht eintritt, haben sich die diversen Weltreligionen zusammengeschlossen im IVS, dem internationalen Vertröstungssyndikat, das weltweit die volle staatliche Anerkennung genießt und wodurch die früheren Konkurrenten und jetzigen Partner von Synergie- und Sympathieeffekten gleichermaßen profitieren. Wem das IVS nicht reicht, weil der eine oder die andere heutzutage individueller, esoterischer unterwegs sein möchte, dem bleiben immer noch ein paar tausend Sekten, Naturreligionen oder lokale Kulte zur Auswahl. Wahlfreiheit ist ja heutzutage, wie wir wissen, wichtig! Zum Beispiel im Krankenhaus. Da kannst du vor einer Operation auch zwischen verschiedenen Methoden der Vollnarkose oder der Lokalanästhesie wählen. Wer aber, bitteschön, wird sich ohne jegliche Betäubung unters Messer legen? Na, sehen'S!

So hat er gelästert, und die Leute haben fleißig gelacht. Ob sie das auch getan hätten, wenn er ihnen mit seiner ganz privaten Einstellung zum Tod gekommen wäre?

Die hat er nämlich nicht verraten. Nicht, weil es ihm zu intim gewesen wäre – es war einfach zu wenig spritzig für einen Sketch. Er, der keiner Religion traut, hegt doch diese eine, quasi musikalische Hoffnung: Dass wir weiterswingen werden im Leben derer, die unseren Rhythmus gespürt und vernommen haben … oder eben nicht. Tut sich nichts bei ihnen, tut sich eben nichts. Bei der feierlichen Verabschiedung schon wirst du's merken. Ob der Sargdeckel sich lüftet und zu wackeln beginnt, zu hüpfen womöglich oder auch nur ein bisschen ungehörig zu verrutschen. Einen

Spalt breit. Das brächte Luft ins Sarginnere, die luftig lustvolle Vibration deines Widerhalls. *Good vibrations, bad vibrations, or no vibrations at all.*

Egal. Derzeit spielt das keine Rolle. Konstipation statt Vibration – die traurige Realität!

Das Klopfen an der Tür reißt ihn hoch aus seiner Kauerhaltung.

„Wer ist da?"

„Tone."

„Einen Augenblick!"

Er streift den Morgenmantel über und vermeidet es, auf seinem Weg zur Tür in den Spiegel zu schauen.

„Darf ich reinkommen?"

Prader macht keine Anstalten, den Eingang freizugeben.

„Was willst du? Ich fühle mich nicht allzu gut."

„Kann ich mir vorstellen. Aber du bist nicht der einzige, der leidet."

Was soll diese Anspielung! Was will der Xiberger von ihm, verdammt noch einmal?

„Ich habe gehofft, du würdest mich vielleicht begleiten."

„Wohin?"

„Auf Zimmer zwanzig. Wolfgang Laub einen kleinen Besuch abstatten."

„Aber … aber ich dachte, den hätten sie nach Ravensburg gebracht!"

„Haben sie auch. Seine Halsgefäße wurden durchgecheckt und auch sein oberstudienrätliches Hirn, um zu schauen, wie der Möchtegernselbstmörder tickt. Wäre ja nicht lustig, wenn er bei nächstbester Gelegenheit gleich wieder zum Strick greift, oder? Offensichtlich wurde diesbezüglich grünes Licht gegeben, denn Laub hat nur eine Nacht im Krankenhaus verbringen müssen. Also – kommst du?"

So, wie er von ihm zwischen Tür und Angel angemacht wird, erkennt er in dem Vorarlberger erstmals den Polizisten. Freundlich im Tonfall, aber kompromisslos, was die Zielsetzung angeht.

„Bei der Gelegenheit könntet ihr auch gleich euren netten Disput von gestern zu Ende bringen", setzt Hagen spöttisch nach. „Ich mein, wo ich ihn extra für dich heruntergeholt habe. Wie sagt die Dr. Grein immer: Die Gestalt ist erst fertig, wenn die zugrundeliegende Geschichte abgeschlossen ist."

„Du? *Du* hast ihn gerettet?"

„Ja, zusammen mit Lucy. Ich war todfroh, dass sie den Part mit der Beatmung übernommen hat. Mit dem alten Spinner hätte ich nicht gerne geschmust."

Prader lässt die Klinke nicht los.

„Komm, zieh dich an! Ich lass dich hier sowieso nicht alleine zurück."

Bevor Prader noch etwas entgegnen kann, tritt Hagen über die Schwelle und drückt die Tür hinter sich zu.

„Du musst deine Rolle in diesem Drama nicht überschätzen, Ernst! Wenn es dich tröstet: Der Strick ist schon längst bereitgelegen, Laub hätte ihn wahrscheinlich so oder so benutzt. Auch ohne eure Streiterei."

*

Vor Zimmer Nr. 20 wird Prader noch einmal unsicher.

„Glaubst wirklich, dass das gescheit ist?"

Hagen legt ihm den Arm um die Schulter.

„Sicher. Mehr als rausschmeißen kann er dich ja nicht", flüstert er Prader aufmunternd zu. „Jetzt komm halt!"

Keiner von beiden hat bemerkt, dass zwei Augen vom Lift aus jede ihrer Bewegungen beobachten.

Ich höre Schreie. Aber ich weiß, sie sind nur in meinem Kopf. Mein Kopf war immer voller Schreie. Leise, verwirrte Schreie. Sie kommen, sie gehen. Wie der Wind. Das ist es, was ich so wunderbar finde.

Ein Fremder hat mich berührt. Er hat mir die Hand auf die Schulter gelegt. Wie ein alter Freund. Wie Papa es nie tat. Ich war zerrissen zwischen Freude und Furcht: Was will er von mir? Was will ich von ihm? Alles, nichts? Ich weiß nur: Ich muss vorsichtig sein.

Zu viel Distanz, zu wenig Distanz. Beides ist gefährlich. So ziemlich das Vernünftigste, das Sachs bisher gesagt hat. Wenn wohl auch seine eigene Angst bei der Warnung mit im Spiel war, man konnte es lesen in seinen Augen. Diese Chance muss ich nutzen. Sein Gutachten ist entscheidend – egal, wie die anderen denken.

Für Westhäußer und Konsorten bin ich eine Irre, auch wenn sie es natürlich anders ausdrücken. Glauben, ihr psychologisches Kauderwelsch könnte mich täuschen – mich, eine professionelle Übersetzerin! Sie schleimen, aber ich erkenne die Schleimspur, wie immer man sie einfärbt.

Sie leiden unter einem Affektsturm, unter Allmachtsgefühlen, Marie Therese! Jetzt schwimmen Sie vielleicht obenauf, aber zu jeder Wellenkrone gehört auch ein Wellental. Erst wenn Sie beides in sich integriert haben, sind Sie nicht mehr gefährdet.

Sie sprechen von *gefährdet*, aber in Wahrheit meinen sie *gefährlich*. Ich kann mir vorstellen, wie ich hingestellt werde in ihren Teamsitzungen: *Die mit ihrem gestörten Mutterbild – können wir verantworten, dass sie selbst Kinder großzieht? Eine, die keine Kontrolle über sich hat, immer zu spät dran ist, zu impulsiv unterwegs, zu direkt, zu heimlich, zu laut, zu leise …*

Zu, zu, zu … Na schön: Dafür seid ihr zu verzopft, zu fade! Fickt euch doch selbst!

Nur Sachs ist wichtig. Ihn muss ich für mich gewinnen. Der richtige Ton, der richtige Abstand. Hilf mir, ihn zu finden, Golema! Vielleicht mache ich ihm ein kleines Geschenk und erzähle, wer Winnie und Willie sind. Er hält es ja nicht aus, wenn er ein Zitat nicht zuordnen kann. Der Ärmste! Sind die Worte erst dann gewichtig, wenn man den Namen des Verfassers weiß?

Wenig geerdet sei ich, sagen sie. Dabei stecke ich fest im Erdreich, genau wie Winnie! Aber sie kennen weder sie noch mich noch dich, Golema, die du aus reiner Erde bist, die du mich erdest, sobald ich dich berühre. Ich wünschte, einer würde mich rausholen aus meinem Hügel, aus meinem irischen Hünengrab. Warum gräbt er sie nicht aus? Aber was kann sie ihm geben, wozu ist sie gut – in ihrem Zustand? Und wozu ist er gut, in seinem Zustand? Wozu stellt ihr ständig so viele Fragen, bevor ihr helft? Ein Kind verhungert daneben, immerzu verhungert ein Kind!

Warum gräbst du mich nicht aus, Willie? Hab doch ein Herz, um Himmels willen, und grab mich aus! Ich bin schon geerdet genug!

Golema: Du bist die Einzige, der ich vertraue. Du forderst nicht, kritisierst nicht, du stößt nicht zurück. Du würdest mich nie verpetzen, mich nie belügen wie Mama! Jeder ihrer Blicke lügt. Jede ihrer Gesten lügt. Sie kann dir die Windeln wechseln, ohne dich anzusehen. Dich angreifen, ohne dich zu spüren. Der Abstand zwischen uns ist immer gleich – gleich starr. Wie ihre Miene. Wie kann eine, deren Gesicht sich nicht bewegt, zur gefeierten Schauspielerin werden? Aber auf der Bühne war sie ja eine andere, ich habe es selbst erlebt. Einmal nur, das reichte. Auf der Bühne haben ihre Augen geleuchtet. Zuhause nie.

Dafür bekam ich Barbie. Sie richtete ihre Augen auf mich, wann immer ich es wollte. Ihre blaue Iris, die langen, schwarzen

Wimpern … Wenn ich genug von ihr hatte, brauchte ich Barbie nur hinzulegen, schon klappte sie die Lider zu und schlief ein. Oma hat sie mir aus der Schweiz geschickt. Es war Papa, der sie mir wegnahm. Barbiepuppen sind blöd, sagte er, sieh dir doch bloß ihr doofes Grinsen an. Ich wehrte mich: Sie hat so ein liebes Lächeln, Papa, sie lächelt für mich! Dekadenter Mist, sagte er und warf sie in den Mülleimer. Ich holte mir Barbie heimlich zurück und versteckte sie unter meinem Kissen. Als er sie fand, riss er ihr den Pferdeschwanz aus. Und Mama? Ich kaufe dir eine andere Puppe, sagte sie. Du weißt, dass Papa allergisch ist auf alles, was aus Amerika kommt. Aber ich wollte keine andere Puppe und rührte die neue, die sie mir schenkte, nicht an. Nicht ein einziges Mal.

Ich wurde auch allergisch: auf Papa und Mama, auf ihre tonlosen Stimmen.

Nein, sie haben mich nicht geschlagen, und Papa hat mich nie unsittlich berührt. Wie auch – er hat mich überhaupt nicht berührt! Ich kenne das nicht, gestreichelt und getröstet zu werden. Geschweige denn Geschenke. Geburtstagsgeschenke.

Wozu braucht es Geburtstage! Alle Tage sind doch glückliche Tage. Das behauptete ausgerechnet er, der Mann aus Hohenschönhausen!

O Golema! Schlimmer, als geschlagen zu werden, ist es, benutzt zu werden. Schlimmer als benutzt zu werden ist, nicht zu existieren.

21 Der Pakt

Als Guido sie in der Kaffeepause fragte, ob sie nach der Arbeit Zeit für ein kleines Schwätzchen hätte, war Sigrid ziemlich von den Socken. Ihr Staunen wuchs noch, als er vorschlug, sich in seiner Wohnung zu treffen, in einem ruhigen Viertel am äußeren Stadtrand von Bad Krummau. Mit Margot Grein war sie einmal vorbeispaziert, als Guido gerade durch die Haustür verschwand. *Da also haust unser schöner Held!*, hatte Margot ihr mit einem Zwinkern zugeraunt. Sigrid lag die Frage auf den Lippen, was denn der Grund für die Einladung sei; aber sie beschloss, ihre Neugier hinunterzuschlucken und einfach zuzusagen. Sie würde ohnehin bald genug Bescheid wissen.

Den ganzen Nachmittag hatte sie damit zu kämpfen, nicht ihrer vagen Ahnung nachzuhängen.

Und da hockt sie nun und verschwindet fast in dem riesigen Möbelstück. In seinem Wohnzimmer. Alleine mit Guido. Er hat es ihr überlassen, ob sie auf der Couch oder im Armstuhl Platz nehmen wolle, und sie hat intuitiv den Armstuhl gewählt. Der originelle Tisch vor ihr fasziniert sie: ein Klavier, dem die Beine fehlen. Ersteigert bei Ebay, wie Guido erläutert. Quer darüber drapiert eine stilvolle Decke, deren Kordeln die arabische Herkunft verraten.

„Tee, Kaffee oder lieber Wein?“

Obwohl sie um diese Zeit normalerweise ein Gläschen Rotwein schätzt, bittet sie um Tee.

„Dann bekommst du meine Spezialmischung“, lächelt er.

„Fein, danke.“

Eine Schande, dass diese sinnlichen Lippen für sie ewig tabu sein werden! Sie findet alles toll an ihm: die Gebärde, mit der er sich gelegentlich eine Locke aus der Stirn wischt; das sichere Hantieren mit den Kochutensilien; die Art, wie er eine Teepackung öffnet, den Duft inhaliert, *ah* sagt … Und sein Pullover mit den braunen Lamas und indianischen Ornamenten darauf: ein echter Blickfang. Die Wolle sicher kuschelweich wie in der Waschmittelwerbung.

„Peru?", fragt sie und deutet darauf.

„Nein, Bolivien", antwortet er. „Von einem Bauernmarkt."

„Steht dir ausgezeichnet", meint sie anerkennend und beißt sich sofort auf die Lippen.

Er schnaubt ein bisschen durch die Nase – seine Art, mit Komplimenten umzugehen. „Möchtest du, dass ich Musik auflege?"

„Warum nicht? Hast du etwas, das zum Thema des heutigen Abends passt?" Sie dreht rasch ihre Nase über die Schulter, um seine Reaktion zu sehen.

Der Löffel mit den Teeblättern hängt einige Augenblicke lang in der Luft, bevor Guido ihn abrupt in die Kanne kippt.

„Wenn du so fragst, muss ich sagen: nein. Vielleicht lassen wir das auch lieber mit der Musik. Vorläufig jedenfalls." Bedächtig rührt er um, stellt die Kanne auf einem Untersatz vor ihr ab. Direkt neben die Kerze, die noch immer darauf wartet, entzündet zu werden. Aber er macht keine Anstalten dazu.

„Lass ihn noch ein paar Minuten ziehen, die Gewürze brauchen das."

Das scheint überhaupt sein Lebensmotto zu sein, denkt Sigrid: Alles lang genug ziehen lassen. Nur keine Hektik. Auch wenn er mit dieser unglaublichen Entspanntheit andere, mich zum Beispiel, ziemlich unter Strom setzt …

Sein Blick ist offen, aber ernst, ernster als für gewöhnlich. Sonst pflegen zumindest seine Augen zu lächeln. Der ideale Therapeut, so hat sie ihn von Anfang an eingeschätzt – allein schon seine körperliche Ausstrahlung wirkt beruhigend, weckt Vertrauen.

Was liegt an, Guido? Wann willst du endlich damit herausrücken?

Aber er hält den Schwebezustand eine ganze Weile lang aufrecht. Löst schließlich den Blickkontakt, erhebt sich und schreitet zum Schreibtisch hinüber. Kramt in einer Lade. Mit einer Karte in der Hand kehrt er zur Sitzecke zurück. Legt die Karte neben sich, rückt sie zurecht, als müsse sie in einem bestimmten Winkel zur Klavierkante liegen. Greift nach der Teekanne und schenkt langsam ein. In der Luft das Aroma von Kardamom und Zimt, vielleicht auch ein Hauch von Minze. Sigrid führt den dampfenden Tee zum Mund, ihre Hand zittert.

Vor ihm auf dem Rumpfklavier liegt die Ansichtskarte mit dem wenig originellen Motiv.

„Wie geht es dir eigentlich mit Marie Therese Herbst?", fragt er übergangslos. „Sie ist ja immer noch in deiner Kunsttherapiegruppe, oder?"

„Ja. Zuletzt heute Vormittag. Und – du wirst es nicht glauben – erstmals hat sie mich nicht angepöbelt. Vielleicht finde ich ja doch noch einen Zugang zu ihr."

„Was war heute anders als sonst?"

Wieso interessiert ihn das, fragt sie sich, und wozu gibt es Teamsitzungen? Mein Konflikt mit dieser Frau wird ja kaum der Grund sein, dass er mich in sein Allerheiligstes eingeladen hat. Aber andererseits hat sie nichts dagegen, sich mit ihm über ihre neue Lage auszutauschen.

„Unglaublich war schon, dass sie erstmals pünktlich in die Gruppe kam. Sie machte sich sofort wieder an ihrer großen Tonskulptur zu schaffen, in die sie ganz vernarrt ist. Ich habe ihre Arbeit ausdrücklich gelobt. Bisher hatte sie auf jede meiner Äußerungen abwertend reagiert. Aber heute konnte sie annehmen, was ich über Golema sagte: dass sie mir nämlich sehr lebendig und gleichzeitig in sich ruhend erscheine und viel von ihrer Kreativität spiegle. ‚Ja, ich wachse mit ihr', gab sie zur Antwort. Und – du wirst es nicht glauben – sie dankte mir sogar dafür, dass ich ihr beigebracht habe, mit dem Material umzugehen. Ich war ziemlich verblüfft, wie du dir vorstellen kannst."

Weiter!, signalisieren seine unter dem Kinn verschränkten Finger.

„Na ja, sie hat von sich aus erzählt, dass sie gestern eine Erfahrung gemacht hat, die sie schon seit Ewigkeiten, wie sie sagte, nicht mehr hatte: dass ihr ein Mann den Arm um die Schulter gelegt hat. Wie ein Erzfreund, in ihren Worten."

„Ein anderer Patient?"

„Ja. Ein gewisser Hagen. Laut Margot klassisches Burnout. Trotzdem, in Marie Therese scheint er etwas entzündet zu haben. Sie hat von ihm geschwärmt wie ein Teenager und mich gefragt, ob ich etwas über ihn wisse. Ich habe ihr erklärt, dass ich über andere Patienten nicht auskunftsberechtigt sei und diesen Vorarlberger Polizisten im Übrigen auch nicht näher kenne. Da hat sie einen Moment gestutzt, und damit war das Thema abgehakt. – Aber wieso reden wir eigentlich darüber, Guido? Hast du mich deshalb eingeladen?"

„Vielleicht", antwortet er und reibt sich das Kinn. Er schiebt ihr die Karte hinüber. „Sieh dir doch das einmal an, bitte."

Sie nimmt die Karte zögernd entgegen, hält sie lange unter ihre Nase. So, als würde sie sie aufmerksam studieren.

„Ich habe sie vor zwei Tagen per Post gekriegt. Anonym in einem Kuvert. Seither frage ich mich, wie ich damit umgehen soll."

„Und warum" – sie versucht ihrer Stimme Festigkeit zu verleihen – „warum zeigst du sie ausgerechnet mir?"

„Eine kleine Fallbesprechung unter Kollegen", murmelt er, „das ist es, was ich mir von dir erhoffe. Du hast ja gelesen, was da, abgesehen von den Anschuldigungen gegenüber Sachs, auch über mich drin steht. Dass ich – Zitat – *gänzlich unverdächtig bin, was Frauen anbelangt*. Du verstehst, dass ich mich schon deshalb damit nicht gleich an die Ethikkommission wende – falls das überhaupt der richtige Weg wäre. Aber zu dir habe ich Vertrauen, Sigrid. Ich dachte, du könntest mir helfen zu überlegen, wie ich damit umgehen soll. Vielleicht haben wir ja mit derselben Person ein Problem, du und ich?"

Vertrauen … Hilfe … Und das ausgerechnet von ihr! Sie sieht die Not in seinen Augen und kommt sich beschissen vor, blöde und gemein. Ihr Blick zappt durchs Zimmer: vom Bücherregal zum Schreibtisch, weiter zum rot gerahmten Gemälde eines verdrehten, an Schiele erinnernden Männertorsos und hinüber zur schwarzen Fensterscheibe, aus der ihr – gedoppelt – der Schattenriss eines Kopfes entgegenschlägt: *ihr* Kopf, *ihre* Konturen. Ein querfeldein springender Vollgummiball, den keiner auffängt.

„Du meinst, Marie Therese Herbst hat dir das geschickt?"

„Könnte doch sein. Nicht viele meiner Klienten wären zu solchen Formulierungen fähig. Aber eine Übersetzerin … Andererseits verwendet sie Ausdrücke, die eher nach Therapeutenjargon klingen. Und komisch ist auch, dass sie meinen zweiten Vornamen kennt. Den habe ich ihr gegenüber sicher nie genannt."

Sigrids Lippen verziehen sich, als hätte sie Mühe, diese Informationen zu ordnen.

„Wer immer das geschrieben hat", setzt er fort, „hat mir damit einen verdammt schweren Sack aufgeladen. Es gibt einfach zu viele Variablen, Sigrid – wie soll man sich da entscheiden? Solche Übergriffe kommen in unserem Metier ebenso oft vor wie die Verleumdung von Ärzten durch ihre Patienten, dessen sind wir uns alle bewusst. Aber wie im konkreten Fall damit umgehen? Der Wahrheitsgehalt dieser Mitteilung ist nicht zu belegen, schon wegen ihrer Anonymität. Andererseits sehe ich keinen Sinn darin, dass die Briefschreiberin das alles bloß erfunden haben sollte. Weshalb? Nichts sonst erwartet sie von mir, als dass ich *dem Schwein das Handwerk lege*, um *wenigstens künftige Demütigungen von Frauen zu verhindern*. Ich denke, Eigennutz oder persönliche Rache sieht anders aus."

Sie schweigt weiter. Versteckt sich hinter der Teetasse. Er deutet ihr Schweigen anders. Nutzt es als Katalysator, um seine Optionen aufzuzählen.

„Natürlich könnte ich die Karte einfach zerreißen und die Toilette hinunterspülen. Oder ich könnte sie in einem Tresor verstauen und warten, bis es eindeutigere Hinweise gibt. Oder bis es mir selbst etwas bringt, wenn ich sie wieder hervorhole. Aber dann spüre ich wieder, welches Leid hinter dieser Botschaft steckt, und" – sein Stöhnen klingt echt – „und ich komme mir mies vor, weil ich nichts unternehme." Er schüttelt verzweifelt den Kopf. „Was meinst du dazu, Sigrid? Sag mir, was du davon hältst – bitte!"

„Ich …", beginnt sie und verstummt gleich wieder.

„Ja?"

Sie blickt in seine fragenden Augen, und die Tasse in ihrer Hand beginnt zu zittern. Sie weiß, was sie jetzt zu tun hat, und wenn es noch so peinlich sein mag: Wer, wenn nicht er, verdient es, dass ungeschminkte Offenheit honoriert wird? Mit einem späten Geständnis, nichts weniger. Alles andere wäre Verrat.

„Es tut mir leid, Guido, wirklich. Ich weiß, ich bin ein elender Feigling. Seit zwei Jahren schleppe ich das schon mit mir herum, habe mich nicht getraut, mit irgendjemandem darüber zu sprechen. Die ehemalige Patientin, die es nur im Schutz der Anonymität wagt, sich an dich zu wenden, bin – ich."

Sie blickt zu Boden. Spürt, wie ihr die Hitze ins Gesicht fährt, die hässlich rote Flecken erzeugt wie bei einer Allergikerin.

„*Du*?“, hört sie ihn leise sagen, „Sachs hat sich an *dir* vergriffen?“

Sie nickt. Noch immer wagt sie nicht, den Blick zu heben. Das kleine Mädchen, das die Oma ermahnt, alles schön zugedeckt zu lassen – sie hat sich vor einem Mann, einem Schwulen, entblättert! Unter ihr breitet sich wieder der Perserteppich aus, auf dem sie bäuchlings lag, die *kleine geile Sau*, *die heiße Fotze*, in die Sachs eindrang, während ihre Nase sich in den Teppich presste und den zerstäubten Schmutz von vielen Schuhpaaren inhalierte, schwarze Patientenschuhe, weiße Arztpantoffeln, im Dreck lösen sich alle Titel auf, denn aus Staub bist du und zu Staub wirst du werden …

Sie spürt den Atem in ihrem Nacken, sie spürt die Hand auf ihrem Haar. Sie möchte schluchzen, doch ihr Hals ist zu trocken, sie möchte sich auflösen in der Wärme seiner Hand, doch der Körper sperrt sich, steif und starr wie ein Holzblock sperrt er sich gegen die Liebkosung, die sie so ersehnt hat von diesem Mann. Guido, denkt sie, mehr fasst ihr Gehirn nicht als seinen Namen. Guido, Guido!

„Wie hast du das nur ausgehalten? Mit ihm auf der gleichen Station, im selben Team! Arme Sigrid.“

Sie fühlt, wie seine Finger ihr Kinn berühren, es zart anheben.

„Es tut mir so leid, Sigrid!“

Ihr Blick klammert sich fest an seinem, und plötzlich, als wüsste er, was sie jetzt am dringendsten braucht, findet sie wieder diesen Funken in den braunen Augen: sein heilendes Lächeln.

„Wie hast du das nur so lange aushalten können?“, fragt er nochmals.

„Verdrängung“, stammelt sie, „Scham, Schuldgefühle. Der übliche Cocktail eben.“

„Scham und Schuld sollte da wohl ein anderer empfinden – wenn ich das mal so rational sagen darf."

Sie wird von einem kurzen Lacher geschüttelt. „Frauen reagieren halt manchmal irrational." Vor allem, wenn sie den Mann nicht bekommen, den sie sich wünschen, fügt sie im Geiste hinzu.

„Wann genau ist das passiert?"

„Vorletzten Silvester", sagt sie. „Ich bin zu ihm ins Auto gestiegen, nachdem du für mich außer Reichweite warst."

„Aber …" Er steht erschrocken auf.

„Keine Sorge, ich mache nur mich selbst dafür verantwortlich, Guido. Hätte ich mich damals nicht betrunken, es wäre nie so weit gekommen. Ich hätte mich wehren können, wäre vermutlich nicht einmal mit hinauf in sein Büro gegangen. Du siehst, so furchtbar irrational sind meine Scham- und Schuldgefühle gar nicht."

Die nächsten Minuten vergehen schweigend. Sie tauschen nur Blicke aus, und es ist ein guter Tauschhandel, von dem beide profitieren. Synchron nippen sie am Tee, den er nachgeschenkt hat.

Als er noch einmal seine Rolle in jener Nacht ansprechen will, schneidet sie ihm das Wort ab.

„Lass gut sein, Guido. Das wäre ja das Schönste, wenn du dir irgendwelche Vorwürfe machen würdest. Eine ganz neue Variante, sich als Homosexueller deshalb schuldig zu fühlen, weil man als Hetero die Frau vor einem potenziellen Vergewaltiger bewahren hätte können, indem man sie selbst abschleppt."

„Aber wie geht es jetzt weiter?"

Sie zuckt mit den Achseln. Er beugt sich zu ihr hinüber, ergreift ihre Hände.

„Was würdest du davon halten, Sigrid, wenn wir versuchen, konkret etwas zu verändern?"

Sie schlägt ungläubig die Augen auf. „Du denkst, ich brauche eine Therapie?"

„Nein", sagt er, „ich denke an Prävention. Wir sollten uns wirklich mehr um unseren lieben Chef kümmern – in dem Sinn, wie es die Briefschreiberin ausdrückte: um wenigstens künftige Demütigungen von Frauen in diesem Haus zu verhindern."

„Aber hast du nicht selbst gemeint, dass das ein Ding der Unmöglichkeit sei?"

„Die Situation hat sich grundlegend geändert. Erstens, weil das Problem mit der Anonymität weggefallen ist, und zweitens, weil diejenige, an der er sich vergriffen hat, eine liebe und äußerst glaubwürdige Kollegin ist …"

„ … die nichts beweisen kann!"

Guido runzelt nur kurz die Stirn. „Fehlende Sachbeweise lassen sich auch durch verlässliche Zeugenaussagen ersetzen."

„Ich verstehe nicht …"

Guido steht die Entschlossenheit ins Gesicht geschrieben. „Bist du bereit, Sigrid …"

Ja, denkt sie. Herrgott noch einmal, ja, das wäre ich, Guido …

„Bist du bereit, dich zu outen, wie man so schön scheußlich sagt? Vorausgesetzt, der Rahmen stimmt?"

Er sieht das dicke Fragezeichen in ihren Augen und wird ausführlicher.

„Also, normalerweise sprechen wir von einem therapeutischen Vertrag, wenn wir mit unseren Klienten Vereinbarungen treffen. Wie wäre es, wenn wir ausnahmsweise einmal einen Pakt unter uns Therapeuten schließen? Du und ich, und vielleicht noch zusammen mit dem einen oder der anderen unseres Vertrauens. Was würdest du zum Beispiel von Selzer halten?"

„Wie kommst du auf den? Ist er nicht ein Freund von Sachs?"

„Das denke ich nicht, absolut nicht! Schön, sie spielen manchmal Tennis miteinander, aber ich sehe das eher als ein Stillhalteabkommen denn als Freundschaft. Du musst wissen, dass Selzer den Job des Chefarztes angestrebt hat, bis er ihm durch Sachs vor der Nase weggeschnappt wurde. P&P – Politik und Postenschacher, wie gehabt."

„Aber wozu willst du ihn einweihen?"

Guido reckt den Zeigefinger in die Höhe, eine Gebärde, die überhaupt nicht zu ihm passt. Oder vielleicht passt sie doch in dieser verschwörerisch gefärbten Stunde, wo er das Kommando so überzeugend an sich gerissen hat?

„Du hast in deinem Brief geschrieben, dass du mit deiner Erfahrung nicht alleine dastehst. Wie hast du das gemeint?"

„Es gab da gewisse Gerüchte, nicht mehr."

„In der Tat, das habe auch ich gehört. Und was glaubst du, von wem? Aus dem Mund von – Selzer. Nachdem er allerdings kurz darauf selbst eine Verleumdung durch eine Expatientin am Hals hatte und Sachs ihm prompt einen Persilschein ausstellte, war davon nichts mehr zu hören."

„Du meinst …"

„Ja, ich meine, dass vielleicht schon damals mehr dran war an den Gerüchten, als wir wahrhaben wollten! Und dass Selzer, weil er selbst unter Beschuss stand, wohlweislich den Mund gehalten hat."

„Das spricht nicht eben für einen starken Verbündeten!"

„Wer weiß, Sigrid, wer weiß … Wenn du nichts dagegen hast, würde ich ihn jedenfalls gerne einweihen. Selzer hatte, wie sich bald herausgestellt hat, eine blütenreine Weste. Heute ist er seinem Chef zu nichts verpflichtet. Uns jedenfalls könnte eine Unterstützung im mittleren Management nicht schaden."

Sigrid muss nicht lange überlegen. „Ich bin dir unendlich dankbar, Guido. Mehr als du dir vorstellen kannst. Wenn du das für den richtigen Weg hältst, dann gehen wir ihn."

Er drückt ihr einen Kuss auf die Wange. Sie errötet wieder, diesmal ohne hektische Flecken.

Sein Grinsen ist umwerfend.

„Ich bin noch keine fünfunddreißig, Sigrid. Wer weiß, vielleicht entdecke ich ja noch unerforschtes Territorium in mir."

Sie heißt eigentlich Joanna, will aber Asia gerufen werden. Er hat damit keine Probleme – seine Probleme sitzen ganz woanders. Hagen dreht zum x-ten Male den Kopf von links nach rechts und wieder zurück – zwecklos! In keiner Stellung gelingt es ihm, seinen Nacken zu entspannen. Dabei ist die Masseurin, eine blonde Polin aus Krakau, doch so um ihn bemüht. Asia walkt Hagens Rücken nun schon seit zwanzig Minuten durch, und wenn er besonders laut stöhnt, wenn sie versucht, mit ihren Fingern einen der unzähligen Knoten im Schulterbereich aufzulösen, versucht sie ihn mit einem *Na na* oder *Schsch!* zu beruhigen. Obwohl sie um einiges jünger sein dürfte als er, behandelt sie ihn wie eine Mutter. Ein slawischer Mamatyp mit neapolitanischem Einschlag: Hohe Backenknochen, mollig, ein bisschen zu laut und furchtbar stark. Er hat sie gefragt, wie sie diese Kraftanstrengung aushalte. „Alles eine Frage der Technik“, lautete ihre vergnügte Antwort, „polnische Frau eben schick!“

Sie meinte vermutlich *geschickt.* In seinem nächsten Leben würde er sich eine polnische Masseurin angeln, und alles würde anders werden … besser … relaxter …

Bäuchlings auf dem Massagetisch lässt sich auch im Hirn eine Menge zurechtrücken.

Während Asia sich seine verfilzten Muskelfasern auf Höhe der unteren Kreuzwirbel vornimmt, geht Hagen in Gedanken noch einmal den gestrigen Besuch bei Laub durch. Praders Angst vor dieser Begegnung hing über der kleinen Gruppe wie ein nasser Fetzen. Dementsprechend war die Aufwärmrunde geprägt von peinlichen Pausen und Phrasen: *Wie geht's dem Hals? – Danke der Nachfrage, ich werde wohl längere Zeit keine Krawatte mehr brauchen.* Aber die dunkelblauen Würgemale an Laubs Hals, auf die Prader fortwährend starrte, wirkten Wunder. Wie eine weiße

Flagge, die beide kriegsführende Parteien gleichzeitig hissen. Als sich Prader zu einer Entschuldigung durchrang, gelobte auch der Oberstudienrat Besserung. Und deutete sogar gewisse weltanschauliche Zugeständnisse an.

„Sollen die doch ihre verdammten Minarette bauen. Das kratzt mich nicht mehr, seit ich einen Blick auf die andere Seite gemacht habe."

Dr. Mickl hätte ihre wahre Freude daran gehabt, hätte sie mitbekommen, wie ein Teil der Gesprächstherapiegruppe ganz ohne ihr Beisein weiterwerkte. Noch dazu eindeutig erfolgreicher als das letzte Mal. Und Hagen? Er war der große Bedankte. Als sie sich verabschiedeten, ergriff Laub seine Hand und drückte sie wortlos, mit flatternden Lidern. Eine ganz andere Reaktion als die, die Hagen unmittelbar nach der Reanimation geerntet hatte. Draußen dankte ihm dann auch noch Prader dafür, ihn zu diesem Canossagang überredet zu haben.

„Ich weiß jetzt, woran ich zu arbeiten habe", sagte der Kabarettist und nickte, als wolle er sich damit Mut machen. Mehr verriet er nicht über seinen plötzlichen Erkenntniszuwachs. Aber sein bärtiger Kopf saß wieder entspannter auf der Wirbelsäule.

Hagen freute sich ehrlich für ihn. *Loslassen lernen* lautet das allgegenwärtige Gebot in der Therapie – und tatsächlich haben sich sowohl Prader als auch Laub, ansatzweise wenigstens, gelöst von scheinbar unveränderlichen Standpunkten. Was so ein Suizidversuch doch alles bewirken kann, wundert sich Hagen. An Laubs Krankenbett wurde die *Integrität des anderen*, wie Mickl sagen würde, erstmals respektiert.

Er würde es ganz altmodisch eine Frage der Ehre nennen.

In manchen Kulturen steht auf Ehrabschneidung die Todesstrafe. Wobei die einfache Todesstrafe noch harmlos ist gegenüber der erweiterten, der generationsüberschreitenden. Das nennt sich dann Blutrache. Das Problem dabei: Was genau verstehen jene unter Ehre, denen sie angeblich geraubt wurde? Immerhin hängt viel von der Definition ab, enorm viel: Wie dauerhaft und intensiv nämlich die Rache sein muss, um die Ehre wiederherzustellen. Diesbezüglich kommt es selbst in unseren Breiten bisweilen zu einigen absonderlichen Auswüchsen.

Schau nur hinüber ins benachbarte Fürstentum. Dort gibt es Familien, die den Nachbarn heute noch spinnefeind sind, weil deren Vorfahren anno Schnee ein Mitglied der eigenen Sippe als Hexe denunziert haben. Der Name des Opfers ist längst vergessen, nicht aber die damit verbundene Schuld. Ein zartes Geschöpf, das sich zeit seines jungfräulichen Lebens mit den geschliffenen Rubinen des Rosenkranzes die Finger wund gerieben hatte, war aufgrund eines bösen Wortes als Geliebte des Teufels in Vaduz auf dem Scheiterhaufen gelandet. Und deswegen grüßt jetzt, dreihundertfünfzig Jahre später, ein Frommelt keinen Marxer, wenn er ihm auf der Straße begegnet, und in der Kirche hocken sie mindestens zehn Reihen weit auseinander. Nach dreieinhalb Jahrhunderten! Ein bisschen Alzheimer wäre da gar nicht so dumm. Vielleicht gibt es ja eine Wechselbeziehung zwischen der hochgeschraubten Auffassung von Familienehre und der unterentwickelten Moral, wenn es ums Geld geht, sinniert Hagen. Das sollten sich die Wirtschaftsforscher einmal genauer anschauen …

Asia beendet Hagens Betrachtungen, indem sie dem Chefinspektor a. D. respektlos auf den nackten Po klatscht und damit signalisiert, dass sie sich lange genug mit seinen Muskelverhärtungen auseinandergesetzt hat. Er zieht sich schamhaft das Handtuch über die Hüfte, bevor er vom Massagetisch rutscht. *Dziękuję*, stößt er hervor, neben *na zdrowie* das Einzige, was er im Vorjahr von einem Dienstauftrag aus Polen mit nach Hause gebracht hat. Abgesehen von den bestialischen Kopfschmerzen natürlich, für die der lausige Wodka der Warschauer Kollegen verantwortlich zeichnete. Oder lag es gar nicht an der Qualität, sondern an der Menge, die er damals in sich hineinleerte?

Er schlüpft in seine Wäsche und beschließt, Marie Therese aufzusuchen. Der Rezeptionist verrät ihm die Zimmernummer der Berlinerin, aber als er an ihre Tür klopft, regt sich nichts. Schön, denkt er, warte ich eben bis zum Mittagessen. Aus einem der Arbeitsräume strömt gerade eine Gruppe heraus. An einem Tisch erkennt er den langen, schlanken Rücken von Marie Therese.

„Kommen Sie?", ruft ihr die Therapeutin zu, „ich würde gerne abschließen!"

Als Marie Therese sich erhebt, sieht sie ihn. Ihre Augen funkeln. „Sekunde!", ruft sie der Therapeutin zu und winkt Hagen heftig zu sich. „Ich muss dir etwas zeigen!" Überall stehen Skulpturen aus Lehm oder Pappmaché herum, die meisten nicht größer als dreißig Zentimeter. Jene, auf die sie deutet, überragt alle anderen um das Doppelte.

„Wie findest du sie?"

„Sie?"

„Ja, ich hab sie Golema getauft." Sie sagt es mit einer Inbrunst, als spräche sie über ein Neugeborenes, das der Mutter nach einer schweren Geburt auf den Bauch gelegt wird.

Er kann nicht viel mit der Figur anfangen. Was allerdings auch für die berühmteren Kunstwerke eines Moore oder Picasso gilt; so gesehen befindet sich ihre Golema in guter Gesellschaft. Aber weil er merkt, wie viel sie in diesen fetten Koloss investiert hat, behilft er sich mit dem Wort, das er bei den wenigen Vernissagen, die er in seinem Leben besucht hat, am häufigsten zu hören bekam:

„Spannend. Wirklich, sehr spannend!"

Der Zweifel über seinen Kommentar steht ihr auf die Stirn geschrieben. Ein schwarzer Kajalrahmen fasst ihre Augen. Das erste Mal, dass er sie geschminkt sieht.

„Bitte!“, ruft die Therapeutin von der Tür her. „Ich sollte jetzt aber wirklich …“

„Reden wir draußen weiter“, schlägt Hagen vor. Er hofft damit zwei Fliegen auf einen Schlag zu erlegen. „Komm, ich lade dich auf einen Tee ein.“

Sie lehnt das Angebot ab, will die freie Stunde bis zum Mittagessen lieber im Fitnessraum verbringen. „Um diese Zeit ist dort nie etwas los. Warum schwitzen wir nicht gemeinsam? Und du erzählst mir dabei wieder etwas Aufregendes aus dem Feldkircher Wildpark.“

Zehn Minuten später treffen sie sich, beide im Trainingsanzug, im *Maschinenraum* wieder, wie Hagen die Fitnesskammer nennt. Sie schwingt sich auf eines der fünf Trainingsräder und beginnt sofort wie wild in die Kurbeln zu treten. Er schaut auf die elektronische Anzeige und stellt erst den Tretwiderstand auf die Hälfte zurück, ehe er auf sein Gestell klettert.

„Ich habe dich und deinen Freund gesehen“, sagt sie, das Gesicht stur geradeaus, als müsste sie auf Gegenverkehr achten.

Er hat keine Ahnung, wovon sie spricht.

„Du hast ihm den Arm um die Schulter gelegt. Genau so wie mir auf der Parkbank.“ Sie klingt rau, unterkühlt. „Machst du das bei jedem so?“

Mit dem Freund kann nur Prader gemeint sein – aber wo hat er seinen Arm um dessen Schulter gelegt? Ach ja: Bevor sie Laubs Zimmer betraten und er Prader mit dieser Geste beruhigen wollte. Eifersucht!, denkt er, sie ist tatsächlich auf Prader eifersüchtig!

„Nun? Bekomme ich keine Antwort?“

Er lächelt und schildert die Situation. Wie sie darauf reagiert – oder besser, wie sie nicht reagiert – lässt vermuten, dass sie immer noch sauer ist. Beide spulen wortlos ihre Kilometer herunter, sie allerdings um etliche km/h schneller. Mit einem Ruck dreht sie ihm den Kopf zu.

„Bist du mein Freund?“

Eine seltsame Frage. Ganze drei Mal haben sie sich bisher getroffen, und sie will wissen, ob er ihr Freund ist! Ein Geliebter, das geht mitunter schnell. Aber ein Freund?

„Ist dir die Frage unangenehm?“, hakt sie nach. Der Spot an der Wand gegenüber blendet ihn und macht aus ihrem Gesicht einen Scherenschnitt.

„Nicht unangenehm“, sagt er, „aber schwierig.“

„Pah! Nichts ist leichter zu beantworten als das! Eure Rede sei ja, ja, oder nein, nein – steht schon so in der Bibel. Aber keine Antwort ist bekanntlich auch eine Antwort!“

Er tippt auf der elektronischen Anzeige herum, schaltet noch einen Gang zurück. Wären sie auf echten Fahrrädern unterwegs, er hätte diese Raserin längst aus den Augen verloren.

„Wir kennen uns doch erst seit ein paar Tagen. Ich finde, es ist noch ein bisschen früh, um …“

Sie fällt ihm heftig ins Wort. „Aber es war nicht zu früh, mir bereits bei unserer zweiten Begegnung den Arm auf die Schulter zu legen! Du solltest mit mir nicht Versteckenspielen, Bulle!“

Sie hüpft vom Gerät und wischt sich mit dem Frotteetuch das Gesicht ab. Trotz der schweißtreibenden Tätigkeit hat sie ihre langärmelige Trainingsjacke nicht ausgezogen. Ihm drückt es den Schweiß aus allen Poren. Schon wieder entlarvt! Langsam klettert auch er von seiner Maschine.

„Also, Marie Therese – es tut mir leid, das mit dem Wildparkwärter. Ich … vielleicht wollte ich einfach nicht als Polizist dastehen vor dir. Bringt ja selten Pluspunkte. Ich hoffe, du verzeihst mir diese kleine Notlüge.“

„Notlüge! Hahahaha!“

Sie führt sich auf, als würde jemand die Kitzelfolter an ihr erproben. Ihm ist unwohl in seiner Haut wie schon lange nicht. Unwillkürlich tritt er einen Schritt zurück, als sie auf ihn zukommt, mit dem Handtuch straff gespannt zwischen ihren Fäusten. Aber sie fängt nur sanft seinen Kopf damit ein und zieht ihn nahe an ihr Gesicht.

„Da, du – Bulle!" Ihre Lippen haben auf die seinen gezielt, im letzten Moment drückt sie den Kuss aber auf seine rechte Wange.

„Für diese Notlüge bist du mir allerdings etwas schuldig!"

„Okay." Er grinst verlegen. Die Geschwindigkeit, mit der ihre Stimmung wechselt, kann einen ganz schön schaffen.

„Dann machen wir jetzt einen Deal, Bulle: Du offenbarst etwas von dir, etwas ganz und gar Geheimes, das du noch keinem anderen Menschen gesagt hast. Zum Ausgleich bekommst du danach ein Stück von mir zu sehen. *Tit for tat*, wie die Engländer sagen. Oder *quid pro quo*, wenn du das Juristenlatein bevorzugst."

„Geritzt!"

Irgendwo hat er von so einem Deal schon einmal gehört. Wie auch immer: Er muss froh sein, so billig davongekommen zu sein.

„Also?"

Also. Was wirst du herausziehen aus einer deiner vielen Spalten, Tone? Sie sitzen einander auf der Matte gegenüber; sie im tadellosen Lotossitz, er mit angezogenen Knien.

Er erzählt von seiner letzten Nacht mit Lisa. Wie sie gemeinsam diesem seltsamen Liam zuhörten und alles über seinen Job als lebende Touristenattraktion draußen auf dem Feld erfuhren. Ein langzotteliger, ziemlich schmutziger Kerl kam währenddessen ins Pub und setzte sich auf das alte Sofa hinter ihnen. Bestellte sich ein dunkles Bier nach dem anderen, indem er dem Wirt mit dem leeren Glas zuwinkte, gab auch sonst keine Silbe von sich. Bis er dann, knapp vor der Sperrstunde, wie aus dem Nichts zu singen begann. Alle schwiegen, auch die Musiker setzten ihre

Instrumente ab. Es war eine lange Ballade, und sie berührte jeden. Selbst Hagen, der beileibe nicht alle Worte verstand.

Ein paar Verse hat er sich bis heute gemerkt: *I walk along the shore / the rain in my face / my mind is numbed with grief / of you there is no trace …*

Während des Liedes hatte Lisa ihren Kopf auf seine Schulter gelegt. Zuerst bemerkte er gar nicht die Tropfen auf seinem Hemd, genoss nur ihre warme Wange. Was genau heißt *no trace?*, fragte er. – Keine Spur, übersetzte sie, keine Spur von dir. – Und wieso weinst du? – Weil das Lied so unendlich schön ist.

„Das war unser letzter Abend. Am nächsten Tag war sie fort, für immer. Und jetzt" – er räuspert sich – „jetzt bist du dran. Quid pro quo."

Marie Therese atmet tief durch. „Scheiße", sagt sie. „Läuft dir einfach davon, die Frau!"

Er korrigiert sie nicht. Streckt stattdessen beide Beine aus, um sich besser auf ihre Geschichte konzentrieren zu können.

*

Sie erzählt einen Traum. Den, der immer wiederkehrt. Von dem sie *diesen Ärschen* von Ärzten natürlich nichts gesagt hat, nie etwas sagen wird. „Glaubst du, ich will mir wieder anhören, dass alle Gestalten, die im Traum vorkommen, letztlich nur meine eigenen Anteile sind!"

Sie berichtet vom großen Mann mit der hohen Stirn, edel von Statur und silbergrau das Haar.

„Wie viel schwerer macht es einem das gleich, sich einzugestehen, dass er krank ist, verrückt, wenn er aussieht wie ein Adonis …"

Adonis stiehlt sich in ihr Schlafzimmer. Sie liegt in der Mitte des Doppelbetts, links und rechts von ihr die Kinder. Sein Gesicht – *seine Visage* – beugt sich über sie, haucht sie an, heiß und giftig.

Es ist die Visage Klaus Kells, ihres Ex. Sie ist unfähig zur kleinsten Bewegung, als läge sie auf einem Operationstisch, betäubt nur die Gliedmaßen, nicht das Hirn, nicht die Sinnesorgane. Sanft löst er die um sie geschlungenen Arme der Kinder, zieht ihre Leiber hoch zu sich, wiegt sie vor seiner breiten Brust. Der liebevolle Vater, der gnadenlose Vollstrecker. Er lässt die Kleinen los, und sie schweben vor ihm, als hätte ein Zauberer ihre Schwerkraft aufgelöst, und er holt die Streichholzschachtel aus seiner Brusttasche, öffnet sie höhnisch. Mit zwei harmlosen Hölzchen pölzt er ihre Lider auf, dass die Augäpfel hervortreten wie rot geäderte Glasmurmeln. Damit dir ein Licht aufgeht!, flüstert er, damit du siehst, was du mir angetan hast! Dann umschlingt er den Hals von Babsi und würgt sie, würgt sie so lange, bis sie steif in der Luft schwebt, danach René. Ihre toten Kinder schweben zwischen ihm und ihr, nicht einmal schreien kann sie, nicht einmal wegschauen. Aber als er sich verabschiedet, mit einer tiefen Verbeugung wie ein Musketier, der den federbesetzten Hut schwenkt, erkennt sie, dass es das Gesicht ihres Vaters ist, das sie angrinst, und gleich darauf wieder Kells Visage. Ehemann und Vater in einem ständigen Wechsel. Und sie, regungslos, auf dem Bett; die toten Kinder schwebend über ihr.

„Kill Kell! Kill Kell!“ Es hört sich an wie der Schlachtruf einer Amazone. Hagen versucht sie zu beruhigen, indem er sie an der Schulter packt und leicht schüttelt, als müsse er sie aufwecken. Sie schnauft.

„Weißt du, ich bin jetzt ein Jahr von diesem Menschen geschieden, und davor haben wir fast ebenso lange getrennt gelebt. Aber jede Nacht, jede einzelne Nacht schleicht er sich ein bei mir! Er kommt von drüben, von irgendwo da drüben …“ – ihre Hand macht eine fahrige Geste – „ … und nachdem er sich an den Kleinen vergriffen hat, verschwindet er wieder dorthin, wo er nicht zu greifen ist.“

„Aber im wirklichen Leben? Wo leben deine Kinder tatsächlich?“

Sie sieht ihn an mit ihren Waschbäraugen, in denen viel geschrieben steht vom großen Verlassensein, von den zahlreichen, nie eingelösten Ansprüchen ans Leben, an die Liebe.

„Das Familiengericht hat sie Kell zugesprochen.“ Sie senkt den Kopf. Spricht, als gälten die Worte ihrem Schoß. „Er hat es glänzend verstanden, mich als die Verrückte hinzustellen, die Gemeingefährliche. Gegen alles, was von meiner Seite kam, hat er quergeschossen, bei jeder Behörde hat er mich schlechtgemacht. Reden kann er ja, und sein Auftritt hat diese Sozialfritzen immer furchtbar beeindruckt. Erst recht die Weiber im Jugendamt – die wickelte er ein mit seinem Charme. Mir dagegen zeigte er seine Fratze, laberte mich voll mit infamen Unterstellungen. Ich glaubte, der Richter hätte ihn durchschaut, als er am Ende der Verhandlung sagte: ‚Das ist mein schmutzigster Fall! Wieso tun Sie mir das an?‘ Aber Babsi und René hat er dennoch an diesen Menschen ausgeliefert, der mir einmal sogar die Polizei ins Haus geschickt hat – wegen *akuter Kindeswohlgefährdung*! Als würde ich meine Kinder schlagen! Aber die Polizisten glaubten natürlich nicht der Mutter, sondern dem Vater und nahmen die Kinder mit. *Inobhutnahme*, so nennen sie das, diese diplomierten Schweine vom Sozialen Dienst. Und Kell – der lachte sich ins Fäustchen. Schon lange vor der Scheidung spielte er Golf mit Bällen, die unsere Porträts trugen. So konnte er in aller Öffentlichkeit auf uns einschlagen. Stell dir das mal vor: auf Frau und Kinder mit dem Eisen losgehen, während du mit dem Geschäftspartner plauderst – der ultimative Kick für Manager!“ Sie knurrt wie eine Wölfin.

In Hagens Kehle macht sich ein bitterer Geschmack breit. Den Deal hat er sich etwas anders vorgestellt. Er dachte, dass *seine* Offenbarung der schwierige Part sein würde, aber jetzt hat ihre Erzählung in ihn eingeschlagen wie ein Meteorit. Nicht, dass er nicht gewöhnt wäre, von harten Schicksalen zu hören, doch waren das zumeist Geschichten, die man auf Distanz halten und am Ende des Tages ablegen konnte, protokolliert und verstaut in einem Aktenordner. Manches von dem, was sie erzählt hat, will sich auch nicht so recht zusammenreimen in seinem Kopf. Aber hier gibt es keinen Gfader oder Winder, den er beauftragen könnte, den Wahrheitsgehalt der Aussage zu überprüfen, bei Ämtern nachzufragen, die Gegenseite zu hören. Und wie soll man damit umgehen, wenn der Mund, der eben noch ein deprimierendes Detail nach dem anderen ausgespuckt hat, einem im nächsten Augenblick wieder lockend zulächelt? Ja, sie lächelt tatsächlich schon wieder, als wäre das Ganze nur ein erotisches Spiel, das kein anderes Ziel kennt als das eine …

„Ich glaube, es ist langsam Zeit fürs Mittagsessen", sagt er.

„Gute Idee", sagt sie, „lass uns gehen."

Aber sie geht nicht, sie springt die Stiege hoch wie ein übermütiges Kitz. Von der Wölfin zum Kitz innerhalb einer Minute – welch eine Verwandlungsfähigkeit! Auf der obersten Stufe dreht sie sich um zu ihm.

„Darf ich dich am Abend besuchen kommen?"

Er nickt, zögernd, aber er nickt.

Als sie sich im Forum trennen, fällt Hagen ein, woher er den Deal kennt, den sie ihm unterbreitet hat: aus einem Psychothriller, in dem ein geistesgestörter Psychiater einer FBI-Agentin ein ähnliches Geschäft vorschlägt.

Hagen schiebt den zähesten Rinderbraten seit Menschengedenken zur Seite und ärgert sich. Nein, nicht über den miserablen Fraß – er ärgert sich über sich selbst. Hat er sein kriminalistisches Hirn zusammen mit der Dienstwaffe abgegeben? Warum hinterfragt er nicht, was ihm Marie Therese da als ihre Familiengeschichte aufgetischt hat? *Die Polizisten glaubten natürlich nicht der Mutter, sondern dem Vater …* Und er? Wem glaubt er? Was, wenn es im Hause Herbst tatsächlich zu einer *akuten Kindeswohlgefährdung* kam? Was, wenn der schaurige Traum, den sie erzählte, einen realen Hintergrund hat? Nur, weil du außer Dienst bist, musst du ja nicht gleich den Kopf in den Sand stecken, Hagen!

Er zieht sein Handy hervor und überprüft das Nummernverzeichnis: Tatsächlich, Bühle ist noch gespeichert. Einem kleinen Check stünde demnach nichts im Wege. Aber natürlich nicht hier, mitten im voll besetzten Speisesaal. Man gehört ja noch einer Generation an, die Telefonate diskret abwickelt. Also überlässt er das Dessert, einen im Niemandsland zwischen Salzburger Nockerln und Kaiserschmarrn angesiedelten Auflauf, seinem Tischnachbarn, einem Hundertkilomann aus Koblenz. Der macht sich erfreut darüber her, während Hagen seinen Platz am Mittagstisch räumt.

Im Korridor kommt ihm Marie Therese entgegen. Grünes Top, rosa Leggings, ein dezimeterbreiter Ledergürtel, dazu toupierte Haare – ein bisschen overdressed für diese Tageszeit, wie er findet. Im Vorübergehen fängt er den Duft ihres Parfums ein und drei Worte, die sie ihm lässig über die Schulter zuwirft: „Bis zum Abend!" Er schaut ihr nach. Die hohen Stöckel betonen noch ihren Hüftschwung, mit dem sie die Blicke etlicher männlicher Patienten auf sich zieht.

Hagen verlässt das Gebäude durch den Haupteingang, spaziert vorbei an der überdachten Raucherecke, wo ein paar ältere

Herrschaften ihrer Sucht frönen, und wählt außerhalb deren Hörweite die Berliner Nummer. Er hat sofort den Richtigen an der Strippe.

„Erster Kriminalhauptkommissar Bühle", meldet sich die knarzige Stimme des Dezernatsleiters, „wat wünschn Se?"

„Dich", sagt Hagen und nennt seinen Namen. Heinz Bühle freut sich, wieder einmal von seinem Vorarlberger Kollegen zu hören, und trauert jenem Gastgeschenk nach, das Hagens Mitarbeiter Werner Winder nach Berlin mitbrachte, als er dort für einen Monat hospitierte.

„Mensch, det war der schmackeste Sliwowitz, der mir je über de Lippen jekommn is, wat! Sowat findste in janz Berlin nich, weeste det!"

„Obstler", korrigiert ihn Hagen, „Werner hat dir zwei Liter Obstler mitgebracht, aus der hauseigenen Produktion von Lukas Gfader, meiner rechten Hand. Rechtlich vielleicht nicht ganz astrein, die Gfader'sche Schnapsbrennerei – aber umso lupenreiner in der Qualität."

Darin sind sich der Deutsche und der Österreicher absolut einig. Man tauscht Erinnerungen an den Dezember 2004 aus, als wegen Winders Hospitation auch die Gruppenleiter Bühle und Hagen Kontakte knüpften. Nicht besonders enge, aber um sein Anliegen an ihn heranzutragen, dafür sollte es wohl reichen, spekuliert Hagen. Im Berliner Dezernat scheint momentan wenig los zu sein. Bühle erkundigt sich nicht etwa nach dem Zweck von Hagens Anruf, sondern will wissen, welche Aufführung der kommenden Schubertiade ihm der Vorarlberger empfehlen könne. Hagen gesteht, dass er auf kaum einem Gebiet inkompetenter sei als in Sachen Oper.

„Wat denn für ne Oper, man? Mir quatschen hier von solchn Kammerjonzertn un Liederabnde, vastehste?"

Eins zu eins. Hagen akzeptiert, dass seine Bemerkung ein ebensolcher Fauxpas war wie zuvor Bühles Verwechslung von

Sliwowitz und Obstler. Als schließlich doch noch die Rede darauf kommt, wie es in den jeweiligen Abteilungen so läuft, gesteht Hagen ein, wo er sich gerade aufhält.

„Tja, de Nerven, wat", meint Bühle mitfühlend, „jenau jenommn bräucht ick och so wat wie ne Auszeit, sag ick dir! Abba du wirst mir doch nich anjerufen habn, weil dir indr Jlinik de Decke offn Kopp jefallen is, wat?"

Hagen verneint. „Ich hätte da ein halbprivates Anliegen an dich, Heinz. Sagen wir, ich bräuchte so etwas wie eine kleine Information, die nicht über die offiziellen Kanäle geht. Weil ich doch derzeit außer Dienst bin. Denkst du, dass du das für mich tun könntest, ohne Probleme zu kriegen – von wegen grenzüberschreitender Amtshilfe und so?"

Bühle findet Hagens Skrupel amüsant. „Wenn det nich mehr jeht, sag ick dir, jehe ick och ausm Dienst, wa! Un wat soll da dran jrenzüberschreitnd sin. Du bist doch och off'n bundsdeutschn Jebiet, oder wie oder wat?"

Nachdem Hagen ihm die nötigen Informationen durchgegeben hat, verspricht der Berliner, ihn so bald wie möglich zurückzurufen.

Es beginnt zu tröpfeln, und Hagen kehrt wieder ins Haus zurück. Das Wetter erinnert ihn daran, dass er sich in der ersten Woche nichts sehnlicher gewünscht hat, als zurückzukehren in den herbstlichen Dauerregen des Rheintals, der alles so herrlich einebnet, verhüllt unter seinem gnädigen grauen Mantel … Fort mit den Spitzen und Stacheln, die einem die Seelenklempner hier ständig ins Hirn treiben. Aber nach den Erfahrungen der letzten Tage fühlt er sich aufgeräumter, tatkräftiger. Immerhin hat er eben eine Aktion gesetzt und nicht nur gewartet, dass sich die Dinge von selbst klären. Mal sehen, Tone, vielleicht wohnt doch noch ein zündender Funke in dir, gibt es jenseits der Fünfzig doch noch ein Diesseits?

Seine Gedanken mäandern in Richtung Abend. Damenbesuche auf dem Zimmer sind zwar laut Klinikordnung verboten – nur wer, bitte, will das bei erwachsenen Menschen kontrollieren?

Noch eine Stunde bis zur Musiktherapie. Soll er sich im Forum einen Kaffee genehmigen? Aber dort brütet jetzt sicher Prader wieder über einem Matt in drei, und er verspürt nicht die mindeste Lust, schon wieder in dessen Probleme hineingezogen zu werden – in keinerlei Hinsicht. Das stachlige Kinn, an dem er nachdenklich herumzupft, weist ihm den Weg: Es wäre vermutlich kein Fehler, die Rasur nachzuholen, die er am Morgen vergessen hat. Nein, nicht vergessen: bewusst unterlassen. Fernab von Vorgesetzten und jeder bürokratischen Etikette gönnt man sich diese kleinen Schlampereien mitunter. Nun ja, heute ist die Sachlage ein bisschen anders …

Während er sich im Bad hingebungsvoll seinen Bartstoppeln widmet, rückt eine kleine Spinne in sein Blickfeld. Üblicherweise würde er keine Sekunde zögern, sie zu massakrieren – seine Abneigung gegen die ekeligen Sechsbeiner muss erblich bedingt sein, schon Hagen senior hatte die harmloseste Spinne gefährlicher eingestuft als jede Giftschlange und sie dementsprechend behandelt. Die Söhne sind dem väterlichen Beispiel gefolgt und haben ihr gesamtes sadistisches Potenzial ausgespielt, sobald sie eines Vertreters dieser Gattung ansichtig wurden. Doch diesmal reagiert Hagen anders. Statt es zu zerstampfen, nimmt er das Tier vorsichtig mit der Plastikabdeckung seines Rasierapparats hoch, um es durch das gekippte Fenster hinauszubefördern. Die Spinne versucht die Flucht auf eigene Faust und landet im offenen Abflussloch des Waschbeckens, wo sie der Wasserstrahl augenblicklich hinabschwemmt in den tödlichen Schlund der Kanalisation. Hagens Schuldbewusstsein hält sich in Grenzen. Im Grunde ist ohnehin der selige Bruno dafür verantwortlich, befindet er. Der frühere österreichische Bundeskanzler, in Energiefragen generell nicht sehr firm, hatte seinen Landsmännern unter dem Eindruck der ersten Ölkrise allen Ernstes empfohlen, sich lieber nass zu rasieren, um Strom zu sparen. Als einer der wenigen gestandenen Sozialdemokraten in Vorarlberg folgte Hagen tatsächlich dem Appell, ließ beim Rasieren aber ständig das Wasser laufen, was zwar Schaum und Haare ordentlich entsorgte, dem Energiespargedanken allerdings diametral zuwiderlief. Diese verschwenderische Unsitte hat er bis heute beibehalten, obwohl er längst auf einen Elektrorasierer umgestiegen ist. Aber so spielt es eben, das Leben: Eine dumme, scheinbar harmlose Angewohnheit wird mitunter der unschuldigen Kreatur zum Verhängnis …

Hagen wechselt vom Waschbecken zur Kloschüssel, um seine Toilette zu Ende zu bringen. Während er so dasteht, die Füße schön parallel, die Knie leicht gebeugt, die Oberschenkelmuskulatur angespannt und sich der ungetrübten Strahlkraft erfreut, mit der sich seine Blase noch zu entleeren vermag, kommt ihm plötzlich eine seltsame Frage: Warum hat er es nie fertiggebracht, Mutter danach zu fragen, ob sie Vater einmal, irgendwann einmal, tatsächlich geliebt habe, mit ihm, Tone, als dem lustvoll gewollten, nicht nur biologisch bedingten Ergebnis? Wollust – so heißt es doch nicht von ungefähr, oder? Wieso traut ein Sohn sich nicht, der Mutter zu Lebzeiten mit den paar wesentlichen Dingen zu kommen? Ein halbes Jahrhundert lang sitzen wir einander gegenüber, aber diese Frage unterbleibt. Wird verschoben, wieder und wieder. Denn die Gelegenheit, sie ist nie ideal, was heißt ideal, nicht einmal halbwegs passend, und die familiäre Harmonie, die es eh nie gegeben hat, zu wichtig, um sich einmal nur hinauszulehnen. Bis sie, die als Einzige eine Antwort geben hätte können, wie Vater auch die Stiefmütterchen von unten anschaut und sich alles erledigt hat. Selbst wenn Mutter einem solchen Übergriff begegnet wäre mit einer ihrer typischen Gegenfragen –

spinnscht jetzt, wieso söttn mir üs denn net gern g'ha ha, din Vatr und i? – oder beleidigt geschwiegen hätte: Er könnte heute von sich behaupten, ein Mal wenigstens auf den Punkt gekommen zu sein ihr gegenüber, der Welt gegenüber, sich selbst gegenüber.

Sein Handy klingelt und der Name Bühle erscheint auf dem Display.

„Hallo Heinz", meldet sich Hagen. „Das nenne ich prompte Arbeit."

„Allet jut", sagt Bühle, „bei juns ticken de Juhren nu ma andert als südlich von de Weißwurstäquader. Haste wat zum Mitschreiben bei dich?"

„Darf ich mich bewegen?“

Bitte sehr, signalisiert seine Geste, der ganze Raum steht Ihnen zur Verfügung!

Marie Therese nutzt aber ausschließlich die freie Fläche zwischen Schreibtisch und Sitzgruppe, wo der Perser liegt. Auf dem sie ihn in der ersten Stunde einigermaßen gefordert hat. Wie sie den Teppich abmisst mit ihren Schritten und an den Rändern umkehrt, als markierten sie das Ende der Welt, drängt sich einem das berühmte Rilke-Gedicht vom Panther förmlich auf. Dr. Sachs entgeht keine ihrer Bewegungen. Die dritte Einzeltherapie bereits innerhalb einer Woche, so kann das natürlich nicht weitergehen. Wo doch eine Sitzung pro Woche der von ihm selbst ausgegebene Standard ist.

Marie Therese schildert diverse Beispiele für ihr Ausrasten und plappert munter vor sich hin. Er weiß, dass es längst an der Zeit wäre, ihren Redefluss zu bremsen und strukturierend einzugreifen; aber während sie vor ihm ausbreitet, wie es zu ihrem Konflikt im Intercity kam, läuft bei Dr. Sachs ein eigener Film ab, ausgelöst von der Duftspur, die Marie Therese anhaftet.

Moschus, wenn er sich nicht täuscht.

„Ich war unterwegs zur Buchmesse nach Leipzig, kurz davor hatte ich einen Abortus gehabt. Der Typ saß am Fensterplatz, mit eingeschaltetem Notebook, und erzählte von seinem Leben. Von seinem künftigen Leben, wohlgemerkt! Ihm gegenüber der ideale Zuhörer: Einer, der ständig zustimmend nickt. Zwei Supermachos hatten sich da gefunden …“

Was ist schwerer zu fassen oder zu beschreiben als ein Geruch? Andererseits: Keine andere Sinneswahrnehmung lässt sich so lange abspeichern und noch Jahre später einer bestimmten Situation zuordnen. Und die Situation, an die der Chefarzt eben mit einem flauen Gefühl im Bauch zurückdenkt, ist erst wenige Tage her. Wenige Nächte, genau genommen.

„Der mit dem Notebook schaffte es, jeden im Abteil mit seinem ganz privaten Fünfjahresplan zu beglücken und gleichzeitig auch noch auf dem Computer zu arbeiten! Vermutlich kannte er seine Zukunft bereits auswendig. Er wusste, wann die nächste Beförderung anstand und als logische Folge der Hausbau. Er wusste, wann er seine Freundin heiraten würde, in zwei Jahren nämlich, denn einer Tante ginge es sehr schlecht, deren Erbanteil wäre dann sicher fällig. In drei Jahren das erste Kind, in vier Jahren das zweite. Ein Jahr Abstand sei ideal, meinte er, da könnten die lieben Kleinen miteinander am meisten anfangen und würden so die Eltern entlasten. Den Sprung zum Abteilungsleiter peile er in fünf Jahren an, der derzeitige Leiter sei dann reif für die Pension …"

Sachs könnte schwören, dass es dieser Geruch war! Auch wenn die Duftnote eines Parfums eigentlich nie ungetrübt, sondern immer mit dem Eigengeruch der jeweiligen Frau vermischt auftritt.

„Und was, wenn du in einem Jahr Blutkrebs bekommst?, mischte ich mich ein. Oder wenn deine Freundin Nein sagt vor dem Standesamt, was ich ganz sicher täte? Oder wenn dich morgen ein Betrunkener überfährt und du liegst querschnittgelähmt in deinem Erste-Klasse-Bett und heulst den Mond an? Hm, was dann?"

Was redet sie da für ein Zeugs! Der junge Laptopbesitzer könnte er selbst gewesen sein. Die Zukunft gilt es nun einmal zu zwingen, davon ist Sachs felsenfest überzeugt. Im Verlauf seiner Karriere wurde ihm oft genug bestätigt, dass nur der sich durchsetzen wird, der das Leben als das akzeptiert, was es ist: ein Kampf. Das ganze Haus hier ist voll mit Versagern, deren Mangel an Dickhäutigkeit sie für alle Zeit unten halten wird. Und damit sind beileibe nicht nur die Patienten gemeint, sondern auch Weicheier wie Sigrid Bayer oder Guido Westhäußer.

„Wollen Sie wissen, was er darauf antwortete?“ Sie ist stehengeblieben und beugt sich zu ihm hinunter.

„Natürlich“, versichert er ihr mit einem professionellen Lächeln. Warte nur, denkt er, ich kitzle es noch aus dir heraus. Noch in dieser Stunde.

Sie richtet sich wieder auf. „Mit einer solchen Einstellung gibt man sich besser gleich den Gnadenschuss! Sagte er und grinste.“

„Okay. Und Sie? Was taten Sie?“

„Ich wischte ihm das Notebook von den Knien.“

Sie berichtet ohne sichtliche Erregung, dass der Mann daraufhin wie verrückt auf sie einschlug. Das blaue Auge, das sie dabei abbekam, habe sich aber letztendlich als Glücksfall erwiesen. Auf Anraten seines Rechtsanwalts zog der Mann die Anzeige wegen schwerer Sachbeschädigung nämlich von sich aus zurück.

„Fühlten Sie sich erleichtert, als Sie das Notebook demoliert hatten?“

„Natürlich!“

„Natürlich. Weil Sie damit Spannung abbauen konnten?“

„Ja. Damals reichte das noch.“

„Und heute? Was würden Sie heute tun?“

Er merkt, wie sie sich auf die Lippen beißt und etwas hinunterschluckt. Dann serviert sie ihm die Brave-Mädchen-Version: „Heute würde ich mich nicht mehr einmischen. Einfach weghören. Mir denken: Was geht dich das an. So würde ich heute reagieren, ja.“

Sie lächelt. Er lächelt. *Smile, and the world smiles with you …*

„Gehen wir noch einmal einen Schritt zurück und schauen wir, was hinter dieser Wut steckt, Marie Therese. Es war ja nicht das erste und auch nicht das letzte Mal, dass Sie so in Rage gerieten, nicht wahr?“

„Stimmt“, sagt sie, „aber das letzte Mal ist schon lange her.“

Von wegen, denkt er. Gerade mal eine Woche. Auf diesem Teppich hast du es deutlich genug demonstriert. Kannst du dich wirklich nicht mehr daran erinnern?

Aber während er sie aus den Augenwinkeln betrachtet, plagt ihn eine ganz andere Frage: Was, zum Teufel, hattest du in meinem Zimmer verloren?

*

Es geht zäh voran. Sie benimmt sich recht manierlich. Wenn sie tatsächlich Aggressionen gegen ihn hegen sollte, versteht sie es jedenfalls ausgezeichnet, sie zu verbergen.

Zwischendurch bittet ihn der Oberarzt kurz zu sich auf den Gang hinaus. „Bleibt es beim Termin morgen?“, will er von ihm wissen.

„Welcher Termin?“

„Auf dem Tennisplatz. Sie hatten doch gemeint …“

„Ach das! Na selbstverständlich spielen wir morgen! Punkt vierzehn Uhr. Betrachten Sie sich bereits als geschlagen, Selzer!“

Als er ins Zimmer zurückkommt, fällt ihm auf, wie rot ihre Wangen sind. Vermutlich ist sie in Gedanken schon bei ihrem neuen Lover, von dem sie in vagen Andeutungen gesprochen hat. Auch ihre Jacke hat sie bereits angezogen. Er blickt auf die Uhr: Tatsächlich, die Stunde ist zu Ende, und er hat es immer noch nicht aus ihr herausgekitzelt. Also dann: Trick E. Vielfach angewandt, meistens von Erfolg gekrönt.

E wie emotionale Überrumpelung.

„Sollten Sie am Wochenende eine depressive Episode haben, bin ich natürlich für Sie da. Sie wissen ja, wo Sie mich finden können, oder?“

Ihre Reaktion lässt nicht darauf schließen, ob sie etwas von seiner Ärztewohnung in Block B weiß und ihre genaue Lage kennt. Aber wie gut sie zu bluffen versteht, hat er ja schon am eigenen Leib erfahren. Er beschließt, den Frontalangriff zu riskieren.

„Ich bin sehr froh, dass wir nach unserem – sagen wir – etwas verunglückten Einstieg so schnell eine gemeinsame Basis gefunden haben, Marie Therese."

„Ich auch." Sie steht auf und streckt ihm die Hand hin, offensichtlich hat sie seine Worte als Verabschiedung betrachtet. Aber er bittet sie, sich noch einmal zu setzen.

„Die anderen Ärzte und Therapeuten berichten mir neuerdings Ähnliches, Ihre Verhaltensänderung ist bei allen sehr positiv angekommen, wirklich. Durch die Bank wurde mir bestätigt, dass Sie sich Ratschlägen gegenüber öffnen und nicht mehr so aggressiv auf Ihrem Standpunkt beharren. Vertrauen und Kooperation zwischen Arzt und Patienten sind wohl das Um und Auf in der Therapie. Auch wenn rückhaltlose Offenheit manchmal schmerzen mag. Das verstehen Sie doch?"

Sie nickt, aber ihr aufkeimendes Misstrauen ist nicht zu übersehen.

„Gut. Und darum möchte ich Ihnen jetzt noch eine letzte Frage stellen, Marie Therese. Überlegen Sie sich Ihre Antwort bitte gut! Sie könnte ein Gradmesser sein für unsere weitere Zusammenarbeit, an der Ihnen ja ebenso viel liegt wie mir. Nicht wahr?"

Die Runzeln auf ihrer Stirn vertiefen sich. Es dauert eine ganze Weile, bevor sie sich zu einem neuerlichen Nicken durchringt.

„Ausgezeichnet." Jetzt ist es an ihm, eine Kunstpause einzulegen. Er nimmt seine Brille ab und lässt sie bedeutungsvoll zwischen Zeigefinger und Daumen hin- und herpendeln. Seine Augen fixieren sie wie metallene Fesseln.

„Ausgezeichnet“, wiederholt er. „Dann verraten Sie mir jetzt bitte, was Sie vorgestern Nacht in meinem Schlafzimmer zu suchen hatten.“

Punkt vierzehn Uhr. Der Oberarzt ist schon beim Aufwärmen, als Sachs in lupenrein weißem Outfit den Platz betritt. So viel Weiß hat man selbst in Wimbledon lange nicht mehr gesehen.

„Gut gespeist, Selzer?“

„Danke, ja.“

Typisch Selzer, urteilt Sachs, kein Talent zur Konversation. Heute wirkt der Kollege noch eine Nuance spröder als gewöhnlich, aber der Chefarzt lässt sich davon nicht die gute Laune verderben. Er ist endlich wieder einmal ordentlich ausgeschlafen und überhaupt sehr aufgeräumt. Nicht nur wegen des prächtigen Wetters und der Aussicht auf ein gemütliches Spielchen auf einem neuen Court.

Die Geschichte mit dem unbekannten nächtlichen Besuch in seinem Schlafzimmer hat er gestern Nachmittag ja auf eindrucksvolle Weise geklärt. Und erfuhr dadurch gleich eine zweifache Bestätigung: Erstens hat sich gezeigt, dass er sich auf seine Nase verlassen kann, in jeder Hinsicht. Er hatte das Parfum richtig identifiziert und Marie Therese im passenden Moment die Daumenschrauben angesetzt. Zweitens, und das gibt ihm noch größere Befriedigung: Seine Strahlkraft bei jüngeren Frauen ist nach wie vor ungebrochen. Dabei hatte ihn die erste Reaktion der Herbst auf seine provokante Frage fast glauben lassen, er habe den Torpedo auf das falsche Schiff abgeschossen. Wie sie erst die Verwirrte und danach die Entrüstete spielte, erschien durchaus glaubwürdig. Aber er bohrte weiter, mit Fragen wie mit Blicken, und auf einmal brach sie ein. Gab zu, dass sie es gewesen war, die durch sein Schlafzimmer gegeistert war, um ihn im Schlaf, im schutzlosen Zustand, wie sie sagte, zu beobachten. Etwas Böses habe sie nie im Sinn gehabt, einzig seine männliche Ausstrahlung sei es gewesen, die sie zu dem *Besuch* verführt hatte. Ob er ihr wohl verzeihen könne? Er beruhigte sie und entließ sie ins Wochenende, während er im Hinterkopf bereits jenen Eintrag in ihre Krankengeschichte aufsetzte, der bei der Teamsitzung am Montag zu der einzig möglichen Konsequenz führen würde: der sofortigen Entlassung von Marie Therese Herbst aus der Klinik. Nach dem Match gilt es das noch zu verschriftlichen – aber jetzt wird er erst einmal demonstrieren, wer der Herr auf dem Tennisplatz ist.

Schwer zu sagen, ob Selzer wirklich immer der so deutlich Schwächere war. Jedenfalls kann Sachs sich nicht daran erinnern, dass der Oberarzt ihn in all den Jahren jemals geschlagen hätte. Gerade wenn das Spiel einmal auf Messers Schneide stand und Sachs befürchtete, diesmal werde er wohl dem anderen zum Sieg gratulieren müssen, hatte Selzer regelmäßig versagt. Lächerliche Doppelfehler beim Aufschlag, katastrophale Returns. Mit der Zeit kristallisiert sich da doch so etwas wie ein Gefühl der Unbesiegbarkeit heraus. Zumal Selzers Score auf dem Tennisplatz dem in der Klinikhierarchie absolut entspricht.

Das Spiel verläuft von Anfang an auf relativ hohem Niveau. Selzer trägt eine Schirmkappe, die seine Augen beschattet. Schon deshalb ist ihm kaum anzumerken, ob er einen Punkt gemacht oder einen kassiert hat. Trotz des Sonnenscheins ist es spätherbstlich kühl, und auch nach zwei Sätzen kommt keiner von beiden auf die Idee, seinen Pullunder auszuziehen.

Eins zu eins. Nachdem der erste Satz noch mit 7:5 an Sachs ging, ist Selzer im Verlauf des zweiten Satzes über sich hinausgewachsen und hat klar mit 6:2 gewonnen. Wie immer, wenn es zu einem dritten Satz kommt, legen sie davor eine kleine Pause beim Getränkeautomaten ein.

„Nicht übel, Selzer“, lobt Sachs seinen Kontrahenten. „Haben Sie heimlich trainiert?“

Der Oberarzt antwortet mit einer Grimasse und nippt phlegmatisch an seiner Cola. Faszinierend, denkt Sachs, wie antriebslos dieser Mensch doch ist! Wenn man das *Sonnblick* mit einer mittelalterlichen Festung vergleichen wollte, dann sähe er sich selbst als Burgherrn, während draußen, jenseits des tiefen Wehrgrabens, Selzer mit seiner feindlichen Armee schon vor Jahren das Lager aufgeschlagen hat. Selzer, der Typus des ewig Zweiten. Der von seinem Naturell her gar nicht auf die Idee kommt, zum Sturmangriff zu blasen und die hochgezogene Zugbrücke durch Rammböcke zu sprengen, die Mauern durch Sturmleitern zu nehmen, sondern lieber in seiner trostlosen, unergiebigen Stellung verharrt. Vielleicht, weil er gar nicht siegen will? Weil die Position des Zweiten ihm, dem Trägen, mehr Vorteile bietet als beherzte Strategie beziehungsweise herzloses Kalkül? Für einen Siegertyp wie Sachs käme eine solche Haltung nie in Frage. Darum kann er auch nicht nachvollziehen, wie Selzer seinen Anspruch auf den Chefarztsessel kampflos aufgeben konnte, als Sachs sich, von Frankfurt aus, darum bewarb und es verstand, mit einer kleinen Intervention da und gezielt gestreuten Gerüchten dort den Posten zu ergattern. Selzers Kompetenzen waren um keinen Deut geringer gewesen als seine. Der andere hatte sogar den Heimvorteil auf seiner Seite gehabt, hatte er doch bereits als junger Facharzt im *Sonnblick* begonnen und den Großteil der Kollegenschaft hinter sich. Aber, wie gesagt: Bloße Kompetenz wird gegen eine wahre Kämpfernatur nie reüssieren.

„Wollen wir wieder?"

„Klar."

Der dritte Satz beginnt wie der erste. Sachs geht bei eigenem Aufschlag sofort 1:0 in Führung und schafft dank einiger glücklicher Bälle auch gleich das Break. Zweimal hätte man zumindest darüber diskutieren können, ob der Ball nicht doch die Linie gekratzt hatte, aber Selzer akzeptierte wie üblich die Entscheidung seines Chefs auf Out. Das Rebreak kann Sachs dennoch nicht verhindern, ebenso wenig den Ausgleich auf 2:2. Als sich eine einsame Wolke vor die Sonne schiebt und das intensive Rot des Platzes von einer Sekunde auf die andere auslöscht, als hätte jemand den Farbfilm in der Kamera durch einen schwarz-weißen ersetzt, ist alles klar: Sachs macht in den restlichen vier Sätzen noch ganze drei Punkte. Als sie sich nach dem Matchball am Netz treffen, schüttelt Selzer den Kopf. So, als wäre ihm sein Sieg peinlich. Oder täuscht er nur etwas vor? Die Hand, die Sachs während der Gratulation schüttelt, hat seinen Druck noch nie dermaßen kräftig erwidert.

Unter der Dusche stellt Selzer ihm eine nicht ganz alltägliche Frage:

„Was würden Sie tun, wenn Sie einen anonymen Brief erhielten, in dem ein Kollege eines groben Fehlers bezichtigt wird?"

Sachs wischt sich den Schaum aus dem Gesicht. „Was für eines Fehlers?"

„Sagen wir: eines Verstoßes gegen die therapeutische Abstinenz."

„Gibt es einen konkreten Anlass für Ihre Frage?"

„Na ja, Westhäußer hat mich gestern um Rat gefragt. Offenbar hat er kürzlich einen solchen Brief erhalten."

Sachs richtet den heißen Wasserstrahl auf seine Brust. Irgendetwas an diesem Gespräch kommt ihm merkwürdig vor.

„Wie der Kollege heißt, um den es in diesem Brief geht, wissen Sie nicht?"

„Nein. Wir haben uns über das Problem nur ganz grundsätzlich unterhalten."

Nur ganz grundsätzlich, aha. In Sachsens Hirn beginnt es zu arbeiten. Ist da etwas im Busch? Ende der Subordination, oder was?

„Sie haben Westhäußer doch sicher gesagt, dass er die Angelegenheit zuerst mit mir besprechen soll, bevor er die Ethikkommission damit befasst?"

Er bekommt keine Antwort. Selzer dürfte die Frage nicht gehört haben, er hat den Hahn auf blau gestellt und mimt den Ultraharten. Das eisig kalte Wasser spritzt unangenehm zu Sachs herüber.

„Sollte an der Sache etwas dran sein", setzt Sachs fort, „ist das ja wohl klare Chefsache."

„Wie bitte?", schreit Selzer.

„Chefsache!", schreit Sachs zurück. Er stellt das rauschende Wasser ab und greift zum Badetuch. „Generell sind solche Vorwürfe natürlich mit größter Skepsis zu betrachten. Aber das muss ich Ihnen ja nicht sagen, lieber Kollege! Denken Sie nur daran, was seinerzeit diese Frau – wie hieß sie noch? – über Sie in den Raum gestellt hat!"

„Angelika Tandler."

„Richtig, die Tandler. *Selzer hat mich vergewaltigt!* Als Aushang am öffentlichen Anschlagbrett! Nur weil Sie es gewagt hatten, in die wohlverdienten Weihnachtsferien zu gehen und der Dame für zwei Wochen nicht zur Verfügung zu stehen."

„Sie hatten mich auf der Stelle in Schutz genommen."

„Na selbstverständlich. Solche Reaktionen sind bei Borderlinern ja absehbar. Wie sie es verstehen, in die passive Opferrolle zu wechseln, indem sie ihr Gefühl des Verlassenseins auf uns Therapeuten verschieben … Darin sind sie wirklich einsame Spitzenklasse. Mit Betonung auf einsam."

Jetzt hat auch Selzer die Dusche abgestellt. Seine Haut ist ganz rot vom Kälteschock, er wirkt wach und energetisiert. Gar nicht wie der Typus des ewig Zweiten …

„Trotzdem." Selzer sieht seinen Chef prüfend an. „Trotzdem frage ich mich seither: Wieso haben Sie mich reingewaschen, ohne den Wahrheitsgehalt der Anschuldigung nur ansatzweise zu überprüfen?"

Sachs schaltet den Föhn ein.

„Ich will Ihnen mal was sagen, Selzer: Es ist leider ein Faktum, dass bei einer jeden solchen Verleumdung am Opfer etwas hängen bleibt. So wenig Substanz der Vorwurf auch haben mag – er hinterlässt Spuren, einen schalen Beigeschmack. Die Angst um den guten Ruf. Selbst wenn die Kollegen nichts Übles denken, kommt man als Betroffener nicht umhin zu argwöhnen, sie *könnten* etwas Übles denken. Ist es nicht so?" Er schaltet den Föhn aus, um die Dramatik durch Stille zu steigern: „Nun, das ist die Antwort auf Ihre Frage: Genau diese Unannehmlichkeiten wollte ich Ihnen ersparen."

„Ja", sagt Selzer nachdenklich, „das ist die edle Version. Aber grundsätzlich könnte man sich auch noch eine andere vorstellen ..."

Sie stehen einander nackt gegenüber, nur mit dicken Frotteetüchern bewaffnet. Selzer unsicher, ob er die Attacke wirklich reiten soll; Sachs damit beschäftigt, Namen zu rekonstruieren: Wie hieß es gleich, das lockige Luder, das damals in seinem Bett landete? Susanne, oder doch eher Sabine? Danach die ausgebrannte Krankenschwester aus Ravensburg, mit der er es besonders leicht hatte: Birgit, nein, Brigitte Bardel, schon aufgrund ihres gewaltigen Busens und der blonden Mähne eine Konkurrenz zur echten BB. Zweifellos gäbe es noch einige weitere zu erinnern – Sachs und Sex, das ging schon immer gut zusammen. Bislang ist ihm niemand in die Quere gekommen deswegen. Das wird auch Selzer nicht schaffen, trotz seines heutigen Aufwinds. Eine Schwalbe macht noch keinen Sommer. Und ein einmaliger Sieg keinen Siegertyp.

„ ... könnte man sich vorstellen, dass Sie mich einfach ruhigstellen wollten."

Ist das wirklich O-Ton Selzer? So direkt hat ihn keiner je angegriffen!

„Ruhigstellen? Verehrter Kollege, ich kann Ihnen nicht ganz folgen!"

„Der Beschützer, der dem Beschützten für alle Zeiten den Wind aus den Segeln nimmt. Eine tadellose Taktik, in der Tat! Sie hat ja auch bis heute funktioniert."

Sie wird auch weiterhin funktionieren, denkt Sachs.

„Jetzt machen Sie sich mal keine unnötigen Sorgen, Selzer! Kommen Sie, ich lade Sie auf einen Drink ein."

„Nein, danke. Ich bin verabredet."

„Also schön. In dem Fall – bis zur Teamsitzung."

„Ja, bis dann."

Eine scharfe Drehung, und Selzer verschwindet in einer Umkleidekabine. Säuerlich lächelt Sachs seinem Oberarzt hinterdrein.

*

Die Gänge sind wie ausgestorben, wie immer am Samstagnachmittag. Anders als sonst federt er diesmal nicht die Treppe hinauf, sondern gönnt sich einen gemächlichen Aufstieg. Muss sich eingestehen, dass ihn das Match doch mehr mitgenommen hat, als er zuerst dachte. Er sperrt sein Sprechzimmer auf, nimmt am riesigen Mahagonischreibtisch Platz und greift sich die Ringmappe mit Marie Thereses Krankengeschichte. Überblättert Befunde und Diagnosen, allgemeine, biografische und klinische Anamnese; überspringt Verhaltensanalyse, Medikation und angewandte Therapiemethoden und kommt zu guter Letzt zum Deckblatt jenes Kapitels, das ihn im Moment interessiert:

Aktueller Behandlungsverlauf / Dekurse Psychotherapie.

Das gibt es doch nicht! Er flucht und geht die Mappe nochmals von hinten nach vorne durch. Das Ergebnis bleibt dasselbe: Die Aufzeichnungen sind verschwunden. Auf mindestens drei Seiten beliefen sie sich mittlerweile, darauf könnte er schwören. Es kommt schon etwas zusammen, wenn alle Involvierten in dieses therapeutische Logbuch ihre Eintragungen machen. Alleine von ihm stammt eine komplette Seite.

Stammte!

Nach dem dritten Durchblättern schleudert er die Krankengeschichte zornig von sich, hebt sie nicht einmal vom Boden auf. Er überlegt, wann er die Mappe das letzte Mal aufgeschlagen hat. Vor der gestrigen Sitzung? Nein. Er hatte wohl vorgehabt, sich auf den aktuellen Stand zu bringen, aber ein Anruf kam dazwischen. Wie auch immer: Die Mappe lag während der gesamten Therapie hier auf seinem Schreibtisch.

Marie Therese! Hat sie sich tatsächlich selbst bedient? In den paar Minuten womöglich, als er sich mit Selzer draußen unterhielt? Und wenn ja – wozu?

Er wird es herausfinden. Er findet immer alles heraus. Aber langsam beginnt ihn diese Grenzgängerin echt zu nerven. Höchste Zeit, sie loszuwerden!

Sachs schiebt seine Lesebrille ins Futteral zurück, dann löscht er das Licht.

Den Schlüssel dreht er jetzt lieber zweimal um.

Hagen geht nervös im Zimmer auf und ab. Die behördliche Darstellung aus Berlin unterscheidet sich doch gewaltig von dem, was er aus dem Mund von Marie Therese erfahren hat. So ziemlich genau um hundertachtzig Grad.

Klaus Kell, Exmann von Marie Therese Herbst und Vater von René und Barbara, ersucht keine zwei Monate nach der Scheidung das zuständige Jugendamt erstmals um ein Eingreifen, weil er sich um die gemeinsamen Kinder sorgt, die zunächst bei der Mutter wohnen. Sie bringt die beiden nicht mehr in die Kindertagesstätte, überlässt sie oft tagelang sich selbst. Die Folge: äußerliche Verwahrlosung, Mangelernährung und Geschrei, das die Nachbarn auf den Plan ruft. Der Vater kann die Kleinen zu den vereinbarten Zeiten zumeist nicht abholen, es öffnet einfach niemand die Wohnungstür. Immer häufiger muss die Behörde einschreiten. Marie Therese schluckt, wie sich herausstellt, in rauen Mengen Tabletten und lässt sie offen in der Wohnung herumliegen. Einer geregelten Arbeit geht sie nicht mehr nach, finanziell ist sie dank der großzügigen Unterhaltszahlungen Kells aber gut versorgt. Er gibt an, einen früheren Selbstmordversuch von Marie Therese bei der Scheidungsverhandlung nicht erwähnt zu haben, weil er ihr in Hinblick auf das Sorgerecht nicht schaden wollte. Nun, da sich die Dinge dramatisch verschärft haben, und aus Angst vor einem neuerlichen Suizidversuch erklärt er, dass sie sogar schon kurzfristig in psychiatrischer Behandlung gewesen sei. Wenig später äußert er die Befürchtung, sie könnte auch den Kindern etwas antun wollen. Von Sprüchen wie du wirst sie nie wieder sehen *bis zu ihrer Andeutung, ein Auto sei unter Umständen eine zuverlässigere Waffe als eine Pistole, muss Kell sich alles Erdenkliche anhören. Einige ihrer telefonischen Drohungen kann er auf Tonband aufzeichnen. Insgesamt kommt es zu vier genau dokumentierten Interventionen seitens des*

Jugendamts, einmal wird sogar – auf Betreiben der Sozialarbeiter – die Polizei beigezogen. Zur selben Zeit zeigt auch sie immer wieder ihren geschiedenen Mann an, ihre Vorwürfe (angebliche Kindesentführung, unbefugtes Eindringen in ihre Wohnung etc.) erweisen sich aber in keinem Fall als stichhaltig. In Absprache mit dem Sozialen Dienst strengt Kell schließlich ein Verfahren vor dem Familiengericht an, um das Sorgerecht für die Kinder zu bekommen. In diesem Zusammenhang wird ein psychiatrisches Gutachten über die Erziehungsfähigkeit der Mutter erstellt. Ergebnis: Die Kinder werden dem Vater zugesprochen.

„Reicht det?", hat Bühle am Ende seines Reports gefragt.

O ja, das reicht, mehr als …

Nur wie er *sie* mit diesem Wissen konfrontieren soll, dazu reicht Hagens ganze Erfahrung als Bulle nicht.

*

„Wann hast du eigentlich Geburtstag, Tone?"

Halb sitzt sie, halb liegt sie auf seinem Bett.

Er nennt ihr Monat, Tag, Stunde. Die genaue Minute kennt er nicht. „Warum willst du das wissen?"

„Ich werde es dir sagen! Aber sag du mir erst, wie man deinen Geburtstag begangen hat, als du ein kleiner Junge warst."

Er überlegt. „Na, auf jeden Fall gab es eine Torte, ich hab mir immer eine Sachertorte gewünscht, mit einem Haufen Schlagsahne darauf und der entsprechenden Anzahl an Kerzen. Mama und Papa haben *Happy Birthday* gesungen, ziemlich falsch, vor allem Papa, aber mit einem breiten Lachen. Wenn es am Schluss hieß *Lieber Tone, viel Glück!* hab ich trotz allem feuchte Augen bekommen. Und danach eine Uhr, ein Fahrrad, neue Schi – je nachdem. Die üblichen Sachen halt, die man als Bub so kriegt. Wieso fragst du?"

Sie sieht ihn schräg an. Ihr Lidschatten ist smaragdgrün, mit einem raffinierten Schuss Silber darüber. Er rückt unruhig auf dem Stuhl hin und her. Ich muss es ihr sagen!, denkt er, wieso sage ich es nicht endlich?

Ihre Antwort fällt ausführlicher aus, als er erwartet hat. „Weil ich Geburtstage nicht kenne, nie kannte. Wenn ich andere davon reden höre, löst das bei mir Ekel aus. Geburtstage sind doch schrecklich! Eine Hoffnung, die nie eingelöst wird. Habe ich dir eigentlich schon erzählt, dass mein Vater auch Polizist war? Jedenfalls solange wir im Osten lebten. In Westberlin mussten wir mit Mutters Einkommen das Auslangen finden. Papa hatte etwas gegen Geburtstage. Als Kind konnte ich mir nicht vorstellen, wie das ist: Ein Tag, an dem du im Mittelpunkt stehst, *dein* Tag, eine Feier nur für dich … Später, als ich zu Geburtstagspartys eingeladen wurde, bekiffte oder betrank ich mich dort, grundsätzlich. Falls ich überhaupt auftauchte. Dieser Stress: Was sollst du mitbringen, was könnte passen? Aus Verlegenheit schleppte ich meist das Doppelte und Dreifache wie alle anderen an. Aber so richtig stressig wurde es, wenn mir wer zu *meinem* Geburtstag etwas schenkte! Einmal kotzte ich tatsächlich auf ein Präsent: Das war an meinem Fünfundzwanzigsten, als Kell mir ein Seidenkostüm überreichte. Er hatte es von einer indischen Schneiderin extra für mich anfertigen lassen. Ich musste mich übergeben, als ich es auspackte – es war zu schön!“

Sie *ist* verrückt, denkt Hagen. Vielleicht hat es gar keinen Sinn, mit ihr darüber zu reden?

„Bei meinem letzten Geburtstag war alles wie früher. Da hat alles wieder gestimmt. Wie damals, als ich gar nicht vorhanden war in Mamas und Papas Augen. Und weil ich nicht existierte für sie, war es auch folgerichtig, dass es keinen eigenen Tag gab für mich. Schlimm, aber vertraut. Mit dem Auszug von zuhause kam die Unsicherheit, die Verwirrung. Zum Davonlaufen, wie gesagt. Ja, ich lief oft davon vor Festen und Glückwünschen … Erst am fünfundzwanzigsten August dieses Jahres herrschte wieder Einklang zwischen dem, was gefeiert wurde, und dem, was passierte."

„Was ist passiert?"

Sie lacht. Wirft sich prustend aufs Bett. „An meinem einunddreißigsten Geburtstag, genau an meinem einunddreißigsten Geburtstag nahmen sie mir die Kinder weg. Befreiten mich von dieser Last. Befreit, entlastet, entlastet, befreit …" Ihr Oberkörper schießt hoch, ihr Lachen gefriert. „Was für ein Geschenk, Tone, was für ein tolles Geburtstagsgeschenk das war!"

Ihre Stimme klingt jetzt dünn und brüchig. Als wäre sie ein verschrumpeltes Weiblein, das nur noch winseln kann über vergangene Zeiten.

„Was wird einem erfüllt im Leben? Nichts! Das eigene Kind wendet sich von dir ab im Schlaf, wenn du zu ihm unter die Decke kriechst. Verzieht angewidert den Mund, wenn du es küssen möchtest. Und dein Mann? Er schnarcht, verbarrikadiert sich hinter seinem Federbettpanzer, wenn dir nach Haut und Herzschlag ist." Sie stockt. Dann die Frage, die er nicht versteht, geschweige denn beantworten kann:

„Was denkst du: Ist Cerberus nur zuständig für die Pforte, die hineinführt in die Hölle, oder auch für jene, die herausführt aus ihr?"

Zusammengesunken liegt sie da, der Rücken gekrümmt, die Arme vornübergestreckt, wie in einer Anbetung. Langsam, sehr langsam richtet sie sich wieder auf, beginnt an ihrem Gewand herumzunesteln …

Hagen weiß nicht, wie ihm geschieht. Er ist zu verblüfft, um etwas zu sagen, um sie davon abzuhalten.

Jacke, Bluse und BH fallen zuerst, dann der blaue Rock, die schwarzen Strümpfe, zuletzt der Slip. Mechanisch legt sie jedes

Stück ab, ohne ihn, der noch immer auf seinem Sessel klebt, eine Sekunde aus den Augen zu lassen.

Splitternackt steht sie vor ihm. Ihre Brustwarzen sind auf ihn gerichtet wie der Zeigefinger von Uncle Sam: *I want you for US Army.*

Er fühlt sich völlig überfordert. *Du kennst zwar nicht einmal die En passant-Regel, hast aber dennoch auf Anhieb den richtigen Zug gefunden. Das nenne ich wahre Intuition!* Praders lobende Worte, als Hagen das Schachproblem löste. Er wünschte, er hätte diese Intuition auch jetzt, wo es darauf ankommt. In einer Situation, die absolut neu ist für ihn.

Neu, nicht erotisch …

Neurotisch!

„Haut auf Haut", stöhnt sie, „das ist es, was ich brauche. Willst du mich festhalten, ganz fest?"

In dem Moment sieht er sie. Die Serie parallel verlaufender Vertiefungen und Wölbungen – schlecht verheilte Narben, die Marie Thereses Handgelenke säumen.

Wortlos ist er zurückgezuckt, nur für den Bruchteil einer Sekunde, ohne es selbst zu merken.

Sein Zucken trifft ihren Körper wie ein Hieb. *Jetzt nicht, jetzt nicht, mein Schatz, ich bin beschäftigt, ich muss gleich weg, aber danach, danach, du wirst sehen.* Ihre Schultern ziehen sich zusammen. *Mama da!*, krächzt es, kreischt es in ihr, aber Mama ist nicht da, war nie da, Abwesenheit und Zurückweisung sind eins, tausend Einschläge sind verschmolzen in dieser seit Urzeiten geschändeten Landschaft, in der sich Krater an Krater reiht.

Was Wunder, dass keiner sich daran erwärmen mag …

„Kastriertes männliches Schwein", sagt sie tonlos, „gezüchtet, um geschlachtet zu werden."

Er glaubt, sich verhört zu haben.

„Nicht hier, nicht jetzt. Jetzt nicht! O nein. Was jetzt, Willie, was jetzt? Wenn alles sonst den Bach runter geht, ist da immer noch meine Geschichte. Winnies Geschichte …"

Er packt sie an den Oberarmen. „Du redest wirres Zeug, Marie Therese! Es tut mir leid, aber zieh dich jetzt an. Du musst dich sofort anziehen – bitte!"

Sie zittert. Er wendet sich ab.

„Willie!", flüstert sie, und noch einmal: „Willie!"

Erst als die Tür hinter ihr ins Schloss fällt, dreht er sich wieder um.

Sachs. Ein Würstchen mit weißem Mantel! Ich brauchte nur ja zu sagen, schon war er zufrieden. Was interessiert den Eitlen die Wahrheit! Aber er hat mich auf eine Idee gebracht: Ein Besuch zu nachtschlafender Zeit – da lässt manches sich klären.

Sie sind voller Zorn, sagte die Bayer. Voller Zorn.

Wieder eine ihrer Ungenauigkeiten. Ich habe immer gewusst, was Zorn und Wut unterscheidet: Der Zorn ist männlich und er kommt von oben. Der heilige Zorn der Kirchenväter. Der Zorn Gottes auf das Volk Israel …

Die Wut kommt aus der Tiefe. Sie ist dumpf. Rasend. Maßlos.

O ja, es gibt ein Menschenrecht auf Raserei!

Wer will mich aufhalten? Die Polizei? Ha! Diesmal ist es an der Raserin, die Polizei zu stoppen.

Alle waren sie Polizisten: Papa, der mir meine Kindheit nahm. Sie, die meine Kinder abholten. Er, der mir die letzte Hoffnung stahl.

Räuberpolizisten.

Hilf mir, Golema, meine dicke Freundin! Lass mich jetzt nicht im Stich! Wie soll ich sie ohne dich aushalten, die Folterknechte in den Sozialämtern, in den Gerichten, auf dieser Station?

Ich habe es schwarz auf weiß. Drei Seiten lang ist ihre Anklageschrift. Wozu noch abwarten und sich quälen? Das Urteil ist längst gefällt.

Schau mich nicht so treuherzig an mit deinen lehmigen Augen! Ich brauche dein Bedauern nicht. Hilfe brauche ich, Hilfe, um Rache zu nehmen! Wozu ist eine Golema gut, die ihrer Schöpferin nicht helfen kann?

Auch du wirst mich verlassen. Wie alle anderen. Du wirst mir deine Liebe entziehen, deine Freundschaft kündigen. Und was mich beschützt hat, wird mich erdrücken.

Fette Verräterin!

Hau doch ab! Hau ab, ehe ich dich zerschmettere!

„Mein dritter Montagmorgen“, sagt Hagen und schenkt sich von der schwarzen Brühe nach.

„Mein vierter“, sagt Prader. „Herrgott! Wir tun ja gerade so, als hätte mit dem Einzug ins *Sonnblick* eine neue Zeitrechnung begonnen!“

„Und wenn es so wäre? Was machst du, wenn das da in vierzehn Tagen vorüber ist?“

Prader zuckt mit der Achsel. „Keine Ahnung. Vielleicht übersiedeln. In ein Land, wo die Sonne nicht zu viel scheint.“

Hagen hat Praders Vorstellung von Stimmigkeit mittlerweile kapiert.

„Damit Innen- und Außenwelt nicht zu weit auseinanderklaffen?“

„Genau.“

Beide lächeln.

„Wie auch immer“, sagt Prader, „es wird ein langer Abschied von der Bühne, vielleicht ein endgültiger. Die Bretter, die angeblich die Welt bedeuten … mir bedeuten sie nicht einmal mehr so viel.“ Er schnippt mit den Fingern.

„Fände ich aber schade.“

„Was willst du den Leuten Gescheites erzählen, wenn dir selbst der Plan fehlt? Ich brauche eine Art Navigationsgerät für die Zukunft, verstehst?“ Er beugt sich zu Hagen hinüber, als wolle er ihm etwas höchst Vertrauliches mitteilen. „Beim Fiakerstand am Stephansplatz hab ich einmal gehört, wie ein Kutscher geschimpft hat darüber, dass ihm so ein Gfrast doch glatt das GPS gestohlen habe. *Mein nagelneues Navi!*, hat er gejammert. *Es war sicher einer von diesen Nigerianern, die jetzt überall in der Stadt die Sandlerzeitung verkaufen. Schwarze Sandler, na habe die Ehre – weit haben wir's gebracht im roten Wien!*“

Hagen runzelt die Stirn. „Wofür, bitte, braucht ein Wiener Fiaker überhaupt ein GPS?"

„Hab ich mich zuerst auch gefragt. Bis mir klar wurde: Zuhause in seiner Garage hat der Mann sicher einen hundsnormalen Kleinwagen stehen, keine Kutsche. Die Moral von der Geschicht, Tone: Es gibt auch ein Leben nach der Arbeit!"

Sie nippen an ihren Getränken. Prader beäugt Hagen über den Tassenrand hinweg.

„Und was wirst du machen – mit deiner heißen Braut?"

„Du meinst die Geschichte mit Marie Therese? Hab ich schleunigst zurückgeschraubt! Ich fürchte, du hast recht gehabt mit deiner Einschätzung."

„Ob das so einfach geht?", meint Prader nachdenklich. „Kann man eine Beziehung beliebig vor- und zurückschrauben?"

Hagen tut, als hätte er die Frage überhört. „Bei unserem letzten Treffen hat sie mich Willie genannt und sich selbst Winnie. Außerdem musste ich mich als kastriertes Schwein bezeichnen lassen. Das fällt nicht unbedingt unter vertrauensbildende Maßnahmen, oder?"

„Beckett!", sagt Prader. „Sie hat wahrscheinlich Beckett zitiert. In einem Stück von ihm kommen jedenfalls ein Willie und eine Winnie vor." Vom Inhalt weiß er nur so viel, dass die Frau bis zum Kopf in einen Hügel eingegraben ist und ihr der Mann nicht heraushelfen will.

„Und wenn er ihr nicht heraushelfen *kann*?" Hagen steht vom Tisch auf.

„Zur Musiktherapie?", fragt Prader.

„Psychotherapie. Aber vielleicht bringt Dr. Grein mich ja wieder zum Singen." Im Vorbeigehen klopft er dem anderen ein *Mach's gut* auf die Schulter.

„Glückliche Tage!", ruft ihm Prader hinterdrein.

„Hä?“

„Der Titel des Beckett-Stücks.“

Komischer Titel, denkt Hagen.

*

Im Korridor, exakt an derselben Stelle, wo er ihr vor drei Tagen über den Weg lief, trifft er wieder auf sie. Mit steinerner Miene kommt sie ihm entgegen. Er grüßt. Sie reagiert nicht, schaut durch ihn hindurch, als wäre er aus Glas.

Als sie an ihm vorüber ist, fröstelt es ihn.

Ein Zombie, sagt er sich. Ich habe eine lebende Tote gesehen.

*

Oberarzt Selzer, die Ärztinnen Grein und Mickl, Sigrid Bayer und drei weitere Therapeutinnen, außerdem noch zwei Pfleger. Alles wartet auf den einen, wie immer. Seine Bedeutung in Zeit und Raum weiß Dr. Sachs zu inszenieren wie kein anderer.

Holger Kranz, der ältere der Pfleger, versucht das Warten mit einer seiner üblichen Stationsanekdoten zu verkürzen.

„Seit seinem unglücklichen Sturz in der Duschkabine ist unser lieber Alfons wirklich schwer bedient. Egal, was du ihn fragst, er hat nur eine Antwort für dich: Schamlippen, Po. – Möchten Sie, dass ich Ihnen beim Anziehen helfe, Herr Weiland? – Schamlippen, Po. – Oder vielleicht einen heißen Tee? – Schamlippen, Po. – Aber heute hab ich endlich erfahren, was sich in seinem ramponierten Hinterkopf als Letztes eingebrannt haben muss. Da hat er mir beim Haarewaschen triumphierend ein Fläschchen hingehalten und mit dem Finger auf das Fettgedruckte gezeigt. Schamlippen, Po!, hat er ganz aufgeregt gerufen. Und was glaubt ihr, was dort stand?“

Keiner errät die Antwort.

„Schuppenshampoo", grinst Kranz, „Schuppenshampoo! In dem Augenblick fiel es mir wie Schuppen von den Augen."

Sigrid hat die Pointe nicht mitbekommen. Aber ihr ist im Moment auch ganz und gar nicht danach zumute. Ihr schlägt das Herz bis zum Hals.

Soll sie, oder soll sie nicht?

Sie beobachtet den Oberarzt. Hat Guido ihn bereits eingeweiht? Selzer hockt neben dem Stuhl, der für Sachs reserviert ist, und lächelt wie alle anderen über die Geschichte des Pflegers. Blickkontakt zu ihr hat er bislang keinen aufgenommen. Wenn er etwas weiß, versteht er es jedenfalls gut zu verbergen.

Als Sachs den Raum betritt, wird es augenblicklich still. Der Chefarzt begrüßt die Runde und entschuldigt sich für seine Verspätung mit der Standardausrede: Ein wichtiger Anruf, man wisse schon; aber jetzt in medias res …

Wolfgang Laub wird als Erster verhandelt. Sein Gesundheitszustand sei zufriedenstellend, die Absprachefähigkeit wieder gegeben. Niemand erhebt einen Einwand dagegen, ihn im Haus zu behalten. Der Chefarzt merkt an, dass das bereits der vierte Suizidversuch in diesem Jahr war, eine unerfreuliche Steigerung der Rate. Zum Glück sei auch dieser Fall glimpflich ausgegangen, aber man werde gerade in der Gesprächsgruppe noch mehr Vorsicht walten lassen müssen. Dr. Mickl fühlt sich angesprochen und gesteht Fehler ihrerseits ein. Sachs stellt eine noch intensivere Supervision in Aussicht, dann wendet man sich dem nächsten Patienten zu.

Es geht flott voran. Nach eineinhalb Stunden ist das Ende der Teamsitzung absehbar. Sigrid wetzt unruhig auf ihrem Sessel hin und her. Sie hat den Blick von Westhäußer durchaus verstanden: Wenn nicht heute – wann dann? Aber sie scheut davor zurück, es auf eine Konfrontation ankommen zu lassen. Reicht es nicht, dass sie sich bei Guido ausweinen konnte, dass sie jetzt schon viel entspannter ist?

„Last not least", sagt Sachs: „Marie Therese Herbst."

Man möge sich in Erinnerung rufen: eine multiple Persönlichkeit, die sich mit ihrer Rolle als Opfer identifiziere und ihr Leiden vor sich hertrage wie ein Banner! Dabei weise ihre Familiengeschichte nicht die klassischen Traumata auf. Kein sexueller Missbrauch etwa, wie dies bei siebzig Prozent der Borderlinepatientinnen der Fall sei. Allerdings sei sie ausgestattet mit überdurchschnittlicher Intelligenz und der ausgeprägten Fähigkeit, ihr Umfeld über ihre wahre Verfassung zu täuschen. Dem sei es wohl auch zuzuschreiben, dass sie es lange Zeit verstanden hatte, unauffällig zu bleiben und – untypisch für Borderliner – eine Ausbildung abzuschließen. Erst mit dem Scheitern ihrer Ehe seien die Probleme für alle sichtbar geworden, und ihre Aggression führte zu den bekannten Ergebnissen: Suizidversuche, Entzug der Obsorge, das obligate Schneiden …

Beim Wort *Missbrauch* ist Sigrid zusammengezuckt. Aber Sachs ist noch nicht fertig.

„Dass sich das aggressive Verhalten von Frau Herbst in unserer Klinik noch dramatisch gesteigert hat, davon kann mittlerweile auch ich ein Lied singen", verkündet er. „Ihre Stabilisierung ist, wir müssen es uns eingestehen, leider nicht geglückt. Besser, ich hätte auf Sie gehört und diese Dame schon vor einer Woche aus der Klinik verwiesen."

Allgemeines Staunen macht sich breit, als Sachs erzählt, dass die Patientin nicht einmal davor zurückschreckte, ihn tätlich anzugreifen. Und mit größter Wahrscheinlichkeit habe sie auch Blätter aus ihrer Krankengeschichte entwendet; jedenfalls seien die betreffenden drei Seiten seit der Freitagssitzung nicht mehr aufzufinden.

„Was dem Fass aber den Boden ausschlägt: In der letzten Woche hat sie sich doch tatsächlich nächtens in mein Schlafzimmer eingeschlichen!“ Sein Tonfall drückt aus, welches Sakrileg hier begangen wurde.

„Haben Sie sie dabei beobachtet?“, fragt Selzer.

„Nicht direkt. Ich hatte schon geschlafen und wurde durch eigenartige Geräusche geweckt. In der Dunkelheit konnte ich nur Schemen erkennen. Aber ich erkannte ihr Parfum wieder. Und als ich sie direkt konfrontierte, gab sie es zu.“

Sigrid durchbricht das nachdenkliche Schweigen. „Wann genau hat sie sich bei Ihnen eingeschlichen?“

„In der Nacht von Mittwoch auf Donnerstag.“

„Und das ist der Hauptgrund, dass wir sie jetzt entlassen sollen?“

Ein süffisantes Lächeln umspielt seine Lippen. „Nicht *wir*, liebe Kollegin! Die Entlassung auszusprechen obliegt immer noch dem Chefarzt. Ich möchte hier nur die Meinung des Kollegiums hören.“

Sigrid spürt, wie die roten Flecken sich wieder in ihrem Gesicht auszubreiten beginnen.

„Dann … dann bin ich der Meinung, dass wir Marie Therese noch eine Chance geben sollten.“

Alle Blicke sind auf sie gerichtet. Staunend die meisten, aufmunternd die von Westhäußer.

Sachs versucht erst gar nicht, eine gewisse Häme zu verbergen.

„Irre ich mich, oder haben nicht gerade *Sie* darauf gedrängt, diese Frau möglichst schnell loszuwerden, Kollegin Bayer? *Entweder sie geht oder ich* – waren das nicht Ihre Worte?“

Sigrid schweigt.

„Nun denn. Wie erklären Sie Ihren Sinneswandel?“

Sie schweigt verbissen weiter.

„Tja“, sagt Sachs. Er mustert ein Gesicht nach dem anderen. „Gibt es noch jemanden, der sich der Meinung von Kollegin

Bayer anschließt? Ihrer – wohlgemerkt – nicht sonderlich begründeten Meinung."

Wieder dieses Lächeln. Ein Dolch in ihren Unterleib. 3 D, der Gott in Weiß. Erhaben, abgehoben. Der sich schamlos mokiert über die *liebe Kollegin* und ihre *nicht sonderlich begründete Meinung*. Der sich nimmt, was immer er braucht.

Der *sie* nimmt, *sie* missbraucht …

„Ich *habe* eine Begründung, Dr. Sachs", sagt sie. Plötzlich ist alles ganz klar, ganz einfach. „Es war nämlich nicht Marie Therese, die am Mittwoch bei Ihnen eingedrungen ist."

„Nein?", sagt er. „Und woher wollen Sie das wissen, meine Teuerste?"

„Weil ich es war. Und nennen Sie mich nie wieder Ihre Teuerste! Ich finde das reichlich unpassend, nachdem Sie sich vorletztes Silvester an mir vergriffen haben!"

Ein kollektives Ausatmen des Teams fegt durch den Raum.

„Was habe ich?" Sachs hüstelt.

„Sie haben mich in Ihrem Büro vergewaltigt, Dr. Sachs! Nach der Party, als Sie mich angeblich heimbringen wollten. Das werden Sie doch nicht vergessen haben, auch wenn es schon zwei Jahre her ist? Ich habe es jedenfalls nicht vergessen. Ich habe mir letzte Woche den Generalschlüssel geholt und Ihnen beim Schlafen zugesehen. Sie haben sehr unruhig geschlafen, haben gestöhnt und um sich geschlagen. Was Sie gerochen haben, war *mein* Parfum. Zufällig verwende ich dasselbe wie Marie Therese, das hat sie mir sogar einmal vorgeworfen."

Er kann sich gut beherrschen. „Und Sie glauben, dass Ihnen das irgendjemand hier abnimmt?" Er blickt von einem zum anderen, bei Selzer hält er inne.

„Na, Herr Kollege! Kommen uns solche Vorwürfe nicht bekannt vor?" Er zeigt seine blütenweißen Zähne.

„Na ja“, sagt Selzer bedächtig. „Kollegin Bayer ist nun aber keine schwer gestörte Patientin …“

„Ich wage keine Diagnose!“, schnaubt Sachs.

„Was sollte ihre Motivation sein?“

Guido Westhäußer hat die Frage ganz sachlich in den Raum gestellt. So sachlich, wie es sich für einen Arzt geziemt. Oder für einen Polizisten.

„Wir kennen und schätzen Sigrid Bayer seit Jahren. Sie ist alles andere als krank, sondern eine höchst kompetente Mitarbeiterin dieses Hauses.“

„Sie kennen auch mich seit Jahren“, schreit Sachs, „und ich bin der Chef dieses Hauses! Alleine Ihre Fragestellung ist infam!“

„Wer outet sich schon gerne“, setzt Westhäußer ungerührt fort. „Auch ich habe es bis zum heutigen Tage nicht gewagt zuzugeben, dass ich schwul bin. Keine Frau stellt sich zum Spaß als Vergewaltigungsopfer hin und macht ihren Vorgesetzten grundlos dafür verantwortlich.“

Betretenes Schweigen.

Sachs wendet sich wieder an seinen Oberarzt. „Selzer“, sagt er heiser, „ich habe Sie damals selbstverständlich in Schutz genommen. Ist das der Dank?“

Selzer hält seinem Blick stand. „Ist etwas selbstverständlich zu nennen, wenn man sich dafür einen Dank erwartet? Aber keine Frage, die Sache wird von der Ethikkommission unvoreingenommen untersucht werden.“

Für einen Moment fürchtet Sigrid, Sachs könnte durchdrehen. Doch der Chefarzt ballt nur seine Fäuste in den Manteltaschen und wendet sich abrupt ab.

„Die Sitzung ist beendet!“, sagt er leise. Dann stürmt er aus dem Zimmer.

Die Runde ist immer noch wie versteinert. Heute werden wir wohl erstmals auf unser kleines Abschlussritual verzichten müssen, denkt Sigrid. Seitdem sie den Job im *Sonnblick* angetreten hat, wurde jede Teamsitzung traditionell mit einem Gläschen Limoncello beendet. Gestiftet vom Chefarzt höchstpersönlich, der Likör war wirklich immer die reine Gaumenfreude. Aber in Zeiten wie diesen muss man sich eben daran gewöhnen, überkommene Rituale durch neue, passendere zu ersetzen …

Wie wäre es mit Guido Westhäußers feinem Gewürztee, zum Beispiel?

Wäre da nicht die blanke Klinge über seinem Gesicht, er müsste laut lachen: Nur weil er seine alte Angewohnheit, die Wohnungstür immer brav hinter sich abzusperren, aufgegeben hat, konnte sie ihn so leicht überrumpeln.

Ein Kriminaler, der sich einsperrt wie ein pubertierendes Mädchen im Badezimmer! Zu Tode gefürchtet ist auch gestorben … So hatte Pepi, sein Linzer Kollege, ständig gelästert. Irgendwann wurde Hagen die Stänkerei zu blöd und er verzichtete darauf, den Schlüssel umzudrehen. Zuerst nur untertags, schließlich auch in der Nacht. Sehr schlau! Sie hat die Klinke nur leise niederdrücken müssen, um an ihn heranzukommen. Um ihn am Bett festzubinden wie ein Opferlamm. Just mit den schwarzen Strümpfen, die er an ihren langen, schlanken Beinen so bewundert hat. Und die noch immer nach ihr duften.

Bis spät in die Sechzigerjahre pflegte sein Vater ein paar Nylons im Handschuhfach zu deponieren. Sie galten als der beste Keilriemenersatz. Was schon viel über die Widerstandsfähigkeit des dünnen Materials aussagt. Praktisch unzerreißbar, doch mit einer Schwachstelle ausgestattet: dem Knoten. Bei zwei Strümpfen macht das zwei Schwachstellen. Wenigstens einen der beiden Knoten sollte er unbemerkt mit den Fingernägeln lösen. Aber dafür ist jede Menge Ablenkung erforderlich.

Marie Therese hockt wippend auf der Matratze. Es ruft dasselbe Bild in ihm hervor wie bei ihrer ersten Begegnung im Forum: eine Königskobra. Manche Ungereimtheiten in ihrem Verhalten klären sich plötzlich wie von selbst. *Wenn einer dieser Affen ins Messer fällt, bricht darüber sicher nicht mein Herz.* Der Satz war auf die Verantwortlichen des Jugendamts beziehungsweise des Sozialen Dienstes gemünzt, auf jene *diplomierten Schweine*, die ihre Kinder zuerst in Obhut genommen und dann die Sache vor

Gericht gebracht hatten. Jetzt zählt er offenbar auch zu den Affen und Schweinen. Wie jeder, der sich ihren Ansprüchen verweigert. Und wenn er dazu noch Polizist ist …

Langsam zieht sie die Ärmel ihrer Bluse hoch, legt die Narben auf ihren Unterarmen bloß. Einige neue, noch kaum verheilte sind dazugekommen, seit er sie das erste Mal zu sehen bekommen hat. Sie hält sie ihm so nahe vor die Augen, dass die roten Wülste ins Unscharfe verschwimmen.

„Was glaubst du – war ich einmal liebenswert, Willie?"

Jetzt fang bloß nicht wieder damit an! Du bist nicht Winnie und ich nicht dein Willie. Will es nicht, kann es nicht sein! Er hat absolut kein Verlangen danach, neben der komplizierten Rolle des Tone Hagen noch eine zusätzliche zu spielen. Das von ihr inszenierte Stück ist auch ohne solche Sprüche schon absurd genug.

Unvermittelt beginnt sie zu schneiden. Sie setzt den Schnitt präzise zwischen zwei Wülste am linken Handgelenk, mit gesenktem Kopf, eine Chirurgin in voller Konzentration. Die Haare verhängen ihre obere Gesichtshälfte, was die grell geschminkten Lippen zusätzlich hervorhebt. Als wäre ein Bühnenscheinwerfer auf sie gerichtet. Gleichzeitig mit dem ersten Quellen des Blutes öffnen sie sich zu einem leisen Seufzer. Nie zuvor hat er aus ihrem Mund etwas so Mildes, Weiches, Entspanntes vernommen. Fast, als wollte sie ihm demonstrieren, welch zärtlichen Klänge ihm zuteil geworden wären, hätte er sich nur auf ihre Nähe eingelassen.

Nein, ihr Seufzen ist nicht simuliert. Sie genießt das Schneiden tatsächlich. Ruht in sich, wie ein Mensch nur in sich ruhen kann im Augenblick des Genusses. Frau Karners Leitsatz kommt ihm wieder in den Sinn: *In meinem Alter muss man lernen, das Weinen zu genießen. Sonst bleibt nicht viel übrig …*

Sind die Blutstropfen ein Ersatz für Marie Thereses versiegte Tränen? Wie letzte Sonnenstrahlen setzen sie den weißen Bettüberzug in Flammen.

„Mach nur weiter so, immer weiter. Es tut dir ja richtig gut, oder?“

Er erschrickt über sich selbst. Was hat ihm nur diese Worte in den Mund gelegt?

Sie schleudert die nassen Haare aus der Stirn, blickt ihn an wie eine Sphinx. „Genau“, sagt sie ungerührt und knöpft sich das andere Handgelenk vor.

Wieder setzt sie die Klinge an. Zieht langsam durch, ohne zu zucken. Dann streckt sie ihm die blutüberströmten Arme vors Gesicht. Direkt unter seine Nase.

„Das ist es, was ich so wunderbar finde, Willie: Wie der Mensch sich anpasst. Die Traurigkeit nach dem Liebesakt ist ja bekannt, darauf ist man vorbereitet. Aber die Traurigkeit ohne Liebe … Sie kann nur mit Blut weggewaschen werden. Schau, wie es rieselt, in deinen Schoß. Auf deinen Schwanz. Na, wie sieht es aus: Steht er dir schon?“

Ihr Lachen könnte von einem jungen Mädchen stammen, dem soeben die erste Zote entschlüpft ist. Scheinbar schamhaft schlägt sie eine Hand vor den Mund.

„Aber nein, ich weiß, ich lasse den Herrn Chefinspektor kalt. Was macht das bisschen Blut einem wie ihm schon aus. Hat oft genug Blut gesehen, der Bulle. Gewöhnung härtet ab, nicht wahr?“

So leise die Frage auch gestellt wurde, so viel geronnenes Herzblut hängt an ihr.

„Komm, sag was! Was jetzt, was jetzt, Willie? Wenn alles sonst den Bach runtergeht, ist da immer noch meine Geschichte … Nein, sag nichts, ich kann dich gut verstehen. Vollkommen. Blut ist nur so lange ein besonderer Saft, als es nicht kübelweise verschüttet wird.“

Besonders oder nicht: Es rinnt unvermindert heftig aus ihren Schnittwunden. Tropft auf seinen seidenen Pyjama, den er sich extra für den Klinikaufenthalt gekauft hat. Der dünne Stoff kommt mit dem Aufsaugen gar nicht nach. Hagen spürt die Feuchtigkeit auf seiner Haut. Die warme Feuchte ihres Blutes. Wie pervers intim doch die Situation ist! In der Gegend seines Sonnengeflechts krampft sich etwas zusammen. *Steht er dir schon?* Das sagt man nicht zu einem Mann – nicht mit einem Cutter in der Hand!

Ihr Ritzen hat in ihm wieder etwas hervorgerufen, auf das er gerne verzichtet hätte. Selbst in der Therapie hat er die Szene lange genug verdrängt: zerfetzte Körperteile, in einer grauenhaften Panier aus Blut und Dreck; blanke Knochen und sauber abgetrennte Gliedmaßen beiderseits der Schienen; und lose Klumpen von Fleisch, Hirn und Gedärm, die sich nicht zuordnen lassen. Keinem menschlichen Wesen und schon gar nicht zwei Kollegen und einem Leichenbestatter, die man als Lebende gekannt hat. Soll er ihr davon erzählen? Soll er ihr sagen, wie sehr er wünschte, so abgebrüht zu sein, wie sie es ihm unterstellt?

Von den gebrochenen Augen Lisas gar nicht zu reden …

Er kommt nicht dazu, dem Gespräch eine neue Wendung zu geben.

„Kannst du mich spüren?"

Ist das jetzt wieder ein Zitat oder was?

„Ja", sagt er vorsichtshalber, „ja, ich kann dich spüren. Und du, was spürst du?"

„Ihr Bullen könnt das Ausfragen nie lassen, wie? Selbst in eurer letzten Stunde müsst ihr noch ein Verhör anstellen. Wozu? Um euer Wissen mit ins Grab zu nehmen? Was ändert sich dadurch?"

Sie fuchtelt mit der blutigen Klinge vor seiner Nase herum. Aber mehr als mit dieser Gebärde droht sie ihm mit ihrem Lachen. Es zieht ihre Lippen unnatürlich in die Breite, wie bei einem Clown. Ihre Augen lachen nicht mit, und die Farbe ihrer

Iris lässt sich nicht bestimmen. Changiert zwischen grün, blau und grau. Wie das Meer, je nach Lichteinfall und Wolkenstand, betrachtet vom Gipfel eines westirischen Berges.

Ihr Mund wird wieder ganz klein, zugespitzt zu einem höhnischen Küsschen.

„Ein letzter Wunsch ist ein letzter Wunsch“, meint sie gönnerhaft. „Ich werde dir deine Frage beantworten, wie du die meine. Quid pro quo, du kennst ja die Spielregeln.“

Er hat ihr Spiel satt, ausgesprochen satt. Aber den Zeitgewinn, der damit verbunden ist, darf man nicht unterschätzen; jetzt, wo er den Knoten bereits ein wenig gelockert hat. Er nickt.

„Gut“, sagt sie, „dann will ich dir Folgendes verraten: Es geht mir prächtig, in der Tat, denn ich spüre mich vorzüglich, mehr als beim besten Sex. Okay, es schmerzt ein bisschen. Aber was ist das im Vergleich zu dem Zustand, wenn ich nichts spüre! Wenn ich nicht weiß, wo Innen und Außen anfängt und endet, weil beides gleich verschwommen ist. Ich schneide, und sofort ist alles glasklar. Geritzt, wie du zu sagen pflegst, die Sache ist geritzt. Wie das Leben. Es gibt da nur ein Problem.“

„Nämlich?“

„Die Narben. Ein jeder erschrickt davor.“

Sie verstummt. Auch ihm fällt nichts ein. Er weiß nur, dass es keinen Sinn hat, sie trösten zu wollen. Muss er sich schuldig fühlen, wie sie es gerne hätte? War es wirklich nur der Anblick ihrer Narben, der ihn davon abgehalten hat, mit ihr zu schlafen? Wohl kaum. Höchstens, dass sie der Tropfen waren, der das Fass zum Überlaufen brachte. Ein Fass, das schon zuvor gefüllt war mit Misstrauen und Zweifel. Spätestens seit den Infos aus Berlin stand für ihn fest, dass er diese Frau nicht näher an sich heranlassen dürfe, ohne an ihr zu verbrennen. Jetzt ist es trotzdem höllisch heiß geworden. Aber Vorsicht walten zu lassen ist eben nicht gleichbedeutend mit Rücksichtnahme. Rücksicht auf die dünne

Haut und die dicken Wülste einer bis zum Kopf Eingegrabenen. Wie hätte er diese Winnie aus ihrem Grabeshügel befreien sollen, bloß, weil sie ihn zu ihrem Willie ernannt hat und belangen will für alles? Vor allem für das, was er *nicht* getan hat. Du hast keine Chance, also nutze sie, pflegte der verrückte Filmemacher Achternbusch zu predigen, in dessen Heimat man sich hier befindet. Passt, passt prächtig! *Wie der Deckel auf den Topf, wie die Weißwürst zum Bier, wie der Schnauzer zum Hitler, so pass i zu dir …* Ein durch und durch bayrisches Liedchen mit einer süffigen Melodie, die er nicht mehr aus dem Schädel kriegt, seitdem Prader und er damit im Goldenen Krug beschallt wurden. An dem Abend, als Ernst ihn vor Marie Therese gewarnt hat.

„Du wolltest doch noch etwas von mir wissen“, erinnert er sie. Nicht, dass er darauf aus wäre, ihre Fragen zu beantworten. Aber er darf das Heft jetzt nicht aus der Hand geben.

„Aha, man versucht, Zeit zu gewinnen! Wie clever! Aber du vergisst, dass ich nichts mehr zu verlieren habe, egal, wie viel Zeit bleibt. Seitdem ich weiß, was Sachs und Co. von mir halten, ist mir klar, dass ich meine Kinder nicht mehr zurückbekommen werde. Und dass alles sich wiederholen wird: Mama da!, werden sie rufen, und auch ihre Mama wird nicht da sein. Andere Ursachen, dasselbe Ergebnis.

„Woher willst du wissen, wie am Ende die Diagnose aussehen wird? Du bist doch noch mitten in der Therapie.“

„Ich kann lesen! Wenn ich etwas beherrsche, ist es das. Und was in meiner Krankengeschichte steht, wird sich auch im Arztbrief finden: *Niedriges Strukturniveau. Primitive Idealisierungs- und Entwertungsstrategie. Omnipotente Kontrolle. Verleugnung und Spaltung, Fehlen von Besorgnis, narzisstische Persönlichkeitsstruktur …* Ich kann diese Scheiße schon auswendig! Damit lässt sich kein Gericht der Welt dazu bewegen, mir jemals meine Kinder zurückzugeben.“

Ihre weißen Knöchel kontrastieren scharf mit dem Orange des Stanleymessers.

„Aber woher …?"

„Die eigene Krankengeschichte wird man sich ja noch ausleihen dürfen, oder? Sachs, dieser verlogene Hund! Faselt davon, welch großartige Fortschritte ich mache. Aber was er schreibt, beweist, dass er mich am liebsten in eine geschlossene Anstalt einliefern lassen würde. Und ich fürchte, dass sich sein Eindruck von mir ganz und gar nicht bessern wird, wenn wir hier fertig sind."

Traurig ihre Augen, höhnisch der Mund. Als würde jemand Bremse und Gaspedal gleichzeitig treten. Wer soll damit zurechtkommen? Und die Klinge des Stanleys ist seinem hüpfenden Adamsapfel viel zu nahe …

Der Holzboden draußen knarrt. Beide hören sie die Schritte. Eine Stationsgehilfin vielleicht, auf ihrem Kontrollgang. Marie Therese presst ihm ihre linke Hand fest auf den Mund, zugleich drückt sie mit Daumen und Zeigefinger seine Nase zu.

„Es ist Zeit", sagt sie. Er versteht.

Die Schritte nähern sich.

Ihre Hand ist weich und stark, sie raubt ihm die Luft.

Lisa, denkt er, ich habe dich geliebt. Endlich weiß er etwas mit letzter Gewissheit.

„Schleim dich nur weiter so durchs Leben!", flüstert sie ihm zu.

Der Satz hallt in ihm wider wie in einem Tunnel. Als die Schritte sich langsam entfernen, hat er bereits das Bewusstsein verloren.

*

Etwas Schweres drückt ihn auf den Bauch. In seinem Mund ein süßlicher Geschmack.

Sie liegt quer über ihm, zusammen bilden ihre Körper ein verzogenes Kreuz. Blut überall, sogar in sein Ohr ist es gesickert. Er spuckt aus und hustet. Endlich bekommt er seine Linke frei, Sekunden später die Rechte.

Ihre Hand scheint nur noch am Gelenk zu hängen. Er reißt die Strümpfe vom Bettgestell, schlingt sie um die klaffende Wunde.

Dann fällt ihm ein, dass er noch gar nicht um Hilfe geschrien hat.

Prader nimmt die Armbanduhr ab und schleudert sie weit von sich. Lautlos verschluckt sie das hohe Moorgras.

„Hätte ich sie ins Wasser geworfen, mein Zeiteisen hätte wenigstens noch einen letzten Wirbel veranstaltet", sagt er grinsend und dreht sich um zu seinem Gefährten.

Hagen hat längst aufgehört, sich über Prader zu wundern. Am selben Tag, als er seinen Koffer aus dem *Sonnblick* hinausgetragen hat, hat er ihm, der die Klinik schon eine Woche zuvor verlassen hatte, eine SMS gesandt:

Kenne ein Land, wo die Sonne garantiert nicht zu viel scheint. Kommst mit?

Kaum hatte er die Botschaft abgeschickt, piepste es. *Geritzt!*, stand auf dem Display. Wie immer ein bisschen grenzwertig, die Scherze des Kabarettisten. Fünf Minuten später hatte Hagen bereits die telefonische Zustimmung von Ender eingeholt, an seinen *Fronturlaub* in Bad Krummau noch eine Woche echten Urlaub anhängen zu dürfen. Nimm doch gleich vierzehn Tage, schlug der Major vor. Nicht nötig, antwortete Hagen, ausgespannt habe er genug. Er müsse nur noch eine Sache zu Ende bringen.

In der Klinik hatte, bedingt durch Personalrochaden, zuletzt noch ziemliche Hektik geherrscht. Dr. Selzer war über Nacht zum interimistischen Chefarzt befördert worden. Es hieß, Dr. Sachs hätte woanders eine *neue berufliche Herausforderung* gesucht und auch gefunden; mehr war für einen einfachen Klienten nicht zu erfahren. Eigenartig nur, dass der sonst so eitle Sachs nicht einmal offiziell verabschiedet worden war.

Sie stehen auf dem Gipfel, der eigentlich keiner ist, nicht nach alpenländischer Definition. Hagen zieht die salzige Luft tief in seine Lungen. Der Wind hat sich gelegt, die Sonne steht hoch. Gegen Westen hin blinkt und glitzert es wie in einem Kaleidoskop: Hunderte Tümpel, Teiche und Seen erstrecken sich vom Fuß des Binn Dubh bis zum silbernen Teppich dahinter. Connemara und Atlantik – eine verdammte Postkartenidylle.

Prader hatte ihm vorgeschlagen, die Reihenfolge zu ändern. Zuerst zur Unglücksstelle, danach auf den Gipfel.

„Ob das einen Unterschied macht?"

Jetzt erkennt er, dass es einen Unterschied macht, einen ganz gewaltigen sogar. Es ist wie bei der rituellen Frage: Welche Nachricht willst du zuerst hören – die gute oder die schlechte? Du musst immer die schlechte vorziehen! Denn das, was zuletzt kommt, prägt sich tiefer ein.

„Und du willst wirklich hier bleiben, Ernst? In diesem verregneten Land?"

„Ja. Ganz im Ernst."

Sie sehen einander still an. Mit über fünfzig noch ein neuer Freund … Ist das nicht ein schlagender Beweis, dass es Wunder gibt? Und das sagt er, der alte Agnostiker!

Zurück nehmen sie die lange Route. Den Pfad, auf dem er mit Lisa aufgestiegen ist. Weit drüben, unter den aufziehenden Nebelschwaden, erkennt er den Moorgraben, in den er vor zwei Stunden den Strauß Rosen geworfen hat. Was offen ist, will abgeschlossen werden.

„Und Marie Therese?"

„Sie ist nicht verblutet. Jedenfalls nicht äußerlich."

Er hat sie nicht wieder gesehen. Zu schnell wurde sie nach ihrer Verzweiflungstat auf die Psychiatrie verlegt. *Schleim dich nur weiter so durchs Leben …* Diesen Pflock, den sie ihm in die Brust gerammt hat, trägt er noch immer mit sich herum. Auch wenn Dr. Grein ihm zu erklären versuchte: *Schleimen* bedeutet für Marie Therese soviel wie Kompromisse eingehen, und Kompromisse sind für Menschen wie sie identisch mit Niederlagen.

Marie. Therese. Verzweiflung. Tat.

Hat er jemals, wenn er das Wort *Verzweiflungstat* ins Polizeiprotokoll tippte, nur annähernd begriffen, welch abgrundtiefer Zweifel an der Welt tatsächlich hinter einer jeden solchen Tat steckt? Auch wenn er sich verbirgt hinter einem noch so ironischen Lächeln, hinter einem noch so klugen Zitat?

Er springt. Springt talwärts über Moorgräben und Ginsterbüsche, über Heidekraut und loses Gestein. So schnell, dass Prader ihm kaum folgen kann. In der Ferne das rote Dach ihres Mietwagens als Orientierungspunkt.

*

Er zückt das Handy und tippt 0043 ein, danach die vertraute Bregenzer Nummer samt direkter Durchwahl.

„Hallo, Herr Major!“, sagt er, noch immer außer Atem. „Wollte nur mitteilen: Der Fall Hagen ist abgeschlossen. Ab Montag bin ich wieder im Geschäft.“

Danksagung

Für ihre Unterstützung bei meinen Recherchen danke ich insbesondere:

Dr. Albert Lingg, Abteilung für Psychiatrie II,
Landeskrankenhaus Rankweil
Dr. Georg Weinländer, Department für Psychosomatik,
Landeskrankenhaus Rankweil
Dr. Sibille Kühnel,
Klinik für Psychiatrie und Psychotherapie, Littenheid
Dr. Johannes Vogler,
Klinik Alpenblick, Isny-Neutrauchburg
Mag.[a] Isabella und Wini Gerstgrasser,
Feldkirch
Dr. Karlheinz Albrecht,
Feldkirch
CI Hans Poiger,
Bludenz
Kevin Power,
Cork

sowie Anton „Tone“ Kriegler, Feldkirch
für seine freundschaftlichen und kritischen
Kommentare und Korrekturen

und meiner Frau Sibylle
für all ihre Liebe und Hilfe
beim Entstehen dieses Buchs

*

Ein Dank auch den Kulturreferaten
meiner beiden Heimatländer Vorarlberg und Oberösterreich.
Sie haben durch Stipendien meine Arbeit unterstützt.

Franz Kabelka im Haymon Verlag

Franz Kabelka
HEIMKEHR
234 Seiten, fest gebunden mit Schutzumschlag
€ 19.90/sfr 33.90, ISBN 978-3-85218-445-6

Chefinspektor Anton („Tone") Hagen kehrt nach Jahren bei der Linzer Kriminalpolizei nach Vorarlberg heim. Einen Tag nach seinem Dienstantritt wird in Feldkirch ein Schriftsteller ermordet – genauer: geköpft, und zwar mit einer mittelalterlichen Hellebarde. Neben der Leiche findet man ein Manuskript, das den Mord literarisch vorwegnimmt. Mit einer wesentlichen Abweichung in der Person des Opfers freilich.
Die Töchter des Ermordeten, eine davon mit einem Türken der zweiten Generation verheiratet, scheinen ihrem Vater nicht sonderlich nachzutrauern. Türkische Kreise und das regionale Schriftstellermilieu sind denn auch zunächst das Umfeld, in dem Hagen und seine neuen Kollegen ermitteln. Doch die Spuren sind rar. Da passiert ein zweiter Mord …

„Wirklich großartig, wie sprachgewandt und treffend der 50jährige einerseits Hagens Ermittlungsarbeit schildert und andererseits die persönlichen Sorgen und Nöte des Polizisten darstellt – und wie geschickt er letztlich diese beiden Ebenen verbindet. ‚Heimkehr' ist ein als Krimi verpackter Heimatroman. Und zugleich ein Kriminalroman vom allerfeinsten."
(Ulrich Noller, WDR 5)

„Ein ganz und gar unkonventioneller Krimi. Ein Lesevergnügen der Extraklasse, für alle, die ein herkömmlicher Mord nicht mehr erschaudern lässt."
(Saarbrücker Zeitung)

www.haymonverlag.at

Franz Kabelka im Haymon Verlag

Franz Kabelka
LETZTE HERBERGE
240 Seiten, fest gebunden mit Schutzumschlag
€ 18.90/sfr 33.40, ISBN 978-3-85218-513-2

Sein zweiter Fall führt Chefinspektor „Tone“ Hagen tief ins subkulturelle Milieu seiner Heimat: Ausgerechnet am Weihnachtsabend wird in der Ruine der Heidenburg eine Leiche gefunden, die als Paul Pröll identifiziert wird – ehemaliger Slalomstar und nunmehr Bewohner der „Herberge“, wie das Obdachlosenheim nahe Bludenz genannt wird. Aber wer ist für Paulis Tod verantwortlich? Sind Eifersucht, Neid, Hass die Motive? Oder war es Selbstmord? Und steht das zeitgleiche Verschwinden des Gymnasiasten Clemens Schöch damit in einem Zusammenhang? Und als wären das noch nicht genug der Fragen, steht „Tone“ Hagen auch in seinem Privatleben vor Turbulenzen …
Franz Kabelka erzählt auch in seinem zweiten Kriminalroman mit trockenem Humor und psychologischer Raffinesse und führt den Leser an die unterschiedlichsten Schauplätze, vom Obdachlosenmilieu bis hin zur Welt des saturierten Großbürgertums.

„Wortgewandt versteht es der Autor die Spannung zu halten und in den vielen Randszenen trockenen Humor einfließen zu lassen … Geheimnisvoll, spannend und ein wenig schräg.“
(Vorarlberger Nachrichten)

„Franz Kabelka beweist auch diesmal wieder sprachliche Versiertheit, Witz und Intelligenz.“
(KULTUR, Annette Raschner)

www.haymonverlag.at